暗転するから煌めいて
胡桃沢狐珀の浄演

松澤くれは

集英社文庫

C O N T E N T S

暗転するから煌めいて
胡桃沢狐珀の浄演

*

PRAY.01
「誰も受からないオーディション」
於：ACTヴィレッジ

*

「志佐碧唯、二十二歳です！」

声量よし。滑舌よし。スタジオ全体に響きわたる、快活な声。

背筋を伸ばして正面を向いている。表情筋をぜんぶ使って健康的な笑顔をつくる。誰の目にも明らかな、新人女優のフレッシュさをアピールする。ふんわりとしたロング丈の白シャツに、すっきりとした水色デニムのコーディネートとも相まって、清潔感と爽やかさが演出できたはず。

出だしは好調。カラオケルームで散々練習した甲斐があった。すぐに次の言葉を続けようとした碧唯だったが、

「……あっ、違うわ」

さっそくやらかしてしまう。

「に、二十三歳です！　先月、誕生日を迎えました！」

余計な訂正を加える羽目になった。誰ひとり「それはおめでとう」だなんて返してくれないので、言ってから奇妙な沈黙が生まれる。

「とにかく志佐碧唯、女優です、よろしくお願いします！」

何とか建て直して自己紹介を終えた。落ち着いていこう。ええと、次は志望動機と自己PRだっけ。

くすくす。背後の待機列から漏れた笑いに、思わず碧唯はためらう。

「え、あの……？」

なんか変なこと言っただろうか。

「そりゃみんな女優でしょ」

目の前の審査員のひとりが口を挟んだ。「だって、ここに来てるんだから」

呼応するように、後ろの笑い声が大きくなる。恥ずかしいけど調子を合わせて「で、ですよねえ」と碧唯も頰を緩ませる。

うららかな季節、四月の頭。

映像制作会社のスタジオで、碧唯はオーディションに挑んでいる。

相変わらず何か月も結果を出せていない。久しぶりに書類審査をパスして、実技審査まで進めたのだからこの機を逃したくない。スタジオ内にいるのは三十人ほど。みんなが役を摑むために真剣な面持ちを崩さず、熱気が充満していた。笑いが起こったのは、今この時、碧唯の番が初めてのことだ。

「この映画に出演したくて応募しました」

碧唯は続けた。笑われたって関係ない。とにかく爪痕を残さないと！

「私には、憧れの女優がいます。その人みたいに素敵な演技ができるようになるのが夢です。ビッグになります、やる気は誰にも負けません！　だからぜひとも、この映画に私を……」

「はい、一分です」

ストップウォッチ片手に、部屋の隅に立つ男性スタッフが告げる。

何とかやりきった……。

与えられた、自己PRの時間。碧唯は元気溌剌に夢を語った。

向かい合うのは、横並びに座った五人の審査員だ。左から順に、太ったおじさん、禿げたおじさん、ロン毛のおじさん、あご髭のおじさん、サングラスのおじさん。全員おじさん。この五人のおじさんに、女優としての可能性を見せつけなくては！

「キミ、演技経験はあるの？」

質問の矢が飛んできた。

「はいっ。シアター・バーンの舞台に立たせていただきました」

「シアター、バーン」

ロン毛のおじさんは首を傾げながら、碧唯がデビューを飾った劇場名を繰り返す。初めて聞いたといったリアクションで旗色がわるい。

「所属事務所は、ええと……？」

サングラスのおじさんがプロフィール用紙に目を落としながら、「ああー、事務所に入ってないのか」

突き放されるような物言いに距離を感じて、

「はいっ。いまはフリーでやらせてもらってます！」

と、碧唯は前のめりにしがみつく。

「ふふ、フリーって」

あからさまな冷笑を向けられる。まるでお話にならないとばかり。

「とっ、とにかく……やる気は誰にも負けません！」

よろしくお願いしますと、碧唯は勢いよく頭を下げた。

大丈夫、熱意は伝わっている。今のところ参加者のなかで声がいちばん大きい。誰よりも強く印象に残ったはず。

審査員のおじさんたちの反応は、いかほどだろう。まだ駆け出しで現場経験は少ないし、芸能事務所に入っていないのはマイナスポイントかもしれないが、これほど熱意のある若者は放っておけない、声も大きくて元気いっぱいだ、やる気のある者にやらせてみてはどうだろう、それがいい、同感です、異論なし、全会一致で賛成だ、キャスティングは決まりだな、いい映画になりそうだ、完成が楽しみですなあ、左様ですなあ、どうですか興行成功の前祝いに今夜一杯、いいですなあ行きましょう……碧唯の脳内で審査員による評議が繰り広げられる。

俯いたまま、碧唯は頬が緩んだ。

ついに役を勝ち取ったかもしれない。歓喜の雄叫びを上げたいのを我慢して、ゆっくりと姿勢を戻した。

前に並ぶのは、揃いも揃って膨れっ面。

まるで苔むした石仏のような佇まいで、五人が碧唯を見ていた。

あれ……？

この重たく沈んだ空気はなんだろう。肩透かしを食らっていると、「はいでは次」とスタッフが知らせる。

そばに女性が立っていた。後ろの待機列で、右隣に座っていた子だ。

こうして並ぶとよくわかる。年齢は同じくらいだけどスタイルが別次元。腰の位置が高く、輪郭もしゅっとしている。肌荒れを微塵も感じさせない白く輝くその顔は、邪魔者を見るような視線を碧唯に向けている。

「どいて」

追い立てられるかたちで、碧唯は席に退散した。

大きく息を吐く。力んだ頭の筋肉がほぐれて、軽い眩暈におそわれる。緊張したぁ……直前の一分間の記憶すらも朧げである。

ともあれベストは尽くしたはず。あとは果報を待つとしよう。

いまも審査は続いている。出番が終われば気楽なもので、ぼんやりと碧唯は前方を眺める。

「キミは脱げる？　水着シーンあるけど」

「はい、水着までは大丈夫です」

審査員の質問に、女の子が笑顔で応えている。

応募要項にも「水着シーンあり」と書かれていたのを思い出す。そういえば女性は総じて訊かれている。

自分だけ尋ねられなかったと、碧唯は気づいた。

秋葉原の寂れた雑居ビルの三階フロア。アニソンバー「にゃんにゃん☆しゅばびあんはーる」でバイト中の碧唯が、一通の新着メールをスマホから開封する。

「……不合格」

先ほど受けたオーディションの合否通知だった。

まさかの即日通達。もう少し、検討してほしかった。

「なになに、また落ちたのお？」

アーニャさんがカウンターごしに画面を覗(のぞ)き込もうと身を乗り出す。手を引いた碧唯は、首から下げたポーチにスマホを仕舞いこんで愛想笑いを浮かべる。

「どんまーい、碧唯にゃ」

隣で自分用のカクテルを作っていた虚無夢(きよむむ)が、慰めの言葉とともにアーニャさんと乾杯する。オープンの十八時を迎えたばかりの店内には、よくシフトが重なる先輩キャストの虚無夢と、アーニャと自称する常連客のおじさんだけ。

「何のアレだったの？」

アーニャさんが尋ねる。「ドラマとか？」

「映画です。守秘義務があるのでタイトルは言えませんけど」

「残念だったねえ。映画館の大画面で、碧唯の活躍が観(み)たかったなあ」

「うちもー」

虚無夢が抱き着いて、「そしたら自慢できたのにぃ〜」と碧唯に頬を重ねる。心なしかアーニャさんの鼻の下が伸びた。

「おかしいと思ったんですよ」

客前で愚痴がこぼれる碧唯。「私だけ水着シーンＯＫかどうか、審査員が訊いてこなかったんです。ほかの人は確認されたのに……面接の途中で『こいつは無いな』って弾(はじ)かれたってことですよね」

まったくもって腹立たしい。役のイメージと合わないから落とされたのか、脱ぐに値しない身体（からだ）だと思われたのか、せめて前者であってほしいが、どちらにしても舐（な）められた感は否めない。五人のおじさんズめ！

「水着かあ、それはしょうがない。碧唯はセクシーっていうより幼児体型だから」

「アーニャさん」碧唯は怒りの矛先を容赦なく向けて、「セクハラ発言はマジで出禁にしますよ？」

「ちょちょちょ、おま、褒め言葉なのに～」

早口で弁明するアーニャさんを前に、大きなため息が出てしまう。

もう何度目の不合格だろう。一向にオーディションに受からない。

「切り替えて、次いこ～、次～」

明るく励ましてくれる虚無夢。紫色のボブヘアーも、両耳を埋め尽くすピアスも、メタリック素材のジャージも、店の明かりに反射してとにかく眩（まぶ）しい。

「次があればいいんですけどねえ……」

事務所に所属していないフリーの身だと、一般公募のものしか受けられないからチャンスは限られてしまう。

女優を名乗ってはいても、エキストラを除けば出演経験は舞台が一度きり。俳優業のお給料はゼロ円が続き、週四で働くアニソンバーの時給が頼みの綱だった。いまだ実家暮らしだから、同居する母親にも妹にも肩身が狭すぎる。はやく女優として稼げるようになって家にお金を入れたい。一人暮らしで自立したい。

やはりオーディションを勝ち抜かなければ、未来は開けない！

「オーディションって憧れるわ〜」

虚無夢が斜め上を見ながら言う。斜め上には剝き出しの排気ダクトがある。

「や〜、受けるたびに神経がすり減りますよ」

と碧唯。「ああー、自分は必要とされてないんだあーって」

そりゃあ自分は丸顔だし、背も低いし、セクシーさを求められると厳しいけど、頬にあるそばかすも含めて愛嬌があると思っている。体力にも声量にも自信がある。少しは現場経験を積ませてくれたっていいじゃないか。こんなにやる気に満ちているのに。

「うち、オーディション番組観るの好きでさあ、韓国アイドルとかのやつ」

「流行ってますよね、そういうの」

碧唯は観ていない。自分と重ねて胃がキリキリしそうだから。

「面白いよー。めっちゃ燃えるし、泣けるし、みんな好きーって応援したくなる。レッスンとかダイエットとか、超過酷なのに頑張ってて。碧唯にゃ、そんな世界で戦ってるんでしょ、ほんと尊敬する！」

「あ、ありがとうございます」

虚無夢のイメージとは違う気がしたけど、訂正しないでおいた。誰よりも目立って、己の存在をアピールしなければ、役者だって起用してもらえない。

――ですから、言ったではありませんか。

突如、背後から囁(ささや)かれる男のひとの声。

――その考えがまず誤っているのです。

首だけで振り返った碧唯の鼻先で、細長い眼鏡が光る。

碧唯の背後霊である、御瓶慎平(ごへいしんぺい)マネージャーが姿を見せていた。

――オーディションは目立てば勝てるものではありません。審査員が何を求めているか、見極めるべきなのです。

いつもの小言がはじまった。碧唯が所属事務所を辞めたのを機に、いろいろあって、取(と)り憑(つ)いた幽霊マネージャー。こうして碧唯の背中に張りついてマネジメント業務を行っている。

――やる気は誰にも負けませんなど、まず根拠がありません。第三者に対して証明不可能な精神論を述べるより、客観的なものを提示してアピールしなければ……。

「でも熱意は伝わります」

いつもと同じ反論で、碧唯は遮る。

「気持ちで負けるなって、部活でも教わりましたから」

そうだ。高校時代、バレーボールのコートは戦場だった。相手チームに対して気が引ければ、及び腰になってボールが拾えない。ブロックでもアタックでも必ず押し負ける。「気持ちが負けを呼び込むのだ」と、顧問の鬼コーチに刷り込まれた。

——その昭和のスポ根、何とかしたほうがよろしい。

痛烈な物言いに、背中が一層重たく感じる。

「平成生まれですっ。というか、バイト中に出てこないで！」

思わず叫ぶと、きょとんとした顔を虚無夢が返す。

「何。どうしたの碧唯にゃ」

「あっ、ええと、その……」

「急にひとりでしゃべり出して。そういうキャラ作り？」

御瓶の姿は誰にも見えない。取り繕う言葉を碧唯が探していると、

「ひどいわねえ。出てこないで、なんて」

バックヤードから、巨体がぬうっと姿を見せた。

「あたしの店ですもの。たまには顔を見せますよ」

「あっ、あいりーん！」

虚無夢が友だちを呼ぶように声をあげる。

間がわるく現れたのは、愛梨（あいり）。この店のオーナーだ。

「ごめんなさい、愛梨さんに言ったわけではなく……」

釈明するも、当の本人は意に介さず、「アーニャさんいつもご贔屓にどうもねえ」とカウンターごしに頭を下げる。

後ろを確認すると御瓶は姿を消していた。少しはタイミングを見計らって登場してほしい……。

「オーディションかあ」

愛梨が遠い目をする。裏で碧唯たちの話を聞いていたようだ。

「あたしも昔は、いっぱい受けたっけな」

「えっ。あいりんが？」

「そうよお、これでも昔はアイドルだったんだから」

「えー、そんなパンチあるルックスでアイドルなんて想像つかなーい」

虚無夢が言いにくいことを平気で言ってのける。確かに愛梨はアイドルとは程遠い。怒っていなくとも石仮面のように表情が乏しいから威圧感が半端ない。碧唯も最初はその大柄な一挙手一投足に慄いていた。

「地下も地下の、もはや地底アイドルだったけどね。懐かしいわ。不思議の国のアリスの恰好をした子がセンターで、あたしはその隣、アイアンメイデンっていう拷問器具を模した衣装を着て歌ったり、踊ったり……」

「拷問器具って、それアイドルなんですか？」

物騒なワードに思わず反応してしまう碧唯。

「世はアイドル戦国時代の真っ只中。平凡なキャラ作りじゃ見向きもされなかった」

「大変な世界ですねえ」

ライバルが多いのはどの業界も変わらないようだ。

「この店作ったのも、それがあるから。若い子たちを応援したくてね」

愛梨はそう言って碧唯に仏頂面を向ける。

「シフトは融通するから、頑張って」

「愛梨さん……」

なんて優しい人だろう。表情はこわいけど。

「ありがとうございます、くよくよせずに頑張ります！」

碧唯は思い直す。一喜一憂している場合ではない。凹んだ分だけ突き出てやる。

「なんという……胸アツ展開……」

そう呟いたアーニャさんを見ると、滂沱の涙を流していた。

「宣伝くらいは貢献するよ……碧唯のツイッター……『いいね』じゃなくてリツイートする……」

よくわからないが応援されていることは把握した。

碧唯は恵まれた環境に感謝をおぼえる。落ち込むたび、いつもここで元気づけられてきた。女優として売れたあかつきには、この店も、志佐碧唯が無名時代に勤めたバーとして注目を浴び、聖地となり、客足も増えるだろう。愛梨オーナーに恩返しがしたい。そのためにも結果を出さなければ！

決意を新たに、やる気がモリモリと漲ってくる。今ならどんなオーディションでも受かる気がした。さあ、どんな難関、狭き門だろうと、かかってこい。かかってこい！

首から下げたポーチがぶるぶると震え出す。かかってきたのは電話だった。

即座に期待してしまう。先ほどのメールは手違いでした、本当は合格です、あなたこそ主演に相応しい、ぜひ映画に出演してほしい、そんな連絡がやってくることを。

スマホを取り出して確認する。

先輩俳優・楠麗旺からの着信だった。都合のいいことばかり考えても、都合のいい展開になったためしがない。

着信音は続いた。

何の用だろう。失礼しますと、碧唯はバックヤードに駆け込んだ。

「もしもし……？」

「碧唯ちゃん、お疲れさま〜」

耳元にフランクな声が届く。

元・国民的人気子役の麗旺とは、初舞台のときに知り合った。はじめこそ「一流芸能人様だ！」とミーハー心で接していたが、徐々に緊張は薄れつつある。

「どうしたんですか、電話だなんて」

声をひそめて尋ねた。曲がりなりにもバーのキャストとして勤務中に、イケメン俳優と話し込むわけにはいかない。端的に済ませねば。

「最近どうなの、仕事は順調？」

しかし麗旺はのんびりとした様子。

「いやまあ、苦戦中ですが……」

歯切れわるく、碧唯は正直に答える。

「だよねえ。事務所に入ってないとねえ」

さもありなんという調子で、うんうんと繰り返された。

「バイト中なんで、メッセでお願いします。あとで返信しますから」

碧唯が耳からスマホを離しかけると、

「つれないじゃん。お仕事、紹介しようと思ったのに」

「えっえっえっえっ！」

一転、スマホにかじりつく。

「麗旺さん、ほんとですか!?」

「声おっきいって」麗旺は笑いながら、「正確には、お仕事のチャンスかな。演技の選考はあるよ。知り合いの舞台演出家が出演者を募ってる」

「オーディションってことですよね、大丈夫です」

受けられるだけでも御の字だ。麗旺に手を合わせたくなった。

「よかった、じゃあ先方と繋（つな）ぐよ」

「ありがとうございます！」

「――だけど、碧唯ちゃん」

麗旺のトーンが変わる。

違和感をおぼえた。まるで受話口が厚く塗りこめられたように、スピーカーのノイズが途絶える。

「あの、麗旺さん……？」

存在を確かめるために名前を呼ぶ。麗旺がいなくなった気がした。

「覚悟……は、して……おい、て」

いや、麗旺はいた。電波が乱れる。細切れの声をかろうじて拾う。

「覚悟って、何がですか!?」

不吉な予感。摑みかかるように叫んだ。

「そ、のオー……ディショ……ン」

次の瞬間、鮮明に戻った声を碧唯はとらえる。

「誰も受からない――って噂だから」

＊

一週間後、碧唯はオーディション会場にいた。

東新宿にあるスタジオ施設「ＡＣＴヴィレッジ」は、いくつもの部屋で廊下が入り組んでおり、方向音痴ぶりを発揮した碧唯は迷子になりかけながら、二階への階段を上がって再び彷徨った末に、奥の部屋へと辿り着く。

名簿を持った女性スタッフに名前を告げて、待機列のパイプ椅子に座った。五席ずつ二列の並び。前方の左端から番号が振られており、七番の碧唯は、後列の左から二番目にいる。

布地を引っ張って服装を整えた。薄いニット地の白いスリーブカットアウトに、グレンチェックのタイトミニ。前回のオーディションでの苦い経験を踏まえて、今日は身体のラインが出るぴったりした服を選んだ。これで少しはスレンダーかつセクシーに見えるだろう。見えてほしい。

開始時間まで残り十分。ＢＧＭはなく、静寂が緊張を高めていく。

麗旺の口添えによって書類審査はパス。いきなり実技審査に呼んでもらった。

集まった参加者は全員が女性で、十名と少ない。合格できる確率は高そうだけど、麗旺の言葉が引っかかっている。

誰も受からないオーディション。

……意味深な言い回しだ。そんなものが本当にあるのだろうか。受からないなら、何のために選考を行うのかわからない。

オーディションはこれまで何度も開催されており、いまだ合格者が出ていないという。よほど審査員が厳しいのか、求められる演技の水準が高いのか、役に合う条件が細かいのか。いずれにせよ碧唯にだってチャンスはある。知名度やキャリアよりも、色のついていない新人がハマるかもしれない。

ただ、麗旺の言い方はニュアンスが異なった。

おどろおどろしさを含んだ口調。警告を孕んだイントネーション。怖い話が嫌いな碧唯をからかっただけなら、それでいいのだけれど……。

気づけば、両腕に鳥肌が立っていた。あの不吉な予感が拭えない。

つまりこれは、もしかして、そういうことなのか。

……考えるのはよそう。今は集中して実技審査に挑みたい。

「時間になりました」

女性スタッフが告げて、ドアを閉めた。薄い顔立ちで地味な印象を受ける。どことなく知人の制作スタッフに似ているが、もっと歳は上だろう。

はじまると思いきや審査員がいない。目の前の長机に用意された椅子二つは、空席のまま。

勢いよくドアが開けられる。

「オンターイム！」

言いながら、ひとりの少女が飛び込んできた。碧唯を含めた参加者が揃ってビクリと身体を震わせる。驚かせるための登場にしか思えなかった。

少女は異彩を放っていた。

ピンクのツインテールに、バチバチのメイク。ダメージ加工が激しいタイトな洋楽バンドTシャツに、フリルの重ねられたボリュームのすごいスカートが大きく揺れる。愛梨オーナーの話が頭をよぎった。さては地下アイドルのオーディション会場と、部屋を間違えたのでは……？

「じゃあー、はじめますかねえ」

場違い感も甚だしい少女は、あろうことか参加者の列ではなく、正面の机に向かう。

左側の座席に座って、碧唯たちと相対した。

少女は興味津々といった目つきで参加者一同を眺めてから、

「こんちゃー、演出家のミルクだよ～！」

テーマパークのキャストと見紛うほど、元気いっぱいな挨拶をした。

演出家？　ミルクが名前？　そのファッションは何？　演出家って変な人間ばかり？

碧唯の頭に戸惑いが押し寄せる。

「舞台『あんずの木の下で』のオーディションに、ようこそ～！」

よく見ると少女ではなく成人女性のようだが、おそろしいまでに若々しいエネルギーを振りまいていた。

ほかの参加者は「ミルク」なる人物に驚く様子はない。最初から知っていたのか。

――知っているに決まってるでしょう。

マネージャーが耳元で勉強不足を諌めてくる。

――人気の演出家ですよ。若くして「演劇界の風雲児」と呼ばれるほどの……。

「わかりましたから、今は話しかけないで」

限りなく小声で御瓶に言ったつもりが、隣の女性に怪訝な顔を向けられる。愛想笑いで誤魔化して正面を向いた。

とにかく集中しなきゃ。必ずや、役を勝ち取ってみせる！

「一枚ずつ、お取りください」

演出家の助手なのだろう、女性スタッフが何やら配りはじめる。

事前に課題は聞かされていない。過去のオーディションでは一発芸や、好きな曲をアカペラで歌え、というのもあった。どんなものが要求されるか未知数だ。
受け取った一枚のコピー用紙に目を落とす。タイトルと、簡単なあらすじ、セリフとト書きが記された、半ページにも満たない抜粋台本だった。

『あんずの木の下で』オーディション用台本

小児外科の医師が、様々な患者や家族たちと懸命に向き合う姿を描いた物語。
次のシーンは、怪我を負った少年の症状を、その母親に告げる場面である。

○シーン8・診察室
登場人物：医師、看護師、男児の母親
患者である男児の母親が、医師と向かい合っている。パーテーションを挟んで看護師がいる。

母親「息子は、いつ歩けるようになるんですか」
医師「ご説明した通りです」
母親「先生」
医師「お子さんの足が回復することはありません。走るどころか、歩くのだって、杖の補助なしでは難しいと思われます。まずはリハビリを少しずつ頑張りましょう」
母親「そんな、あの子は野球が大好きだったのに」
医師「いまは、どうか寄り添ってあげてください」

「十分後にはじめます」

助手が告げた。「好きな役を選んで、演じてください」

張り詰めた沈黙のなかに、紙の音と、小声でセリフを囁く声が混じる。急いで碧唯も読み込んでいく。

「よっし、じゃあ時間だね」

ミルクの声で顔を上げる。あっという間の十分だった。

「まずは希望の役をお聞きします」

助手が一同に向かって尋ねる。

「医師役を演じたい方は挙手してください」

ばっ！

綺麗(きれい)に揃って手が挙がる。十名、全員だ。

「皆さん、医師役ですね。母親役や看護師役をやりたい人はいませんか？」

助手が伺うも、変更者は現れない。

碧唯も譲る気はない。合格したときのことを考えたら当然だ。医療ドラマにおいて誰が主人公なのかは明白で、出番の少なそうな母親役より、全編を通して活躍できる医師役にキャスティングされたいに決まっている。まして看護師にいたってはセリフすら書かれていないのだ。率先して選ぶわけがない。

「しょうがないなあ～」

ミルクが助手に目配せすると、

「それでは私が母親役を務めます。看護師は、いるという体(てい)でお願いします」

助手は言って、パイプ椅子を二つ、部屋の中央に向き合うかたちで置いた。そのまま上手(かみて)のほうに腰かける。スタッフかと思いきや代役もこなすらしい。

「番号順にいこう。名前だけ言って、芝居やってくれる？」

ミルクの言葉に、前列の左端に座った女性が立ち上がる。

かくして審査がはじまった。ミルクの隣は空席のままだが、プロデューサーあたりが遅れているのだろうか。偉そうな大人がいないほうが萎縮せずに演技を披露できそうだ。

トップバッターが、ミルクの前に歩み出る。

「影山晴美と申します」

後ろ姿がスタイルの良さを物語っていた。元気と愛嬌で挑む碧唯は、いきなり気後れを感じてしまう。いやいや、モデルの選考ではないのだ。気持ちで負けるなと自分に言い聞かせる。

「二十五歳、神奈川出身。趣味は舞台鑑賞、特技はダンス。学生時代から劇団に所属して経験を積みました。ミルクさんの舞台に出演させていただきたく……」

影山が流れるように述べても、ミルクは相槌を返さない。

「ぜひ、特技のダンスを見てください」

そう言ってステップを踏みかけたところ、

「そういうのいいから」

笑顔のまま、ミルクが制止をかける。

「名前だけでいいって言ったじゃん」

「あ、はい。でも……」

「はやく演技が見たーい」

その演出家は、待ちわびる子どものような声で促した。

会場の空気が張りつめる。自己紹介を兼ねて特技を披露するなど珍しくないが、ミルクは求めていないようだ。

「は、はい。よろしくお願いします」

途中で自己PRをやめた影山は、やや臆しながらも、手に持った紙を胸元に寄せて、母親役と向かい合った椅子に座る。

「はい、どうぞー」

ミルクが手を叩（たた）くと、助手が口を開いた。

「息子は、いつ歩けるようになるんですか？」

すっと耳に入ってくる自然なトーン。助手の本業は女優なのかもしれない。

「ご説明の、通りです」

影山は台本に目を落としたままセリフを返す。深刻さを匂わせる言い回しによって、シリアスな空気が漂いはじめる。

「先生」

静かな揺らぎを宿した響き。一言で母親の抱いた不安が伝わってくる。助手の人、派手さはないけど芝居が上手い。

「息子さんの足は、治ることはありません。歩くのも、走ったりも、残念ですがお母さん、杖が必要になります」

一方で、医師役の演技だって堂々たるものだ。本日のライバルもいきなり強敵だと、焦りが滲む。思わず演出家に目をやった。あどけない笑顔は消えて、ミルクは鋭い眼光を演者に注いでいる。見定めるような真剣な顔つき……もう医師役は影山に決まりだと思っていたらどうしよう。

「とにかくリハビリをちょっとずつ頑張りましょう」

聞きながら、碧唯は何か引っかかる。台本を確認すると、細かい言い回しが違っていた。演技に集中するあまりアレンジされたのだろう。

「そんな、あの子は野球が大好きだったのに」

「いまは、どうか寄り……寄り添、って……あれ？」

影山は最後のセリフで言い淀む。

首を傾げ、台本に目を凝らしたものの、「すみません」と素に戻った。

「最後のセリフ。プリントがちょっと読みづらくて」

そう釈明すると、

「いいよ大丈夫。ここまでにしよう、お疲れさま～」

ミルクはポンと手を叩き、切りあげた。プリンターのインクが掠れて印刷されたのだろうか。

「ありがとうございました」

一人目の審査が終わった。

入れ替わりで、碧唯の前に座った女性が前に出る。

真っ赤なワンピースの裾がふわりと優美に揺れた。

「深羽れい香」

張りのある声がスタジオに響く。

「今年の頭に彗星劇場に立ちました。譜久原重樹さんの舞台への出演経験もあります。映画の代表作だと……」

「やめてやめて、聞きたくない」

耳を塞ぎながらミルクは遮る。

「余計なことは話さなくて大丈夫だから」

「いえ、実績を知ってほしくて」

「知りたいのは実力なんだって」

ミルクはスタンスを崩さない。少しくらい話を聞いてあげてもいいだろうに……。

「ふん」

深羽は椅子に腰かけて、母親役の助手と向かい合う。長い脚を横柄に組んだ。錚々たるキャリアの披露を邪魔されて機嫌を損ねたのは明らかだ。

「台本見なくていいの？」

「覚えました」

ミルクを見ずに深羽は答える。台本は椅子の上に置きっ放しだ。

ＯＫそれじゃあと、ミルクが手を叩いた。

「息子は、いつ歩けるようになるんですか」

母親役が最初のセリフを口にする。先ほどと同じ空気で芝居がはじまる。

「ご説明した……通りですっ……！」

たちまち雰囲気は激変した。息苦しさが、見ている碧唯にも圧しかかる。

「先生」

「お子さんの、足が……」

苦渋の色を浮かべて言い淀む。医師役の横顔に刻まれるのは、迷いと葛藤。

「……回復することはありません！」

そうして内なる昂りを放出した。

「走るどころか、歩くのだって……」

セリフに気持ちがこもっている。ビシビシと感情が伝わってくる。

「杖の補助なしでは難しいと思われます！」

この場を支配する力強い演技。もはや彼女の独壇場といっていい。

「まずはリハビリを少しずつ、頑張りましょう……！」

豊かな抑揚から崩れる語尾。医師役の目は、涙に濡(ぬ)れていた。

「そんな、あの子は野球が大好きだったのに」

対して、母親役の演技は弱かった。助手は完全に押し負けている。

「いまは……！」

医師が母親の前に進み出て、膝をついた。励ますように両手を握って、

「どうか……どうか……！　寄り添ってください！」

どこまでも悲痛な哀(かな)しみに満ちた叫び。医師の抱いた苦しさが、これでもかと伝わってきて、碧唯は胸が締めつけられる。

「……以上です」

ぱっと芝居をやめて、深羽はミルクに一礼。碧唯も現実に引き戻される。

おお……待機列から息が漏れた。

熱演――と呼ぶに相応しかった。

「ありがとう、お疲れさま～」

ミルクに言われ、深羽は颯爽(さっそう)と席に戻る。勝ち誇った顔つき。演出家から死角になっ

たその表情は、実力を見せつけたという自信に満ちている。

碧唯の焦りは募るばかり。後に続くのは不利だ。負けたくないけど、あんなにも感情豊かな演技を披露できるだろうか。

「では次の人ー」

「はいっ！」

次いで三人目が、前方に歩みを進めたところ。

「ちょっと何これ!?」

場違いな金切り声が、碧唯の目の前で響いた。

「誰なの、こんなことして！」

待機列に戻ったばかりの深羽だった。

「つまんない嫌がらせ、やめてくれる!?」

血相を変えて喚（わめ）く様に、何事かと、どよめきが生じる。碧唯も状況を把握できない。

「どうしたのー？」

呑気（のんき）に様子を窺（うかが）うミルクに、

「あり得ないでしょ！」

と、深羽が掲げたのは台本の紙。

碧唯をはじめ、一同が息をのむ。

そのコピー用紙はズタズタに引き裂かれていた。

「こいつが犯人に決まってる！」

すごい剣幕で碧唯は睨まれる。

「わ、私じゃないです……！」

思いがけず、そう応えるのが精いっぱい。

「じゃあ誰がやったのよ。そこなら見えたでしょ！」

「や、あの……」

言葉に窮する。前列の両隣は不審な動きをしていない。もちろん碧唯もやっていない。

「さあ教えて。誰の仕業よ!?」

「あ、あの……わかりません」

「そんなはずないじゃない！」

「いや、それがほんとに……」

「まあまあ、落ち着こうって」

ミルクが助けてくれた。そして平然と続ける。

「気にしないで」

「気にするな？」深羽の怒りはおさまらない。「揺さぶりをかけるなんて卑怯な奴。実力で勝負しなさいよ！」

「あなたの審査は終わったから、審査に影響はないよ」

「こんなことされて黙ってろと？」

深羽はミルクにまで嚙みつくが、

「よくあることだから」

そう返されて、言葉を詰まらせた。

「……は？　よくあること？」

「よく破けるんだよ、台本。ごめんね」

「そんなこと、あるわけ……」

「この話はおしまーい」

ミルクは何度か手を叩き、「次の人お願いしまーす」

「あっ、はい！」

手持ち無沙汰に立っていた三人目の女優が、自己紹介をはじめた。

さすがに深羽も座るほかない。わなわなと背中が震えていた。おさまりはつかないらしい。

三人目の女性もまた熱演だった。凍りついた場の空気を盛り上げようとしてか、必死に演じている。

碧唯は言いようのない不安に駆られた。

オーディション中に台本を破るなんて嫌がらせ、「よくあること」なのだろうか。ライバルを蹴落とす手段としては子どもじみている。それに犯人がわからない。全員の目を盗んで犯行に及べるものか、疑問が残る。

オーディションは何事もなかったかのように進行した。

続く四人目、五人目も、献身的な医師の姿を演じてみせる。セリフの一つひとつに重みをもたせ、感情たっぷりに言葉を発した。母親役の存在感は薄れるばかりで、まして誰も演じていない看護師などは忘却の彼方。主演の一人勝ちが続いた。

これは、手強い……。

誰が合格してもおかしくないレベルで、今まで受かる人がいなかったのが不思議なくらい。やはりミルクという演出家の求める水準が高いのだろう。

碧唯の緊張はピークに達する。ただ待つ時間というのは残酷だ。心は乱れて熱くなるのに、動かさない身体は冷え込んでいく。自分みたいな素人が太刀打ちできるわけ……ええい、だから気持ちで負けるな。勝てると信じた者だけに勝利の女神は微笑むってバレー部でも教わったじゃないか！

碧唯が内なる闘志を燃やしたその時、異変は生じる。

演技を終えた五番目の女性が、

「……すみません」

と、ミルクに向かって挙手。その細い腕は、風に震える小枝のよう。

「どうしたの？」

「いや、あの……体調がすぐれなくて」

外の空気を吸ってきますと言い残して部屋を出た。変な沈黙がおとずれる。

「お大事にねー。じゃあ次の人、お願い」

「はい」

碧唯の左隣の女性が立った。いよいよ次が自分の番。碧唯は気合いを入れ直す。

もう一度セリフを確認しようと、手元の台本に目を落とした。

ぐわん、と視界が乱れる。

……何だろう。眩暈が。

気を取り直して最初のセリフを——駄目だった。文字がピンボケして激しく揺れる。

車酔いみたいに生唾がせり上がる。文字の震えはひどくなるばかり。

「私も外に、いいですか……？」

右斜め前の女優が手を挙げた。すでに審査を終えた三番の参加者だ。

その言葉を皮切りに、一番の影山と四番の人まで、

「実は気持ちわるいの我慢してて」「私もトイレに行きたいです」

ほとんど同時に席を立つが、そのまま三人とも床にへたり込んだ。深羽も座ったまま

背中をぐったり丸めている。

「だ、大丈夫ですか……？」

声をかけるも返事はない。どうしたことだろう。明らかに様子がおかしい。

「あーあ」

頬杖をついたミルクが呟く。

「やっぱり、こうなるのかあ」

その諦めるような口ぶりに、碧唯は戸惑いをおぼえた。やっぱりって？

ぐわん。まただ。碧唯も眩暈にやられて、背もたれに身体をあずける。

絶対に変だ。何かが起こっている。

そこで碧唯は気づいた。スタジオの壁が揺らいでいる。地震とは違って、ぐにゃり、ぐわりと、まるで部屋全体が痙攣(けいれん)するみたいな振動が、肌を伝って碧唯の身体を震わせる。喉元に込みあげる吐き気。思わず口元に手を当てた。

すみません、私もトイレに——。

あれ？

言葉が出ない。しゃべれない。ぎぎぎ、ぐぐぐと、喉の内側から締めつけられるような痛み。見ると後列の女優たちも同様に、口や喉元を押さえていた。

ミルクと助手がこちらに駆けよって声をかけるが聞き取れない。部屋は揺れている。

碧唯たちを揺さぶり続ける。

ふと感じた。沸騰するような、誰かの心。

もしかして――怒っている？

そう受けとった次の瞬間。

「ぎゃっ……！」

頭から水をかぶった。

「え、何、えっえっ冷たっ！」

トップスのニット地に容赦なく水が染み込んでくる。たちどころに悲鳴が重なる。幾人もの女性の叫び声が、濁流のような轟音に飲まれる。

雨が降っていた。

床も一面、水浸し。天井のスプリンクラーが作動したのだ。碧唯の全身はグズグズに濡れそぼつ。

――大丈夫ですか、志佐くん！

御瓶の声がうわずっている。

「や、や、何が何だか……冷たぁい」

新手のドッキリにしてはやりすぎだ。前髪から滴る水のせいで、目を開けるのもやっとのこと。

――部屋を出なさい、風邪を引いてしまう。

「御瓶さん、何とかしてくださいよ！」

――生身を持たない者に為す術は、はっ、はっくしゅ！

「やだ、きたなっ！」

耳元のくしゃみに驚いて振り返ると、鼻を啜るズブ濡れの御瓶がいた。眼鏡のフレームまで濡らしたそのアンニュイな顔つきに、妙な色っぽさが漂っている。

けたたましいサイレンが鳴りはじめた。

ほんとに何なの、厄日なの？

「中止です、皆さん。外に出てください！」

ようやく助手の声が聞こえた。入口のドアを開けて、碧唯たちを導いている。

参加者たちはパニックになりつつも、椅子の下に入れた手荷物を取った者から、ドアのほうへと逃げはじめる。

「うへえ、勘弁してよ～」

ミルクは閉じたパソコンを大事そうに抱えて右往左往。

助手が急き立てるも、

「はやくミルクさんも避難してください！」

「ボクは最後に出るよ。演出家って船長みたいなもんだから！」

と、雄々しい顔つきで応えた。こんなに濡れてもメイクは崩れないが、目元を縁取る黒いアイラインと、長いツインテールの乱れた様が、ジャック・スパロウに見えなくもない。

気がつけば部屋にはミルクと助手、そして碧唯のみ。

どうしよう。オーディションが中止だなんて。まだ自分の番は来ていない。

「何してるんですか、あなた！」

助手は碧唯に向かって、「はやく外に……」

「ちょ、ちょっと待ってください！」

碧唯は胃液を気合いで押し込み、床を踏みしめ、顔を拭ってミルクに告げる。

「私を審査してください！」

サイレンに負けじと大声を出す。廊下に出た参加者たちが、ドアごしに覗いている。

「……度胸あんねえ、この状況で」

悪役の少女じみた、不敵な笑みを浮かべるミルク。

「いいよ、やってごらん」

お腹（なか）でパソコンを守ったまま、前傾姿勢で碧唯を見据える。膨らんだスカートから軒先のように水が滴り落ちている。

碧唯は意識を集中させる。

ぼやける視界のなかにミルクの姿をとらえ、まずは自己紹介。

「志佐碧唯、女優ですぶ、ぶふぉっ……！」

口に水が入ってむせた。

「あっは、変な子～！」

ミルクが手を叩いて面白がると、パソコンを床に落とした。絶叫しながら拾い上げる。

あなたには変だなんて言われたくない。

「つ、続いて実技審査お願いします！」

めげることなく握りしめた台本に目をやると、見るも無残な有り様だった。インクが滲んで薄墨色のマーブル模様になった紙面からは、文字が流されている。とてもじゃないけど読めたものではない。

最初のセリフ、何だっけ。焦ったところで思い出せない。

「ここを出なさい！」

ドア付近から男性の怒号。あの制服は警備員だろう、有無を言わせぬ迫力があった。

「さすがにタイムアウトかあ、残念！」

一足飛びに近寄ったミルクは碧唯の手を引いて、

「場所を変えよう志佐ちゃん。きみの演技、ちゃんと見るから」

「あっ、ありがとうございます！」

よかった。名前を覚えてもらえた。

碧唯たちは部屋を出て、警備員の誘導に従い、入り組んだ廊下を進む。ほかのスタジオもドアが開けられ、人々がどよめいている。階段を下りた参加者たちは一階のエントランスロビーに留められた。受付のお姉さんたちが目を丸くしている。ちょうどサイレンが鳴りやんだ。

「ごめんねー、みんなはわるくないから」

ミルクがそう告げても参加者は狼狽えるばかり。スタジオの従業員が大量のバスタオルとドライヤーを持ってきた。碧唯たちは髪を拭いたり、服を乾かしたり、不快感を和らげようと躍起になる。今日に限ってぴったりした服装を選んだばかりに、より冷たさを感じる羽目に……とことん引きがわるい。

それでも何とか水分を拭きとっていくと、

――ふう、災難でしたね。

後ろで御瓶が一息ついた。彼も乾きはじめている。幽霊なのに一緒に濡れたのは、憑依によって身体を共有している証だろうか。何だかそわそわしてしまう。

「責任者の方、お話を伺わせていただきます」

強面のおじさんに、ミルクと助手が連行されていった。

防火設備の作動原因を問い質されるのだろう。ほかにも複数のスタッフが、慌ただしくロビーを駆け回っている。

そばにいた参加者と目が合った。

ぶふっと、ほとんど同時にお互いが噴き出す。ドロドロに落ちたメイクを見ながら、きっと私も同じような有り様だと思うと、碧唯は耐え切れなかった。笑いはすぐに波及する。あちらこちらに拡(ひろ)がっていく。着衣に重みが残るものの、気持ちだけは軽くなった。同じ境遇の者同士、こんな時は笑うしかない。

「……何がおかしいの」

ドスの利いた声が、たちまち笑いを鎮めさせる。

濡れて赤黒いワンピース。深羽れい香だった。

頬を伝ったマスカラの繊維が黒い涙の痕のようで、いっそう気迫が増している。

「こっちはミルクの芝居で主演がやれると思って、意気込んで参加したんだけど！」

片手で喉元を触りながら、碧唯に詰め寄る。生乾きの臭いが鼻をついた。どうやら嫌がらせの疑いは晴れていないらしい。

「私だってそうだよ」「チャンスだったのに」

オセロがひっくり返るように不満の声があがる。

こうなると誰も笑わない。哀れな濡れネズミの集団は再び、陰鬱なムードに包まれる。

「呪い」

誰かの放った一言で、その場はさらに凍りつく。

集まった視線の先。一同から離れたところに、ひとりの女性が立っている。濡れた痕跡はない。最初に体調不良で退席した人だ。運よく被害を免れたといえる。

「の、呪いって……？」

碧唯が反応する。冗談めかすつもりが雰囲気に飲まれ、逆に深刻さを帯びてしまった。

「呪いなんだって」

その女性は反復し、

「何回受けても、オーディション中に気持ちわるくなる」

奇妙なことを口走った。

「リピーターさん、なんですね」

碧唯は尋ねる。変な訊き方になったが、そう形容するほかない。

「誰も受からないって聞いたから」

女性はまくし立てるように、「それなら決まるまで受けてやろうと思って、今回で三度目だけどもうたくさん。二度とごめんだ、気持ちわるい気持ちわるい気持ちわるい」

「あんた何言ってんの？」

深羽が苛立たしげに、「いつも体調わるくなるってこと？」と前に出た。

「私だけじゃない」

女性は一歩、後退る。忌み嫌うように碧唯たちから距離を置いて、

「前もそうだった。オーディションの最中、みんな気分がわるくなる。審査中に吐いちゃう人もいた」

聞きながら、胃の不快感が蘇ってくる。確かに碧唯も体感した。

「換気がよくなかったんでしょ。それを呪いだなんて」

深羽が鼻で笑うも、女性は「あんた」と指をさす。

「台本が破れたのも、初めてじゃないからね」

「は？」眉間に皺を寄せる深羽。「嫌がらせが横行してんの？」

「違う、勝手に破けるの」

女性はきっぱりと言い放つ。

「特に自信満々なお芝居をした人の台本が、破かれる」

「ばっかじゃないの！」

深羽はバスタオルを床に叩きつけた。

「……くれぐれも気をつけて。お疲れさまでした」

呪いと主張する女性はエントランスから出て行った。引き留める間もなかった。

取り残された碧唯たちに、不穏なムードが霧のようにまとわりつく。

「ねえ、やっぱり……」

「噂は本当ってこと？」

周囲から疑念が漏れる。多かれ少なかれ、不可解な事情は聞きかじっていたらしい。

誰も受からないオーディション――麗旺の言葉通りだった。

「で、でも！」

碧唯は一同を視界におさめて力説する。

「受からないのは、演出家が厳しいからだと思いました。求める演技のレベルが高くて、合格者が出なかっただけで……」

「呪いが私たちの邪魔をしてる！」

新たな叫び声に碧唯は遮られる。見るとトップバッターで審査された、影山だった。白いワンピースから素肌が透けて、長い黒髪は水を吸って首まわりに張りついている。その怨霊じみた佇まいに碧唯は身が引けてしまう。

「呪いなんだ」

影山は黒ずんだ目を見開いて、「だから誰も受からないんだ」と頭を掻きむしる。

「そうとは、言い切れないんじゃ……」

「台本に血がついてた」

「っ、血……!?」

碧唯は言葉に詰まる。冷えた肌をそっと撫でられるように、悪寒が走る。

「私、最後のセリフをトチったでしょ」

「はい、それは」

「赤く滲んでいた。アレは誰かの……」

背後で短い悲鳴があがった。

碧唯は想像する。演技中に台本を汚す、じわりと滲む血痕。

「……い、いくらなんでも」そんなベタなホラーがあってたまるか。「ちょっと台本見せてください」

「ああ、そうか……」

「会場に置いてきたよ、ぐちゃぐちゃになったから」

誰もコピー用紙は手にしていない。水に濡れただろうし、あの混乱のなかで、碧唯も捨て置かざるをえなかった。

「呪いに違いない……呪われた……もう呪われたんだ！」

影山は不吉な言葉を繰り返す。

「落ち着いてください。それに呪いって、いったい誰のですか」

「オーディションに受からず、非業の死を遂げた女優に決まってる！」

怒りに任せるように断言した影山は、それからも呪い、呪いと反復する。あまりの錯乱ぶりに碧唯は尻込みしてしまう。

「ああ、イヤだ、イヤだ」

ぶつぶつと呟きながら、影山はタオルで身体を拭き直した。呪いが身体に染み込んだとでも言わんばかりに、服の上から乱暴に、頑固な汚れをこそげ落とすように、全身を摩擦していく。

「ダメ、お肌が傷つきます！」

碧唯の制止は耳に届かない。たちまち二の腕が赤く腫れていく。

恐怖心が伝播（でんぱ）したのか、気づけばみんなが身体をもう一度拭きはじめる。気持ちわるい、なんでこんな目に、もうほんと無理と、恨み辛みの愚痴を唱える半狂乱の集団に様変わり。受付スタッフは怯（おび）えきって、カウンターのなかに屈（かが）んで首を引っ込めている。警備員たちも遠巻きに棒立ちのまま。

呪いなんて嘘（うそ）だ、そう叫びたくても無理だった。

破かれ、血が滲む台本。参加者の体調不良。

揺らめく部屋に、スプリンクラーの誤作動。

おかしなことばかり目の当たりにして、碧唯も信じかけている。私たちを呪う、非業の死を遂げた女優の存在を――。

「いやー、参った参った」

軽快なステップでミルクが戻ってきた。浮かない顔の助手も一緒だ。

「スプリンクラー、うちらのせいじゃないって言い張ってきたよ～」

いまだスカートの裾から水滴を滴らせながら、ミルクは釈明する。

虚を衝かれたのか、皆が動きを止めるも、

「でも今日は、ごめんだけど解散で！」

そう宣言されて、女優たちは一斉に演出家を睨んだ。

「誰のせいでこんな目に！」「いい加減に合格者を決めてよ！」

あっという間に取り囲んでしまう。

まずい。このままでは暴動に発展しかねない。

「待ってください！」

碧唯は声を張り上げた。振り返る一同。両手で構えたバスタオルで、今にも首を絞められそう。

「あのですね。一つ、ご提案がありまして！」

勇気をふりしぼって切り出した。

まさか、こんなことになるとは。

初めて自分が「依頼人」になるのだと、不思議な心地を抱いた。

あの男に連絡をとろう。見えない想いを掬うにはそれしかない。

碧唯は――胡桃沢狐珀の浄演を望んだ。

飛行機の音が遠くから聞こえる。

「で、そいつまだー？」

ぶわりと白煙を吐いて、ミルクが言った。

「もう着くんじゃないかと思います……！」

もう何度目かの言葉を、碧唯は繰り返す。

ＡＣＴヴィレッジ裏の喫煙スペース。ミルクは打ちっぱなしのコンクリート壁に寄りかかったまま、煙草を深く吸いこんだ。風にのってくる煙の匂いが甘い。

陽が出ているので暖かく、服も乾いてくれたけど、いまだ肌に張りつく不快感は残ったまま。すべてを終えるまでは我慢するしかない。

碧唯はミルクに「浄演」を申し出た。

演出家・胡桃沢狐珀の力で霊の想いを浄化しないことには、もはやオーディションは立ち行かない。ホラーは苦手だ。恐怖映画は見られないし、誰かが怖い話をはじめたら速攻で耳を塞ぐタイプ。積極的に関わりたくはないけれど、合格して前に進むためにも避けて通れない。

「浄演ねえ……胡散臭いねえ、楽しみだねえ」

　ニマニマと笑うミルクは、この展開を楽しんでいるよう。

「どうなんでしょう」

　傍らに控えた助手が、「お祓いをしたところで……」と眉をひそめる。

「あっいえ、お祓いってわけでは」

「本当に宗教じゃないんですよね？」

　助手の視線が鋭さを帯びた。露骨に怪しまれている。

「く、詳しい説明は、本人が来てからということで……」

　理解してもらうのは難しい。狐珀の到着を待つほかない。

「まあいいじゃなーい」

　ミルクが助手の肩を叩いて、「面白そうじゃん？」と宥める。

「心配です。後から高額請求されたり、入信を迫られたり、数珠とか壺とか買わされたりしたら……」

「やや、ホントそんなんじゃないので！」

　重ねて否定する碧唯。やはり「霊の仕業っぽいので浄化できる人を呼びます」という説明がまずかった。インチキ商法と誤解されても致し方ない。

「あはは、伊佐木ちゃんは心配性だからねえー」

　ミルクが茶化すように言った。

「えっ」その名に耳を疑う碧唯。「伊佐木さん、って？」

「自己紹介がまだでしたね。舞台役者の、伊佐木綾子（あやこ）と申します」

「伊佐木、綾……」

碧唯が変わらず頭に疑問符を浮かべていると、

「ああ。もしかして伊佐木綾乃（あやの）に会いました？」

見知った制作スタッフの名前が飛び出す。

「はい、初舞台でお世話になりました」

「その姉です」

「わ、そうなんですか!?」

まじまじと見てしまう。主張の少ない綺麗な顔立ち。綾乃さんに通じる雰囲気は感じていた。

「姉妹揃って地味でしょ」

「いや、そんなことは！」

「そこまで売れず、それでも干されず、細々と役者を続ける人間です」

冗談なのか本気なのかわからないトーンで自虐を繰り出される。確かに、主役を張るってタイプではなさそうだけど……。

「伊佐木ちゃんはボクの舞台の常連役者。才能あるから重宝してるよ～」

ミルクが褒めると、

「いえ別に。拾ってもらっただけなので」

と、微動だにせず謙遜を述べる。

一緒に舞台を作り上げてきたゆえの絆だろうか。ふたりの間に漂う空気を、碧唯は羨ましく思った。

「それにしても業界は狭いねえー」

ミルクは腕を組みながら、「妹ちゃんと知り合いだなんて」

「似てるなあ……とは思ったんです。姉妹で演劇をやられてるんですね」

「はじめたのは私が先で、いつの間にか綾乃もこっちの道に」

「意外と多いんだよ」とミルク。「双子タレントとか、親子二代で俳優とか」

なるほど。近しいところで活躍ぶりを見ていたら、感化されるのかもしれない。

「何なら、兄妹で演出家っていう奴らも知ってるよー」

「すごいですね、そんなピンポイントで」

「ぷー、くすすす」

突然笑い出すミルク。何か変なことを言っただろうか。

「……あの、オーディションのことなんですけど」

碧唯は頃合いとみて尋ねる。

「いつも、何か変なことが起こるんでしょうか？」

ミルクは「やっぱり、こうなるのかあ」と言った。浄演の前に、手がかりを集めておきたい。

「体調不良の訴えは一定数ありました」

綾子が応じる。「換気や、湿度の調整など、注意をはらいましたが、残念ながら防ぎきれておりません」

オーディションは極度の緊張を強いられる。体調を崩す人もいるだろう。だけど、それだけが理由とは考えにくい。

「実はさっき、私も気持ちわるくなりました」

碧唯は実体験を告げる。「台本を読もうとしたら部屋が揺れて……」

「それねーっ！」

ミルクが顔を乗り出した。煙草くさい。

「毎回みんな言うんだよ、揺れて気持ちわるいって。でもさ、ボクと伊佐木ちゃんは感じないし、今日だって『地震とかでスプリンクラーが誤作動したのでは？』ってスタジオの人に言ってみたけど、『地震の発生情報など出ておりません』の一点張りで、『あなた煙草吸ったんじゃないの？』『いるんですよスタジオで喫煙する演出家が』ってボクのこと疑ってくるんだもん、まったく酷い話だわ！」

ものすごい早口で愚痴をこぼされた。

「それじゃあ毎回、みんな水浸しになるんですか？」

「スプリンクラーが付いている施設では、そうです」

古い建物で行うときは設備がありませんから、そう綾子は補足した。

「待ってください。ほかの会場でも変なことが起こるんですか？」

「そうだよー」ミルクは困った顔つきで、「電気が消えたときもあったよね」

「ありましたね。急に真っ暗になって大変でした」

と、綾子も証言を重ねる。

ポルターガイストってやつだろうか。しかし碧唯は引っかかる。会場を変えても怪異が起こるなら、スタジオに居座る霊の仕業とは考えにくい。

このオーディションを狙って出没する、となると……まさか。

碧唯はミルクに目をやった。俳優から恨みを買った演出家が、幽霊に付き纏われているのではと疑って。

「どうしたの志佐ちゃん、ガン飛ばしちゃったりして」

「や、すみません」

しかし、誰の姿も見受けられない。さすがにそんな単純な話ではないか。

「あと気になるのは、台本が破かれるっていう件ですが」

「事実です」

訊かれるのは想定内とばかりに、綾子が即答する。

「ですが原因はわかりません。参加者が替わっても起こります。犯行の目撃者が現れないので、人為的なイタズラではないと信じたいところですが」

「紙が薄くて、破れやすいとか？」

「まさにそう考えて、コピー用紙を厚手にしたところ……」

「……したところ？」

「効果はありませんでした」

原因は解明できないまま、か。まだイタズラのほうがわかりやすい。

――呪いなんだって。

脳に植えつけられた言葉がよぎる。

――オーディションに受からず、非業の死を遂げた女優に決まってる！

「誰か亡くなりましたか？」

碧唯は訊かずにはいられない。

「オーディション中に、不慮の事故などは……」

「やめてよー、縁起でもないなあ！」

ミルクが笑う。「そんなことあったら大変だよ」

「あはは、ですよねえ」

それを聞いて半分ホッとする。もう半分は釈然としない。「非業の死を遂げた女優」がいるとして、どこからやってくるのか見当もつかない。

ふと、左手に温度を感じた。人差し指で光るのは、狐珀から預かったままのシルバーリング。先ほどスタジオで流れ込んできたものが思い出される。嫉妬の念、というよりは怒り。揺れる部屋で膨らんでいった、誰かの感情……わかるのはそこまでだ。正体に辿り着きたくても摑めない。

「やっぱり今日は中止にしましょう」

決心したように、綾子が踵を返す。

「今さらやめるわけにはいかないよ～」

呑気な調子でミルクは引き留める。「出演者が決まらないとね」

「考え直してください」

反対に綾子は沈痛な面持ちで、「やはり一般公募ではなく、出演者は初めからオファーで決めたほうが……」

「絶対ヤダ！」

駄々っ子のようにミルクが遮った。

「前にも言ったじゃん。この芝居を上演するのは、ボクの使命なんだって」

彼女の握りしめた拳から白い煙が立ちのぼり、碧唯は息をのむ。

「絶対に妥協しないでキャストを選びたい。芸歴や知名度に関係なく、フラットな目で、演技を見極めたいの！」

そう言って拳を灰皿に突き出した。手のひらが開かれる。折れた煙草が転がり落ちた。

「そうでしたね」

綾子はため息交じりに頷きつつも、「だとしても日を改めるべきでは」と譲らない。

議論は平行線を辿りはじめる。

「あのー」

碧唯が割って入った。「ちなみに今日も合格者、いないんでしょうか？」

「そうだね。今のところは不合格」

ばっさりと切り捨てる。手厳しい演出家だ。

「でも……みんな感情表現が豊かで、迫真の演技だったと思います」

「うまい役者を求めているわけじゃない」

ミルクは大げさな身振りで嘆いて、

「それ以前の問題だね。ホンを大事にしない役者が増えたよなあ～」

ホンを大事にしない役者。どういうことだろう。ちゃんと台本のシーンを演じたじゃないか。

「私が言うのも変ですけど」碧唯は代弁するように、「みんな、ミルクさんのお芝居に出たいから、主演がやりたいから、医師役を熱演されたんだと思います。やる気は十分だったと思います！」

言いながら、これでは他の参加者ばかり持ち上げることになると気づいて、

「もちろん私だって、やる気は誰にも負けませんから！」

と、慌てて付け加えた。まだ諦めていない。浄演が終わったら実技審査してもらうつもりだ。

「……やる気、やる気って、言うけどさあ」

だけどミルクの反応は芳しくなかった。

「やる気があるのは認めるけど、求めているのはそれじゃない」

「え……」

「やる気なんて邪魔なだけ。もっと役者には必要なものがある」

演出家は、はっきりと告げた。

「やる気が、邪魔……？」

足元が崩れゆく感覚に陥った。

大切なのはやる気だと信じて生きてきた。部活でも、やる気のない部員は脱落して、練習に打ち込んだ者だけがレギュラーを勝ち取れた。「やる気は誰にも負けません」と

いう言葉を背骨に刺して頑張ってきた碧唯にとって、たとえ昭和のスポ魂だと御瓶に諫められようとも、揺るぎない信念だったのに……審査員であるミルクにまで否定されては立つ瀬がない。

「じゃ、じゃあ、何が必要なんですか!?」

勢いづいて演出家の胸元に迫る。

「そうだねえ……伊佐木ちゃん、台本の予備ってある？」

「私の鞄（かばん）も濡れましたが」

綾子は手に提げた生乾きのブリーフケースからコピー用紙を取り出した。

「台本、ですか」

受けとると湿っていた。波打つシワが、スプリンクラーの惨事を思い起こさせる。かろうじて文字は識別できるが……。

「もう一回、読んでみたらいいよ」

ミルクは言う。

「役者諸君には、もっとホンを大事にしてほしいんだ。どんな舞台も脚本がないとはじまらない。セリフとト書きから、役者はその人物を想像して、どう演じるか考えていく。ホンに込められた作者の意図を探って、身体と声を使って表現する――それが、役者の仕事だとボクは思う」

これまでの調子とは異なる、どこか優しさを孕んだトーンは、するりと碧唯の胸に届いた。

黙って台本に目を落とす。セリフとト書きを丁寧に追っていく。

読めと言われたからには、読むことに答えがある。そう碧唯は思った。

「主人公の医師が、男の子の怪我についてお母さんに告げるシーン……」

確かめるように呟いた。シチュエーションを読み間違えてはいないはず。

やる気ではない、役者に必要なもの……わからない。この演出家は何を求めているのだろう。

「あと、もう一つ」

言われて顔を上げる。ミルクと目が合った。

「みんな主演をやりたくてオーディションを受けた、みたいに言ってたけど」

「は、はい」

「主演と主人公は違うからね」

何やら意味深な発言が飛び出した。

「主演と主人公は違う……」

復誦しながら碧唯は考える。「ああ、そうですよね。ドラマでも主演の大御所俳優が、主人公の師匠的なポジションだったり、立ちはだかるラスボスだったり……」

「うーん。まあそういう意味にも取れるけど」

ミルクは真っすぐ碧唯を見据える。

「主人公を演じるのは簡単なんだよ」

目つきが変わる。実技審査で見せた、あの鋭い眼差し。

「だけど主演って難しい。誰もがなれるわけじゃないし、いつも同じやり方は通じない」

「はあ……」

どういう意味だろう。理解が追いつかないでいると、

「これ以上のヒントはあげないよ～」

何本目かわからない煙草に、ミルクは新たに火をつける。

「ほかのオーディション参加者と、フェアにいかないとね」

「も、もちろんです……！」

審査員が何を求めているか、見極めるべきだと御瓶も言った。自分の頭で考えないといけない。

太陽が雲隠れしたかのように、ふいに影が落ちる。

「――久しいな」

囁き声に振り返ると、黒ずくめの男。

「こ、狐珀さん。お久しぶりです」

気配すら感じさせなかった。心臓にわるいのでやめてほしい。

あたり一帯の光を吸いとったみたいに、漆黒の燕尾服のスパンコールが煌めく。真っすぐ伸びた長い手足。うねりにうねった長い髪。前髪から覗くのは、隈のある眠たげな垂れ目だが、心の奥底まで暴かれるような眼差しに、たちまち身が竦んでしまう。

「し、紹介します。この人が、胡桃沢狐珀さんです」

言いながら目を移すと、またしてもミルクが肩を震わせている。

「ぷく……ぷくくく……」

両手で口元を押さえて笑いを堪える様は、膨らんだ頰が漫画のようにコミカルで、碧唯は呆気にとられた。

「ど、どうしたんですか？」

「はあー、危なかった」やがて息を整えて、「久しぶりだねえ」と狐珀に返す。

「えっ、あれ……お知り合い？」

「さっき伏線、張ってあげたじゃん。兄妹で演出家やってる奴らもいるって」

言った。言っていた。

「え、えええええ、けど、さすがに……！」

まったくの予想外に、頭が火照りだす。

久しいな、という狐珀の挨拶。あれはミルクに向けたものだったのか。

「さっさとググっとけばよかったねえ。ボクの名字は～、くっるみざわっ！」

節をつけて歌いながら、ミルクは狐珀の腕に抱きついた。

「胡桃沢ミルク、舞台演出家。兄貴は元・舞台演出家だよ」

「元、ではない」

懐かしいその返しも、碧唯の耳をすり抜けていった。

スタジオ裏の搬入口を通って、施設内に戻る道すがら。

碧唯が事の顚末（てんまつ）を狐珀に伝えようとしたところ、「おおかたの状況は把握した」と返される。喫煙所での雑談を聞いていたらしい。現地に着いたなら早く姿を見せればいいものを、相変わらず行動が読めない。水浸しになったオーディション会場の部屋もすでに見分してきたという。

台本に目を通したいと言われたので、狐珀に手渡すと、歩きながら器用に黙読をはじめた。

「えっへっへー、ドッキリ大成功～！」

ご機嫌な笑みを咲かせるミルクに、碧唯はリアクションを返せない。

まさか狐珀とミルクが兄妹だなんて。浄演を提案したときから碧唯は泳がされていたのだ。演劇業界は狭すぎる。狐珀も狐珀じゃないか。電話した際に言ってほしい。受話器ごしだと声が小さくて、どうせ聞き取れなかっただろうけど……。

異様に大きいエレベーターの前で、立ち止まる。

「やはり」

狐珀が台本から目を離さずに、「はじまりは、ここか」と呟いた。

「はじまりって、何がですか？」

実技審査用だから途中のシーンが抜粋されているので、冒頭ではない。それともセリフか何かに、ヒントを見つけたのだろうか。

エレベーターが開いた。機材や舞台セットを運べそうな広さだ。四人は間隔をあけて乗り込む。

「まあ兄妹たって、一緒に育ってないからね～」

ミルクがB2のボタンを押す。地下にもスタジオがあるらしい。

胡桃沢家は複雑な家庭なのだろうか。思わず横目で見るが、狐珀は我関せずと台本を黙読中。話に加わる気はなさそうだ。

「親の仕事の都合ってやつ」

下降するエレベーターのなかでミルクが語る。「うちらの両親さあ、兄貴を田舎のジジババん家に預けて海外行ったくせに、現地でボクを産んだのよねー。日本戻っても別々に暮らすのが当たり前になって、だから兄貴は、遠い親戚の兄ちゃん～って感じ」

　奔放な両親像が浮かんだ。なんだか楽しそう。海外旅行どころか、本州から出たことのない碧唯は、漠然とした羨望を抱いてしまう。

「ちなみに下には双子のガールちゃんがいます」

「すごいですね、四人兄妹なんて大所帯……！」

「みんな我が道を行ってるけど……さあ着いた」

　エレベーターを出ると、通路の向かいには重厚な扉。

　リハーサル・スタジオと書かれたパネルが目に入る。

「代わりの部屋を貸してくれたよ」

　グレーのリノリウムの床に、四方は真っ黒な壁。天井の高い、ひときわ広いスタジオだった。ほとんど大劇場のステージと変わらない。細長い蛍光灯ではなく、灯体が等間隔に吊るされている。

「んん、いい」

　狐珀が目を閉じて天井を仰いだ。

「照明にうるさいからね～、兄貴ってば」

　控えめに照らす光が、スタジオ空間に立体的な陰影を生み、ひんやりとした空気とともに碧唯の身を包んだ。まさに浄演の場に相応しい。

その場にいた人たちが、一斉に立ち上がる。

四人の女優が待機していた。あんな目に遭いながらも、浄演などという胡散臭い話に乗ってくれたのだ。早く帰って着替えたいだろうに、ライバルが減って千載一遇のチャンスと捉えたのだろうか。四人のなかには深羽れい香もいた。役を勝ち取りたいという並々ならぬ情熱を思わせる。

彼女らの視線は一点に注がれた。碧唯の右隣にいる狐珀を、上から下まで訝しげに観察する。突然やってきた黒装束の男に向けられる、警戒心と猜疑心。当たり前の反応だろう。誰が見たって狐珀は不審者か、妖怪の類いなのだ。

「みんな、待っててくれてありがとね～」

ミルクが頭を下げる。天上天下唯我独尊かと思いきや、意外にも礼儀正しい。

「志佐ちゃんから提案があったように、ちょいと『お祓い』に協力しておくれ」

「お祓い、では……」

「わかりやすい伝達も、演出家のスキルの一つだよ？」

ミルクが狐珀をたしなめた。無表情で受け流す狐珀。さすが身内は舵取りがうまい。

「胡桃沢狐珀だ」

名乗りも早々に、「今から浄演を行う」と告げる。

女優たちは首を突き出して、眉をひそめた。

「諸君らに出演を求める」

首まで傾げはじめる女優たち。

「いくつか注意事項があり……」

「ちょ、ちょっとすみません！」

ひとりが手を挙げて言った。

「……もう少し、大きな声でお願いします」

狐珀の声は小さすぎる。単に聞き取れないだけだった。

「どうぞ」

綾子がコードレスのマイクを差し出す。部屋奥の両脇には長方形のスタンドスピーカー。設備が充実している。

狐珀は咳払いをして、マイクを薄い唇に寄せた。

「浄めるために、ともに演じる。即ち『浄演』と称する」

サラウンドで響いたその言葉に、女優たちは今度こそ正しく、戸惑いを浮かべる。

「わ、私から話しますね！」

慌てて碧唯は引き継いだ。怪異を鎮めるためにエチュードを行う、皆さんに出演してもらいたい、途中で誰かが入ってきても怖がらない――。

「途中で誰かが、って誰?」

詰問調で深羽が尋ねる。

「たとえばその……幽霊とか」

恐る恐る碧唯が答えるも、「そう」と反応は薄かった。

幽霊だなんて、鼻で笑われるか、馬鹿にするなと叱られるかと思ったけど、皆の顔色を窺うかぎり、言葉通りに受けとっている模様……さすが、呪いだと騒がれても帰らなかった人たち。一連の不可解な出来事は、人智(じんち)の及ばぬ者の仕業だと腹を括(くく)ったのか。

エチュード。つまり即興劇。

決まったセリフも筋書きも用意されない。俳優同士がアドリブで繋ぎ、予測不能なストーリー展開を見せるリアルタイム・ドラマ——。

「自由に演じて構わないが、約束がある」

マイクは狐珀に戻り、ルールの説明がなされる。

「一つ、**相手の役を否定しない**こと。お互いの演じる役を正しく把握し、受け入れたうえで言葉を交わしてほしい」

碧唯は経験済みだ。自分の演じる役を相手に伝え、相手の役を知り、言葉を交わし合うことで物語は前に進む。

「また、**物語を破綻させる発言はしない**こと。その世界の住人として、生きてもらう」

これも理解している。一度物語の世界に入れば、俳優は役の人生を生きることになる。矛盾する発言や、世界観を壊すような物言いは許されない。

「最後に。手を叩いて止めるまで、**勝手に舞台から降りないこと**」

脈絡なく登場人物が消えることはできず、ラストシーンを演じきるまで浄演は終わらない。途中で素に戻ったり、役を放棄したりせず、「物語の結末」に辿り着くことが求められる。

「以上。何か、質問は？」

言いながら、狐珀は女優たちに近づいた。両手のシルバーリングを交互に外しては、一つずつ渡していく。

「貸与する。浄演に出演する者の、証だ」

指輪を仔細に眺める女優たち。サイズの合う指を探っては、付けていく。

碧唯には渡されない。すでに左手の人差し指で煌めきを放っている。もとは彼の左手薬指にあったリング。裏側にはＰＲＡＹ――祈り、との刻印。

浄演における三つの規則を、狐珀は説いた。

①相手の役を否定しない。
②物語を破綻させる発言はしない。
③勝手に舞台から降りない。

碧唯は初心に返って肝に銘じる。やり直しのできない一発勝負のアドリブ劇。どんな落とし穴に嵌るかわからない、くれぐれもルール違反は避けたいところ。

「場面設定は――病院、としよう」

実技審査の台本と同じだ。皆が参加しやすいように配慮したのだろうか。

「質問なんですけど」

深羽が不遜な態度で、「もしルールを破った場合は失格ですか？」と訊いた。

「命の保証はしない」

あまりに平然と言うものだから、深羽の動きが止まる。

「いや、あの……命って？」

訊き返した頃には、とうに狐珀は離れている。

碧唯は不穏な空気を拭うため、「よろしくお願いします」「みんなで頑張りましょう」と声をかけてまわった。ところが立て続けに苦笑いを返され、深羽にはそっぽを向かれる始末……。

こんな調子で大丈夫だろうか。元々はオーディションでのライバル同士。共演者として連携できるか、怪しいものだ。

それでもこの五人で力を合わせるしかない。「誰も受からないオーディション」に終止符を打ってみせる！

「伊佐木ちゃんはどうする？」

ミルクが尋ねるも、「私は参加しません」と即答で突っぱねる綾子。

「何かあった場合、速やかに対処します」

微塵も面持ちを崩さない。狐珀の風貌を実際に見て、さらに詐欺師の疑いが深まったようだ。

「んじゃあ、ボクらは見学させてもらうね～」

その言葉に女優たちの背筋が伸びた。碧唯も同じく、姿勢を正して前髪を整える。演出家が見ているとなれば、いやが上にも審査を意識してしまう。

ミルクが部屋の隅にパイプ椅子を二つ開いて、腰を下ろした。綾子は座らず壁に背中を預ける。そういえばプロデューサーって結局来ないのだろうか。

緊張感がスタジオ内に渦巻きはじめる。

「はてさて、何が飛び出るんだろうねえ～」

浮足立っているのはただひとり、「わくわくだねえ～」とミルクがはしゃぐ。

調子狂うなあと、碧唯の気が緩んだところで照明が落とされた。

「えっ何！」「停電!?」「ヤダやめて！」

ざわめきが生じるも、

「浄演は、暗闇のなかで行う」

と、狐珀の声。頭を抱える碧唯。だから先に言ってほしい。

「さて」

狐珀のたった一言が、水を打ったような静寂をもたらす。

「想いを掬い、ともに物語ろう――浄演を開幕する」

きぃぃぃん。闇のなかから指輪の擦れる音が木霊して、狐珀が手を叩いたことを知る。

浄演の開幕。

まばたきしても変わらない暗がりに、碧唯の足が竦んだ。天井は果てしなく高く、どこまでも広がる無機質な空間。方向感覚も失ってどっちが出入口かもわからない。耳をすまして共演者の気配を手繰り寄せる。静けさが、音になって届いた。

全身が潰れそうなほどに心細い。が、飲み込まれるな。姿は見えずともセリフは言い合える。そこから身体の動きも察知できる。何もない空間だからこそ、五感は研ぎ澄まされ、相手の存在を強く意識できるはず。

劇場は、ステージは、想いが交わるところ。彷徨える霊の気持ちに応えられる物語を紡ぐことで、生者と死者は共演できる――それが浄演なのだ。

見えざる者を誘いこむためにも、その想いを汲み取りたい。正体は誰なのか、なぜオーディション中に怪異を引き起こすのか、考えながら進行させなくては！

碧唯は待った。誰かの第一声を。まずは生きている俳優たちで、物語の流れを作る必要がある。

だけど誰も口火を切らない。即興劇の幕は上がらない。様子見、といったところだろうか。考えてみれば当然だ。いきなり電気を消されて「アドリブで演技してください」だなんて、無茶ぶりにもほどがある。

ここは、やはり私が先陣をきるべきか……？

などと碧唯が逡巡していると、誰かが大きく息を吸いこんだ。

息遣いは全員が受け取っただろう。ピンと緊張がはりつめる。

「いやー、疲れたねえー」

不自然なほどによく通る、独り言。

「午前の診察、今日はもう少し余裕あると思ったけど……」

女優のひとりが動いた。病院という舞台にまず登場したのは、医師らしい。説明臭いセリフまわしは状況を伝えるためだろう。朝から外来対応に追われた様子が目に浮かぶ。暗闇のなかに、人間の輪郭がわずかに見出せた。

「おや、もうこんな時間か」

医師は高らかに告げる。

「次の方、どうぞー！」

待合ロビーにいる患者を呼び込むセリフ。シチュエーションは決まった。ここは診察室で、すぐに誰かがその舞台に上がるだろう。互いにセリフを交わせば物語は生まれていく。

などという、碧唯の憶測は外れた。

永遠に思えるほどの重苦しい沈黙。

誰も、あとに続こうとしない……？

「おかしいな」

焦りが医師の声に滲む。「次の方ー、診察室にお入りくださーい」

依然として応じる者はいなかった。

迷いの吐息が、碧唯のまわりから漏れる。ほかの三人は参加するのを渋っていた。

やはり得体の知れない黒ずくめの男が仕切る怪しげな暗闇演劇に、不安を拭えないのだろうか。ああもう、誰でもいいから入っちゃえばいいのに！

はじまったはずの物語が消え入りそうで、じれったい。自分が患者役になってもいいけど、まだ霊が現れる気配をみせない以上、行き当たりばったりで飛び込むのは躊躇(ためら)われる。相手を見極めて、役を選ぶことも重要だ。

だけど、このままでは話が進まない……！

「ああ、どうも」

ふいに医師が言った。

「やっとお入りになられましたね」

話しかけている。だけど患者の声はしない。

「いやあ、待ちくたびれましたよ」

医師は続けざまに、「さあどうぞお掛けください」と親しげなそぶりをみせるが、やはり相手役は現れない。「今日はどうされました？」「そうですかあ、ちょっと診てみましょう」などと、一方的に医師が投げかけるばかり。

医師役の女優は、しびれを切らしたのだ。誰も相手役を演じてくれないことに……！

「ええ、ええ、随分と良くなってきましたねえ」

あっという間に独演会へと様変わり。患者がその場にいる、という体で芝居が行われる。こうなっては碧唯も入れそうにない。

「はっは、そんなこと言っちゃダメですよお」「まだまだお若いんですからあ！」

ひとり芝居に興がのってくる。

架空の患者をでっち上げ、女優は感情豊かに演技を続けた。おまけにセリフを目の前に向けて、というより空間全体に響きわたらせる。まるで部屋の隅々まで聞こえるように、胡桃沢ミルクへと届けるように。

これは、さすがに……。

「いつまでもお達者でいてくださ――ぐうっ」

碧唯の懸念は正しかった。潰れた蛙じみた声を残して、セリフは途絶える。

どさり。ひとの倒れる物音。

え、とか、ふぁ、とか、周囲から戸惑いが生まれ、闇のなかに溶ける。何が起こったのか理解できないだろう……碧唯を除いては。

女優は気絶したに違いない。

浄演のルールを犯したペナルティ。存在しない相手との一方的なやり取りは、「物語を破綻させる発言」と見做された。だから浄演の場から排除された。

一名、脱落……。

いきなり振り出しに戻ってしまう。

「はあー。昼休みも終わりかあ」

碧唯の近くで、またも声が上がった。

「予約なしの初診が多くて、参っちゃうな」

ため息交じりの独り言で現れたのは、新たな医師だった。

「こっちもですよー」

と、応じる声もまた新しい。「インフルエンザの季節ですからねえ」

お医者さん役が、同時にふたりも……？

せっかく病院という開かれた設定なのに、わざわざ被せて役を選ぶなんて。

「子どもはいくら言っても手洗いうがいをサボっちゃいますから」

「や〜、うちもお子さんからうつされたって人が急に増えてるよ」

二人の医師による井戸端会議が続いた。内科医と小児科医だろうか、片方が敬語なので歳の差がある。わかるのはそれだけ。互いに「自分たちのほうが大変」というアピールを繰り返すばかりで、物語が進展しない。

「なんで風邪って特効薬がないんですかね」

「ほんとにはやく開発してほしいもんだよ」

セリフの内容も曖昧になってきた。専門知識を有しない役者では、医療トークを続けるのは難しいだろう。

「そろそろ患者がいらっしゃるから、これにて」

先輩の内科医が会話を打ち切った。相手のリアクションを待たずして、「入ってもらってー」と声を張り上げる。

碧唯によぎった、いやな予感。

「はい、こんにちは。今日はどうされました?」

予感は的中する。内科医は、架空の患者相手に問いかける。

またしてもひとり芝居……このままだと二の舞じゃないか。

碧唯は決断する。今すぐ患者役で参加しよう!

「こんにち……」

「はーい、こっちも午後の診察はじめるよー」

碧唯の第一声は遮られる。今度は小児科医のほうだった。「こんにちはー、今日はどうしたのかなー？」と、似たようなセリフが続けられる。

女優ふたりによる、それぞれのひとり芝居。

碧唯は対応できない。医師たちは互いに距離をとり、患者を想定したコミュニケーションに没頭する。主導権を争うようなセリフの応酬で、自分本位に白熱していった。

な、なんでこんなことに……？

役の選択肢は山ほどある。外来患者はもちろん、付添人から入院患者、看護師などの医療スタッフ、いっそ出入りの業者など、いくらでも登場できるはず。どうしてみんな医師役にこだわるのだろう。みんなでセリフを言い合って、協力して物語を紡がなければ、即興劇は成り立たないのに……。

――役の取り合い、ですね。

御瓶が後ろで嘆いた。役の取り合いって？

――皆、主演になりたいということです。

そうか。病院が舞台となる物語では、医師役にフォーカスが当たりやすい。先ほどのオーディションでも全員が医師役を希望した。患者の母親役や、看護師役への立候補はなく、自ら二番手になるのを避けていた。

いまも一同は、明らかに胡桃沢ミルクを意識していた。演出家が見学する以上、浄演をオーディションの一環と捉えても不思議ではない。即興劇が審査対象になると思い込んでいるのだ。「おいしい役」を選ぶのも頷ける。

だからといって、そんなのエゴだ。物語よりも自分のやりたい役を優先するから、ドラマは生まれずに停滞する。演劇はみんなで作るものじゃないか！

碧唯が内心憤っていると、再び審判はくだされる。

「うあっ」「ふうっ」

短い呻き（うめ）のあと、身を横たえる音が重なった。静けさが戻る。重苦しい空気に立ち戻る。

加えて二名の脱落……。

ひとり芝居はまたも認められず、何も積み上がらない。

残る参加者は碧唯と、深羽れい香だけ。先陣を切りそうな性分と思いきや、いまだ動きがみられない。

こうなったら待つしかない。先に医師役で登場してもらい、すぐに碧唯が患者役としてセリフを繋ごう。ひとり芝居は絶対にさせない。浄演を続行するには、なんとしても——。

ぐにゃり。

下半身が溶けるように揺れた。咄嗟に両手が宙を切る。ちがう、揺れているのは地面じゃなくて空間そのもの。ぐにゃり、ぐにゃりと、眩暈に襲われる。おぼつかない足元に、うっすらと立ち込める白い靄。その沸き立つような細い煙が暗闇に曲線を描いて、碧唯の腕にまとわりつく。

うあっ！

びしりと肌に伝う、痺れるような痛み。

理由も理屈もなく碧唯は感じとる。怒っているんだ。痛みを通して想いを受けとる。いったい誰が、何に対して、などと考えを巡らす猶予もない。とにかく残った深羽と協力して、お芝居をリスタートしなければ！

意識を周囲に向けると、わずかな気配。左隣の、少し離れたところにいる。

「あっ、ああ……あうう」

カチカチと歯の鳴る音の隙間から、深羽の怯えが漏れていた。

「も、もう……もう……」

今の今まで気づかなかった。オーディションでの豪胆さからは想像もつかないほど、彼女は気力を失っている。浄演の暗闇に飲まれたのか、気絶して倒れるのを怖れたのか、ずっと前から参加を見送っていたらしい。

「む、無理……」

いつリタイアしてもおかしくない。医師役どころか、舞台から降りてしまうのも時間の問題だった。

どうしよう。碧唯ひとりになれば、もう為す術はない。

深羽は心強い実力者だ。きっと力になってくれる。是が非でも参加してもらわないと！

覚悟をきめたら早かった。

考えるより先に身体は動く、言葉は口をついて出る。

「先生ーっ！」

碧唯は全力で呼びかけた。

「え……あ……」

「先生っ、時間ですよー。診察室にお入りください！」

呼びかけに応じると信じ、届くと信じて呼びかける。

「……ご、ごめんねえ」

恐る恐る、深羽が言葉を返した。

「か、仮眠とってたら、もうこんな時間」

近づいてくる足音。よかった。碧唯のセリフに乗ってくれた。

「お疲れのようですね、先生。ご無理なさらないで」

「うん。あなたもお気遣い、ありがとう」

声に張りが芽生える。医師らしくなってきた。

看護師を選んで正解だった。もし碧唯が率先して医師役になれば、また競合するか、参加してもらえずに詰んだかもしれない。

医師役の深羽を立てて、看護師としてサポートしよう。

さて、どう話を広げようか。後先考えずに突っ走ったが、転がし方までは浮かんでいない。

「先生って、ほんとストイックですよねえ」

とりあえず褒めてみる。

「そんなことないわ、医者なんだから当たり前よ」

深羽の声に余裕が生まれる。もう怯えは感じられない。役を演じることで彼女自身の抱いた恐怖は、なりをひそめたようだ。

「そういえば、先生」

先の展開の見通しは立たないが、諦めもしない。

「いつからお医者さんを目指していたんですか？」

セリフある限り、答えてくれると信じて聞き役に徹する。

「そうねえ、高校のときに医学部志望って決めたから……」

深羽は少しだけ間をとって、

「実はね、医者を志すキッカケがあったの」

と、話を広げてくれた。ゆったりとした口調で、その場で考えながらだろう、自身の役のエピソードを語りはじめた。

碧唯はしっかり耳を傾けて、時には相槌を挟む。

これでしばらくは大丈夫。気絶することもないはずだ。

だけど、いまだ糸口が見つからない。どうやって「オーディションに受からず、非業の死を遂げた女優」が参加できる状況にもっていこうか。女優と病院の接点を探す。たとえば、喉を痛めた患者を呼んでみる、とか……？

いや。当てずっぽうは、外れたときのペナルティが恐ろしい。

ほかに何か方法はないかと、碧唯が頭をはたらかせていると、

「こんにちは」

冷気が耳を撫でていく。

何かの、通り過ぎる気配が遅れてやってくる。医師役の深羽に向かっていく。

碧唯は確信する。

現れた。やってきた。

第三の人物――死者がステージに上がった。

「息子は」

女性だ。芯の細い、それでいて真っすぐな声。

「いつ、歩けるようになるんですか？」

台本のセリフは抑揚もなく、淡々と響いた。

「…………」と、医師役の深羽。

「…………」と、看護師役の碧唯。

予想外の展開に頭が追いつかない。

これまでの浄演では、霊の素性を明かしたり、参加しやすいシチュエーションに誘い込んだり、うまく即興劇を運ぶことで「共演」にまで辿り着けた。なぜこのタイミングで現れたのかわからない。いまの一連のやり取りに、感じ入るものがあったのだろうか。

即興劇だからセリフは自由なのに、彼女は台本に書かれた母親役のセリフを口にした。もしかしてこの演目は実話であり、作中に登場する母親が霊の正体……いや、そうとも限らない。女優の線も捨てきれない。オーディションに参加する機会を狙っていて、私たちを見るうちに演技したくなった……でもそれなら、実技審査中に嫌がらせじみた怪異なんて起こさず、その場で乱入しそうなものだ。

「息子はいつ、歩けるようになるんですか？」

彼女はもう一度、繰り返した。会話を続けることを促した。

セリフの言い方に覇気がない。芝居に参加したいというには、字面を読みあげるだけの、棒読みのトーンが引っかかる。

「ご……ご説明した通りです！」

深羽が、同じく既存のセリフで答えた。

即興劇のなかに台本が持ち込まれるというイレギュラーな事態に、碧唯は言葉を思いつけないでいた。看護師のセリフは書かれていない。設定上は、区切られたパーテーションの奥にいるだけの役。この通りに進行すれば口を挟む余地はない。碧唯は何も干渉できないことになる。

どうしよう、役の選択を間違えた……？

いや、そんなことはない。実際の病院を考えてみればわかる。だって看護師がいないと成り立たない。物語のなかも同じだ。ホンを大事にしろとミルクは言った。台本には医師がいて、患者の母親がいて、看護師がいるのだから、碧唯の役だって必要不可欠だ。

……待てよ。

もしこれが、狐珀の狙いだとしたら？

医師と看護師、そして母親が揃ったのは初めてのこと。オーディションでは実現しなかった。

「先生」

この霊は待っていたのか。誰かが、医師役以外も選ぶことを。自分が加わることで台本の登場人物が揃うことを。

狐珀は台本に目を通した上で、場面設定を病院に決めた。台本と同じ状況下を作り出すのが狙いだったとすれば、碧唯たちはようやく、浄演のスタートラインに立てたことになる。

そもそも、なぜ誰も看護師の役を選ばなかったのか。

理由は明白。セリフがないから。目立ちにくいから。

誰もが、主人公の医師を演じたがっていたから。

「お子さんの、足が……回復することはありません！」

深羽は歌い上げるような抑揚で、感情を乗せて言葉にする。本格的にギアが入った。オーディションと同じく迫真の演技といっていい。

碧唯は安堵する。このまま三人でシーンを演じ終えたら、母親役の彼女は満足するかもしれない！

――どうでしょう。

御瓶が冷たく出鼻を挫く。

――深羽さんの芝居は、先ほどの実技審査と大差ありません。演出家に不合格とみなされた演技が、はたして通用するでしょうか。

ぐわり、ぐにゃり。

また揺れた。びりびりと肌を、引っかくような痛みが走る。

御瓶の言う通りだった。彼女は怒っている。医師の演技に納得していない。

碧唯は頭のなかで尋ねた。御瓶さんからみて、深羽さんの演技はどう思われますか？

——自己中心的な芝居といいますか。これではワンマンショーですね。

ひとり芝居と変わらないということか。だとすれば深羽も、倒れた三人と同じ運命を辿りかねない。どうすればいいんですか!?

——言ったはずです。オーディションに必要なのは、相手が何を求めているのかを探ること。

審査員のミルクは、ホンを大事にしてほしいと言った。

台本に書かれた医師のキャラクター像と、役者の演じ方にズレがあるのかも……。

実技審査を振り返ってみる。一人目の影山は、セリフの言い間違いがあった。マイナス点といえば確かにそうかもしれないけれど、二人目の深羽をはじめ、何が足りないのかわからない。みんな堂々として、感情豊かにセリフを発して、主演らしい立ち振る舞いだった。

「走るどころか、歩くのだって……杖の補助なしでは難しいと思われます！」

ほら、今だってこんなに気持ちがこめられている。主人公の抱く苦しみや葛藤が、見事に表現されて……それが間違っている？

改めて、碧唯は考えた。

この医師って本当に主人公だろうか。

主演と主人公は違うからね――スタジオ裏の喫煙所でミルクは言った。「主人公を演じるのは簡単なんだよ。だけど主演って難しい。誰もがなれるわけじゃないし、いつも同じやり方は通じない」とも。

「まずはリハビリを少しずつ、頑張りましょう……！」

潤んだ瞳を想起させる鼻声の揺らぎ。医師役を演じる深羽れい香は、主演といえる。彼女を中心として物語が展開する。

だけど、碧唯は思った。

医師役を演じる役者が主演であっても、医師は物語の主人公じゃない！

「そんな、あの子は野球が大好きだったのに」

母親が言った。もう後がない。この次の医師のセリフまでしか碧唯たちは知らない。そこでジャッジは下されるだろう。不合格、つまり浄演の失敗――。

「いまは、どうか……どうか……」

たっぷりと時間をかける深羽。これが劇場での本番なら、観客は固唾をのんで、その熱演に視線を注ぐかもしれない。

だけどそれじゃ駄目なんだ。台本に書かれた、描かれるべき物語を伝えなきゃ！

「どうか……！」

深羽が大きく息を吸う。

「寄り添ってあげてくださいっ！」

終わった。台本の最後の行まで辿り着いた。

いや、あくまでオーディションでの課題部分にすぎない。このあとも戯曲は続くわけで、即興劇だって終わりじゃない。演じることを諦めるわけにはいかない。

碧唯はこの状況を俯瞰(ふかん)する。

自分のセリフは台本にない。本来ならば口を挟めない。

だけどこれは即興劇。志佐碧唯という、ひとりの看護師は今この場で、この瞬間を生きている。自由に言葉を発することを認められている。

看護師という立場なら、打開できる！

「……先生こそ」

碧唯は切り出した。

「先生こそ、寄り添ってあげてください」

と、台本にないセリフを差し込む。

「え？」

不意打ちに戸惑う深羽。「あなた、急にどうしたの？」

「だって先生が、あんまりな言い方をされるものですから」

碧唯は怯むことなく医師に諭す。

「先生。どうか医師として振る舞ってください」

「やってるじゃない！」

心外とばかりの激高。そして、

「だからこうして……私は……」

鼻をすする音が混じった。涙ぐむ演技をしているのだろう、と容易に想像がつく。

碧唯の頭によぎったのはバレーボール部での事故だった。

高校二年のとき、膝を痛めた。大事な試合に出られず、練習にも復帰できない日々に焦りを募らせた碧唯に、主治医のお医者さんが言ってくれた。「リハビリは無駄な時間ではないんだよ」と。

どれほど救われたことか。おかげで、完治を信じて一日ずつ踏ん張れた。

「先生は」

だから碧唯は続ける。

「どうしてそんなに、つらそうに話すんですか？」

「どうしてって……？」

「まるで、ご自分のお子さんが怪我をしたかのようです」

小さく息をのむ音。深羽は言葉を返さない。

「目の前を見てください」

碧唯は言った。

「つらいのは先生じゃない、患者さんのほうなんですよ」

このシーンが描いていること。

診断を告げる医師と、我が子を想う母親。

患者たちに寄り添う医療従事者の姿。

それが、碧唯の加えた脚本への解釈だった。

「………」

深羽は答えない。だけど呼吸は聞こえている。碧唯の言葉を飲み込むように、乱れた吐息がおさまっていく。

深羽は、セリフに対する気持ちの込め方が間違っていた。

このシーンで語られるのは「患者である男の子」について。医師も、母親も、看護師も、舞台上に登場しない男の子を描くために演技をするべきだ。怪我に苦しむ男の子の気持ちを、医師が自分の感情のようにセリフにのせるのはおかしい。医師は医師として、患者は患者として、それぞれに感じる想いがある。悲しみを背負って立つのは医師の役目ではない、本当に医師がすべきことは――。

「寄り添う、こと……」

深羽が呟いた。碧唯と同じ結論に至ったようだ。

「ふふ」

ふいに漏れる、笑い声。

「先生、言われちゃいましたね」

母親役の彼女は言った。棒読みではない。肩の力の抜けた、血の通った言葉遣い。

それが合図だった。

暖かい光が幾重にも碧唯たちに差し込む。

深羽は初めて見るひとと、向き合っていた。鷲鼻が特徴的な細身の女性。たくし上げたベージュのニットから伸びる腕が、筋張っている。臙脂色のフレームの眼鏡の奥で、頑固そうな瞳が小刻みに動く。その眼差しからは、相手の身振りを見逃すまいとする、強い意志が感じられた。

「……そうね」

静かに、深羽が頭を下げる。

「医師として、感情移入が過ぎました。患者と向き合う自分に酔っていたのかもしれません」

飾り気のない言葉だった。気持ちの込もった抑揚のある言い回しでもなければ、自信に満ちたパワフルさも含まれない。演技という鎧を脱いだ、心からの演技——というものがあるのだと、碧唯は目の前の先輩女優から学んだ。

「はい」

母親役の彼女は、ぽんと軽く手を合わせる。

「以上で、オーディションは終わりです」

はっきりとそう口にして、静かに目を瞑った。この三人のいる場の空気を、嚙みしめているような佇まい。

揺れはおさまっている。怒りなども感じられない。実技審査の終わりを告げた彼女は、医師役を、このように演じて欲しかったのだ。

物語は転調をみせた。即興劇が病院からオーディション会場へと場面を移しても、浄演の世界に破綻は生じていないようだ。それは彼女が、『あんずの木の下で』の出演者オーディションにおける、第二の審査員だったことを意味する。

そこで碧唯は気づいた。

非業の死を遂げた女優——ではない、彼女の正体に。

やはり胡桃沢狐珀はすべてを見透して、病院に場面を設定したのだろう。ここに辿り着くために、ここに碧唯たちが辿り着くと信じて。

「……ある日、私は病名を告げられました」

彼女は言った。

この場にいるのは、彼女と、深羽れい香と、志佐碧唯。

「聞いたこともないものでした。指定難病、二十万人に一人、手術の成功率の低さ……前触れもなく、人生に立ち塞がったその宣告。私は何も考えられなくなりました」

物語と現実が交錯する。

それは台本に秘められた「私」のお話なのだと、碧唯は受けとめる。

「お医者さんの声が耳を通り抜けていく。時間がほしい。そう言って私は診察室を出ました。ロビーのソファーに座って、スマホで検索をはじめた。悲観的な症例ばかりが目につきました。どれも現実を突きつけるもので、すぐに——命の終わりがやってくると知りました」

深羽も碧唯も口を挟まない。

ただ無言で、語られる言葉に耳を傾けている。

「そばに看護師さんがやってきました。落ち着いたらもう一度、診察室にお越しくださいと言われ、私はお手洗いに立ち、息を整えて、ほかの患者さんと入れ替わりで入室しました。お医者さんは先ほどと変わりません。同情するでもなく、憐れむでもなく、ただ静かに……私を見られました」

　すうっと彼女は息をして、

「お医者さんは言いました。あなたが調べたのは、あなたのことではない、と」

　彼女は澄んだ瞳で深羽を見つめる。まるで自らの担当医を投影するように。

「あなたのことはわたしが調べます。わたしで手に負えなければ、最善と思える病院に紹介状を書きます。いまを諦めないで。いま、あなたはここにいるのだから」

　言葉を区切り、彼女は碧唯に優しく頷いて、

「看護師の方もパーテーションの奥で、ただ何も言わず、私のことを想ってくれていた。私にはそれが伝わってきました」

　碧唯は、認められた気がした。ここにいていいのだと。嘘偽りなく、このステージに看護師として、立てていたのだと。

「そして先生方は最後まで、私に寄り添ってくれました。たくさん薬を処方され、どれも効果は感じなかったけど、先生の言葉に救われました。感謝しています。寄り添えば、互いに応えられる。会話とは、物語とはそうして生まれる……」

　最後に彼女は言った。

「だから最期に、私は遺(のこ)そうと思いました。けして主人公になることのない、医師の物語を――」

優しげな微笑みが、碧唯の目に焼きつく。

彼女の輪郭は細かい光の粒子となっていく。

想いは浄化された。ステージから消えゆく彼女の、碧唯は名前も知らないまま。

遠くで鈴のような響きが鳴る。

「――終演だ」

真っ白な光のなかに、碧唯は呼び戻された。


窓一つない地下のリハーサル・スタジオは、空気が入れ替わったように爽やかだった。見えない霧が晴れたのか、先ほどより照明だって明るく感じる。

倒れた女優たちが起き上がる。三名とも無事だ。思わぬ昼寝からの目覚めみたいに、リノリウムの床から身を立てた。誰もが夢うつつの顔つきで、指輪を返却したのち部屋を出ていく。深羽が「また来ます」とミルクに告げた。「待ってるよ」とミルクは嬉しそうだった。いまは綾子が、四人をエントランスまで見送っている。

部屋に残ったのは碧唯とミルクと、そして胡桃沢狐珀。

碧唯は、隣に立った狐珀の横顔を見上げる。何の感情も読みとれない瞳だが、心なしか澄んでいた。

「よくあそこで」

ミルクが口を開いた。「看護師の役を選んだね」

「それは……咄嗟でした。みんなが医師役を選んで共倒れするくらいなら、ほかの役で出たほうが、お話も膨らむと思いまして！」

「やるじゃん」

片目を瞑って肘で小突いてくる。ウインクして今どきイタく見えない人がいるんだと、妙な感心をおぼえると、急に身体から力が抜けてふらついた。ずっと強張っていたらしい。

「やっぱりなあ……そうだよなあ……」

懐かしむように呟いたミルクの微笑みは、どこか悲しげでもあった。

「脚本家さん――だったんですね」

姿勢を整えてから、碧唯が言う。

「うん」

ミルクは答える。

「立花渉（たちばなわたる）。学生時代からの付き合いでね」

碧唯は名前を知る。浄演で言葉を交わし合った、彼女の名を。

「繊細でいい脚本書くんだよ。全然売れないまま死んじゃった」

ミルクは目の前の友人を紹介するかのように、故人を語った。

「昔から悩んでたっけ。頑張って書いたセリフが、役者のうろ覚えで改変されたり、相手を立てるべきシーンで自分本位に演じられたり、そんなのが不満で怒ってばかり」

脚本が描こうとするものから逸脱する「熱演」が、オーディションでは多く見受けられた。立花は忸怩たる思いだったに違いない。

「だからミルクさんは、ホンを大事にしてほしいって言ったんですね」

「そ。演劇って、台本から立ち上げるものだから」

浄演のさなか、碧唯が彼女の正体に気づけたのは、オーディション中に起こった数々の異変がヒントになった。それらには一つの共通点があったのだ。

台本の文字が滲んだり、破れたり、部屋が揺れたり、スプリンクラーが作動したり……最初は、女優たちの演技を邪魔するかのように思えた。しかし一人目の影山は実技審査の終わりかけ、二人目の深羽は審査を終えてから、それぞれ被害を被っている。順番が逆だ。妨害したいなら審査前のほうがいいのに、脚本家である立花は、彼女らが演技をはじめてから動いている。ミルクに次ぐ第二の審査員として、不合格と言わんばかりに怒りを表明した。

すべては台本に起因していたのだ。

台本が黒く滲むのも、破られるのも、そこに強烈な想いが宿っていたから。スタジオを揺らしたのだって、もう役者に台本を読ませたくなかったのだろう。スプリンクラーも同様だ。びしょ濡れの台本は、文字が滲んで読めなくなる。

立花は、特定の場所ではなく、参加者に配られる紙の台本に宿っていた。どうりで会場を変えても解決しないはずだ。

いまも狐珀の手には、台本が握られている。

——はじまりは、ここか。

台本を読みながら狐珀はそう言った。彼にはすべてお見通しだった。だからこそ場面設定を台本に合わせることで、つつがなく浄演を執り行った。

「このホンはね」

ミルクは狐珀の手から紙を取って、胸元に寄せる。

「メールで送られてきたの。ボクに任せるって。それからすぐに病院で亡くなったよ」

さらりとした声に、寂しさが香る。

「このホンを舞台にして世に出したかった。急逝した作家の遺作とか何とか、変に騒がれて話題になるのも癪だから、公演の準備が整うまで渉のことは伏せたかった」

だから隠していたのか。碧唯はミルクの真意を知る。

「もしかしてオーディション会場に、いつも立花さんは……」

碧唯の言い終わりを待たずして、

「いつだってボクの隣に座ってたよ」

と、ミルクは重ねた。

二つの椅子。プロデューサーなど最初からいなかった。脚本家と演出家。ふたりが並んで、一つの芝居を作るために審査していたのだ。

「審査がうまくいかないのは、渉が怒ってるからって気づいてた。でもさ、生きてるボクが諦めたら終わりだからね。みんなにはわるいけど強引にオーディションを続けちゃった」

「ミルクさん、立花さんが見えていたんですか？」

「まさか。でも気配でわかるじゃん」

根拠のない断言に、碧唯は心の底から頷く。

そうだ。きっとそういうものなのだ。

「渉が納得いかないなら、合格は出せない。そう思って何度も選考し直したけど、誰も脚本の意図を汲んでくれないんだもん。ヒロイン気取られても困るわけ。タイトルの『あんずの木の下で』って、どういう意味かわかる？」

「ああ、ええと……」

タイトルの意味。そこまで考えが至らなかった。

「医者の別称、杏林(きょうりん)。故事は説明するの、めんどいからググってね。大事なのは杏(あんず)の木よりも、その幹のそばにいる人たち。だから医者の役は」

「主人公にはならない、主演……」

「イエス」

碧唯の答えに、ミルクは微笑みを返す。

医師は、中心にいるけど主人公ではない。まわりの人々に寄り添う演技をしてほしかったのだと、碧唯はもう理解している。

やる気があるのは認めるけど、求めているのはそれじゃない――胡桃沢ミルクの言葉が頭によぎる。やる気なんて邪魔なだけ。もっと役者には必要なものがある。

ようやくわかった。主演を演じたいという熱意や、俳優の仕事に対するモチベーション。そんな「やる気」だけが先行して、作品に込められた想いや、表現すべきものを見失ってはいけないんだ。

――気づきましたか。

背中から御瓶が言った。

――やる気なんて個人のエゴにすぎません。考えるべきは自分のことより、演じる役のこと。役者に求められるものは脚本の読解力なのです。

補習授業を受け持った教師のような口ぶりだった。いや御瓶さん、だったら最初からそう言ってくださいよ。

——わたしの言うことなんて聞かないじゃありませんか。

そ、そんなこと……。

——それに自分で気づかなければ納得できないでしょう。

耳の痛い言葉だけどその通りだ。浄演を経たからこそ、やっと腹落ちした。

大切なのは、脚本を理解した上で、その役を自分がどのように演じるか。

演じる役、つまり「自分ではない誰か」に対する想像力——。

「おーい、戻ってこーい」

「っはい!」

我に返ると、ミルクが顔を覗き込んでいた。こっちが赤面するレベルで距離が近い。

きりりと整ったその両目に、心拍数が上がってしまう。

「志佐ちゃん。大事なところ、聞いてなかったでしょ?」

「ごめんなさい、ほかに何か……?」

「決めたから」

ミルクは、犯人はおまえだと言わんばかりに指をさして「合格ね」と告げた。

「……はい?」

「ぜひ、医師役で出演してほしい」

「え、や、や、やったあああ!」

精いっぱい叫んだ。それしかできなかった。

ついに、ついにオーディションで合格を勝ち取った。胸の高鳴りが全身を火照らせる。暑い暑い暑い暑い。だけど最高に嬉しい嬉しい。ここから伝説の大女優・志佐碧唯のサクセスストーリーの道がはじまるんだあああああ！

「落ち着きたまえ」

狐珀が煩わしそうに頭に手をよせて、「耳に障る」

碧唯は動きをとめた。無意識に両手両足をバタつかせていた。子どもじみて恥ずかしい。

「渉が志佐ちゃんを認めたんだ。ボクもそれに倣うよ」

「はいっ。よろしくお願いします、ミルクさん！」

はやる気持ちはそれでも押さえられない。「稽古はいつからですか、劇場は、というか公演日程は、共演者だって気になります！」と早口にまくし立てる。

「待ってよ。ひとりで話を進めないで」

ミルクは気圧されることなく、

「合格だけど、オファーはまだしてないんだから」

「え？」

「だから出演オファー。正式な出演依頼やら、ギャランティの交渉やら、事務所とも詰めなきゃいけないし」

「あっ私、事務所には所属してなくてフリーランスなので」

「マネージャーもいないの？」

「い……いることは、います」

幽霊だけど。背後にいるけれど。

「あと公演のタイミング。今すぐってわけにはいかない」

「そ、そうですよね」公演にあたって準備期間が必要なのだろう。「半年先くらいですか？」

「五年後」

「んっ？」

「五年後にしよう」

全身を駆け巡る血液が止まったように、寒気に襲われる。

「いや、あの、それじゃあさすがに……」

「脚本家が認めたって、演出家の合格ラインには達していない」

「ミルクさんとしてはダメだと？」

「だって志佐ちゃん、芝居が下手なんだもん」

「うゔっ！」

面と向かってショックなことを告げられる。

「伝え方が、わるい」

なぜか狐珀がかばってくれる。浄演の説明にダメ出しされた意趣返しだろうか。だけどミルクは「変に気を遣うほうが失礼でしょ」と、どこ吹く風。

「いや、あの、わかってます。まだ駆け出しの素人ですから！」

やや謙遜も含みつつ、碧唯がそう言っても、

「そうだよ」

と、重ねられた。

「発声・滑舌の基礎、身体づくり、会話劇のメソッドからアクションの鍛錬、技術も経験もまるで足りてない。ボクは志佐ちゃんの先生になるつもりはないから、ほかで育ってきてちょうだい」

「……近道はさせない、ってことですね。精進します」

驚くほど細い声しか出なかった。

「約束する。このホンは必ず上演する」

ミルクはそう断言して、「だけどそれは今じゃない。お互いに焦らないで、時を待ったほうがいい。志佐ちゃんは伸びしろがある、だから待つ」

「伸びしろ！　それじゃあ私、将来は立派な女優になれますか!?」

「才能があっても消えるのが当たり前の業界だよ。五年後に生き残ってる保証なんて、どこにもない」

「そんなあ」

せっかくお墨付きを頂戴したと思ったのに、ひたすら現実を突きつけてこなくたって。

「ボクだってそうだよ。いつ演劇界を干されるか、わかったもんじゃない。ほら、志佐ちゃんの身近にもいるじゃんよ？」

言われて、反射的に見てしまう。

狐珀は隣で佇んでいる。

「厳しい世界だけど、つねにあらゆる可能性が開けている。だからすべてを懸けられる。お互い五年経って生き残ってたら、もっといい作品が一緒に作れると思う。それまで頑張ろう」

そう言ってミルクは小指を突き出した。

指切りなんて久しぶりに求められた。碧唯もまた小指を立てて応じる。

「即興劇を観ながら、考えたんだ」

ミルクは指と指を絡ませながら、

「いまのボクが演出をつけて、渉の想いに応えられるのかって。ボクも進化する。生きている限り終わりはない。五年後にもっと力をつけて、このホンに挑むから」

全身から湧き上がる活力が、碧唯の肌にも伝わってくる。ミルクは涙ぐんでいた。彼女もまた、浄演における立花渉の姿に、死者の言葉に感化されていた。

ひとは、死ねば語ることができない。

だけど立花は、この世に戯曲というかたちで言葉を遺した。その想いを掬い、舞台の上で表現できる人間になりたいと碧唯は思った。

「五年、いや……三年です」

思ったからこそ、宣言する。

「五年なんて待たせません。近道はしないけど、全速力で駆けあがってみせます！」

「あっは、いいね。そうこなくちゃ」

ミルクの小指に力がこもる。へし折られるんじゃないかってくらいに痛いけど、ぎゅっと結んで噛みしめる。

浄演は成功したものの、舞台出演は未来に繰り越した。

だけど立派な前進だ。振り出しに戻ったわけではない。

するりと、黒い影が動いた。

狐珀だった。何も言わず、見届けたとばかりに、背中を丸めて出口に向かう。

「兄貴」

ミルクが呼び止める。

「演出家、やめてないんでしょ？」

狐珀は前を向いたきり、答えない。

それでも足は止めた。前傾の丸い背中が、しな垂れた草木を思わせる。

狐珀は、演劇の世界から身をひいて十三年になるという。だけど元・演出家として扱われると、必ず訂正する。「元、ではない」と。演出家のままであると。

「芝居、作んないの？」

ミルクが投げかける。返答はない。

「これでもボクさあ。胡桃沢狐珀に憧れて、この道に進んだわけ」

「そう、なんですね」

意外に思ってミルクを見やる。彼女もまた、近いところで狐珀の活躍に触れたのだろうか。碧唯の知らない、演出家・胡桃沢狐珀としての本領に……。

ミルクは照れるように目配せをしてから、再び狐珀の背中へ向き直った。

「前を走ってた人が勝手にリタイアすんの、張り合いがないんだよね」

「――幕は、下りた」

ぽつりと狐珀は告げる。それだけだった。

「恵まれた才能を自分で殺すのは、罪だと思うけど」

苛立ちを隠そうとしないミルク。それは糾弾にすら思えた。

「狐珀さん」

碧唯は駆け寄った。なぜだかわからない。どうしても表情が見たかった。

その瞳は、遠く、遠くを――望んでいる。

両の手のひらをゆっくりとかざして、狐珀は言った。

「すくわれる日が、訪れたなら……」

救われる日。掬われる日。碧唯のなかで揺れ動く、言葉。わからない。

扉の向こうに狐珀は消える。

「兄貴のこと、頼むね」

ミルクが言う。「あいつが誰かに懐くなんて、ほんとに珍しいから」

視線は碧唯の指に注がれている。借りたままのシルバーリング。

「懐くって、まあ……」

「だってそれ、兄貴のでしょ？」

ぱっと手をとられた。滑らかなリングの曲線が、こぼれそうなほど白い光を湛える。

「これは浄演のときに使うから、貸し出されたままで……」

「マリッジリング」

一瞬、何を言われたのかわからない。

「それ、兄貴の結婚指輪」

「は、え、はあああああああああ？」

金切り声が喉の奥からせり上がった。

「けっ、結婚指輪って、だって指輪は十個あるじゃないですか、浄演のときに、ほかのひとも使ってるし……ええ～嘘でしょ、ただの道具だとばっかり私は思って……！」

「志佐ちゃん」

ミルクは囁くように、それでいて鮮明に呼びかけた。

「ごめん、何も知らないのに混乱させちゃった」

「あの、私……」

「いつか本人から聞けると思うから、待ってほしい」

そうだ。私は狐珀について何も知らないと、改めて思い知らされる。

彼は演劇界の表舞台から姿を消した。

演出家としての活動に幕を下ろした。

碧唯が狐珀と初めて会ったとき、旧知の舞台監督に罵倒されるのを目の当たりにした。

「劇場に足を踏み入れていい人間じゃねえ」と言われるほど、過去に何があったのか。

彼の犯した赦(ゆる)されないこと。そして浄演の力の秘密について。狐珀が自ら語る日を、待つほかない。

「まあ仲良くやってよ。あいつ……芝居の才能はマジモンだから」

さらりとお願いされて、それ以上はミルクに尋ねられなかった。

「でも、気をつけてね」

なぜなら彼女の放った一言に、心を持っていかれたから。

「――兄貴の闇は、きみが思ってるより深いんだ」

*

PRAY.02
「嘘から出た、大立ち回り」
於：銀幕撮影所

*

ひとり、末永真奈美は走った。

歪な地表に何度も足をとられながら、木々の隙間から差し込む月明かりのもと、スマホのライトを頼りに進んでいく。がしゃっ、がしゃっ、がしゃっ、木の葉を踏み鳴らす音が絶え間なく木霊する。まるで自分の足元から発せられる警告音……これ以上は踏み入るな、そう言われているようだ。

カーディガンの編み目から冷気が入り込んで、ぶるっと身震いが走った。標高が低いとはいえ山間は寒暖差が激しい。夜となると少しずつ体温は奪われる。

共演者とも、撮影クルーとも、はぐれてしまった。

遭難、という言葉が頭によぎる。まさかそんな自分に限って。だけど周囲を見渡しても、見覚えのあるものは見当たらず、ロッジの屋根を探したところで、この暗さでは望めなかった。

どうしてこんなことに……。

撮影初日から計画性のないスケジュールに振り回され、いまや真夜中の森のなかを彷徨っている。ひとりで逃げ出さなきゃよかったと、後悔が押し寄せた。だけど仕方ないとも思う。「あんなもの」を前にして冷静な判断などできるものか！

目に焼きついた情景が蘇る。

カメラの回るロケ中の出来事だった。共演者の男の子のすぐ後ろ、木の幹から細く伸びた長い腕。薄暗いなかにあってその手は青白く光りながら指の一本一本をゆったりと動かした。気づかれてはいけない。気がついていることに気づかれたら終わりだ、そう思った矢先、ブーツの踵がこつんと何かに接触する。短い草に混じって生えていたのは、石ころと見紛うほどに小さな足。一つや二つではない、寄せ合うように群生した小さなそれらは足裏を上に向けていた。叫びかけた喉を渾身の力で閉じて、真奈美は走り出した。共演者の男の子が何か言ったが、声を出したら死ぬと思った。森でのロケがはじまってから、ずっとおかしな気配が漂っている。獣は出ないと聞かされていたのに、真奈美たちを窺うような、何者かの気配は消えることなく、撮影隊に張りつくように、キャストでもスタッフでもない誰かが……ついてくる。ふと真奈美が、相手役と揃って同じ方向を見たことからも明らかだ。そこには誰もいないのに。

逃げ出した真奈美は森から出ることもかなわず、ひとり、歩いている。

とにかく戻ろう。みんなと合流しよう。

来た道を辿るために注意深く足元を見やる。麓とはいえ、これ以上奥に分け入ると本当に遭難しかねない。ふいに吹き込んだ風に真奈美は思わずしゃがみ込む。

立ち上がったとき、遠くに小さな光を見る。撮影用の照明だろう。人工的な光源にわずかな安堵をおぼえると同時に、その付近に立つ直線的な影が目に飛び込んだ。

ここからだと何だかわからない。木ではなさそうだ。真奈美は光を目指して歩き出す。共演者も撮影クルーも、同じく森のなかを動いているはず。はやくみんなと合流したかった。

やがて声が聞こえてくる。自分のことを探しているのだろうか。小道を駆け足で曲がったところで、真奈美は大きな影をとらえた。

咄嗟にスマホのライトを向ける。

鳥居があった。

「……何、これ」

赤く塗られてはいない。寒々しい木肌は容赦なく苔むして白く色褪(いろあ)せる。くすんだ柱が幾重にもひび割れ、今にも倒壊しそうな佇まい。木の葉に埋もれた土台のあたりも黒ずんでいる。

先ほど見えたのは、これだったのか。

山のなかに現れた鳥居を前に、真奈美は中谷(なかたに)オーナーの言葉を思い起こす。

――お社(やしろ)には、近づかぬこと。

誰も気に留めていなかった。撮影には無関係だろうと、話題にのぼることもなかった。

鳥居の先、ゆるやかな丘陵に沿って丸太の階段がのびている。かなり古い。その向こうに山門と思しき影があるも、鳥居をくぐって先に進む勇気はない。みんなはどこだろう。近くまで来られたと思ったのに……鳥居から目を離しかけて真奈美は動けなくなる。

朽ちた鳥居。

柱のそばに佇むのは、甲冑を纏った男だった。

こちらを見ている。相対している。真奈美は動けない。ただ真っすぐに立ち尽くす。

「探したよ」

背後から声をかけられる。身体がびくんと反応する。共演者の男の子だ。後ろから近づいてくる。足音は複数ある。ほかの共演者や寺田監督も一緒なのだろう。

だけど真奈美は、金縛りに遭ったように身が竦んだまま。

乾いた空気にカチンコの音が響いた。後ろでカメラが回りはじめる。

「急に飛び出してどうしたの？」

と、男の子は言う。

「どこ行ったのかと思った」「ホント心配したんだから」

ほかの共演者の声も重なる。どこまでが演技なのかわからない。アドリブのセリフか、実際に身を案じてくれたのか。

「あ……ああ……」

真奈美は答えられない。演技を放棄したまま、その男を見ている。

立派な金の兜飾りに、重々しい黒塗りの鎧。

右手に握られたのは、細い月のような太刀。

カメラは回っているのに時が止まったような感覚……。何もしない真奈美に、スタッフたちは苛立っているだろうが、監督の性分からしてカットがかかる望みも薄い。ありのままの映像として、長回しを続けるだろう。映画として記録するだろう。

はやく解放されたかった。

お願いだから、誰か、あの男に気づいて。

ごおうっ！

男の背後に火の手があがる。瞬く間に燃え上がる、業火。あたりは昼間の明るさに包まれる。

くすんだ鳥居の柱が歳月を取り戻すかのように、照りかえす炎で朱色に染まる。

思わず振り返った。

カメラは真奈美をとらえている。つまり、背後にいる男も映していることになる。

監督は顔色変えずに様子を窺っていた。

見えないんですか？

そう言おうとしてガチャリと、鉄の音。がさりと、枯葉の音。

再び姿勢を反転させた。変わらず男は立っている。すぐそば、真奈美の、目の前に。

腰が抜けた。と気づいたのは、鈍い痛みを感じたから。湿った地面がスカートを濡らす。起き上がるどころか、身じろぎ一つできないでいる。

正面に立ちはだかるその男は、真奈美を見下ろすことなく真っすぐ前を見据えたまま。

手に持った日本刀を振りかぶる。

月明かりに白銀の刃が煌めいた。

「オオオオオオオオッ！」

雄叫びが耳をつんざく。

殺される――。

カットを告げる監督の声とともに、その男は露と消えた。

×　×　×

「はい、着きましたよ」

エンジンが切れて、運転席から声をかけられる。

到着したのはお昼過ぎ。駐車スペースに停められたワゴン車から、碧唯がボストンバッグを抱えて降りると、初夏の日差しを全身に受ける。そよ風が心地よい。思ったよりも暑さを感じず、寒さもおぼえず、晴れた空はまさに五月の行楽日和といっていい。

「久しぶりー！」

すぐに真奈美が外で出迎えてくれた。

「ご無沙汰してます、真奈美さん！」

「来てくれてありがとう、嬉しいよ」

と、軽いハグを交わす。ビショップスリーブの白カーディガンにピンクのプリーツスカートという上品な装いを見て、碧唯は即座に後悔する。もっと可愛い恰好をしてくればよかった。ベージュのチノパンにショート丈のデニムジャケット。山と聞いて日和ってしまった。

「お疲れさま、遠かったよね？」

真奈美がボストンバッグを持ってくれる。

「ありがとうございます。ちょっとした旅行っぽくて楽しかったですよ！」

碧唯は肩をぐるぐる、腰をぐっぐっと動かした。都内から電車を乗り継いで三時間半。送迎のワゴン車でさらに四十分。楽しいとは言ったものの、現地に着くまでなかなかハードだった。

「ごめんねー、急な話で！」

と、片手で謝る真奈美。

「いえっ、そんなこと。本当にありがたいです！」

ぴしっと碧唯はお辞儀する。

心から感謝している。なんたって真奈美は「お仕事」をくれたのだから！

「スケジュール空いててよかった。キャスト少ないから、バリバリ活躍してね！」

「はいっ、頑張ります！」

「いい返事。元気大事！」

「元気だけが取り柄です！」

「いえてるー」

「ちょっとー」

半年以上も会ってないのに、すぐに息が合った。

だけど今日の真奈美からは、頼れるお姉さんの雰囲気が感じられない。からっとした笑顔の目元に、どこか疲労の色がみえる。頬だって痩せたかも……。

「ところで、あの人は？」

尋ねる真奈美に、「はい、一緒ですよ」と、碧唯はワゴン車を振り返る。

開いたリアドアに黒いものが蠢(うごめ)いていた。

「って狐珀さん、大丈夫ですか!?」

顔が隠れるほど身を屈(かが)めたその男は、ドアの両脇にしがみついて藻掻(もが)くばかり。

「支障ない」

呟きながらも、車内から伸びた長い足が、着地点を求めてバタついている。運転手のおじさんが近寄って、「あんたには狭いわなー」と手を取った。かろうじて狐珀は車外へと救出される。高身長の人も大変なんだなと、中学くらいから背が伸びていない碧唯は思った。

狐珀は目を瞑り、両手をお腹に沿えて深く息を吸った。

碧唯も真似（まね）して大げさに深呼吸。草木の匂いを含んだ空気が胸に入ってくる。

「ああ～、気持ちいい。やっぱり東京とは違いますねえ」

言ってみたものの、狐珀はまだ息を吐いている途中だった。肺活量が半端ない。

「んん、いい」

長い時間をかけて出し切ったのち、唇を緩めて呟いた。意外だった。狐珀はインドア派かと思いきや、自然を好むようだ。

「狐珀さん。この度はご足労いただきありがとうございます」

真奈美はそう言って、「こちらオーナーの中谷さん」と、送迎の運転手を碧唯たちに紹介する。

「中谷敏之（としゆき）です。ようこそ、銀幕撮影所へ」

オーナーさんだったのか。碧唯は慌てて頭を下げる。険しい山道を走ってきたので、車中ではろくに挨拶も交わしていなかった。

中谷は丸い顔に柔和な微笑みをつくり、「いい映画を撮ってよね」と付け加える。

そう、映画だ！

遊びに来たわけでも、浄演の依頼でもない。碧唯たちはロケに参加するためやってきた。

謎の市外局番から連絡があったのは、なんと今朝。というか朝四時ごろ。爆睡中に突然スマホが鳴り響き、同じ部屋で寝ていた妹の朱寧が激怒し、逃れるように廊下に出て応対すると、切羽詰まった真奈美の声が飛び込んできた。

キャストの欠員が出たから、映画に出てほしい――と。

二つ返事でＯＫした。ゴールデンウィークに入ったばかりなのに暇を持て余していたのが幸いした。

撮影は本日からだと言われ、詳細は後ほど送ってもらうことにして、急いで身支度を整える。眠気など完全に吹き飛んでいた。だって憧れの映画出演……インディーズの小さな企画らしいが、それでも映画は映画なのだ。ついにきたぞ、全国の映画館で多くの人の目に触れるチャンス。作品は日本中を泣かせる感動の超大作となり、この出演を機に「気鋭の新人女優・志佐碧唯」として一躍脚光を浴びてみせようぞ……などと目まぐるしく考えを巡らせていたら、真奈美からメッセージが送られてきた。集合場所は新潟寄りの福島県。思ったよりも遠かった。

が、そんなことは気にならない。もっと驚きの事実が書かれていた。

『狐珀さんも誘ったから、東京駅で合流してね！』

慌ただしい家族連れや、大荷物の外国人観光客が行き交うなか、指定の改札前に、胡桃沢狐珀が立っていた。本当にいた。早朝の駅構内に佇む黒いスパンコールの燕尾服姿は、場違い感も甚だしく、田舎から腕を試しに上京してきた大道芸人を思わせるが、まさかの手ぶらだった。

聞けば、狐珀もキャストとして声がけされたらしい。

胡桃沢狐珀と……共演？

新幹線に乗り、快速列車に運ばれ、二両編成のローカル線に揺られた。大型連休にもかかわらず次第に乗客は減っていき、車窓の外は緑が深まる。

気まずかった。会話がなかった。

狐珀とふたり、電車に乗って長距離移動なんて思ってもみないシチュエーション。意識しすぎると、訊きたいことはいっぱいあっても言葉にするのが難しい。狐珀はといえば、長い髪で横顔が隠れて表情が窺えない。碧唯は意味もなくスマホを見つめて過ごした。

途中、狐珀が乗り換え待ちの間に改札を出た。帰ってくると手には、マックポテトのLサイズが二つ。

「えっ、いま買ってきたんですか？」

ちょうど時刻は十時半を過ぎたところ。

「朝食」片方を差し出して、「一つ、如何か」

「ありがとうございます」

碧唯は受け取りながら、「でもせっかく買いに行くなら、食べたいもの訊いてくれればいいのに」と返す。碧唯にとってはテリヤキバーガーとメロンソーダが、マクドナルドの鉄板なのだ。

しばし狐珀は静止したのち、何かに気づいたように、

「気配りが足りず、失礼した」

と呟いた。

「いや、すみません。ありがたくいただきます」

会話らしい会話はそれくらい。狐珀はホームに立ったまま、旅のお弁当であるポテトをつまみはじめる。長い指でするりと引き抜き、一本ずつ、音もなく口に含む。マックポテトが好きなんだ。意外な一面すぎる。考えてみたら狐珀だって生きている人間で、マックくらい食べるんだと知って、不思議な安堵をおぼえた。

その後、碧唯は山盛りのフライドポテトでお腹が満たされ、車中で寝てしまう。なぜかおばあちゃんの家で遊んでいる夢を見た。目を開けると、狐珀の肩に側頭部をあずけており、恥ずかしいので寝返りを打つと見せかけて頭を浮かせた。かすかなお香の匂い。

白檀というのだっけ、かつて訪れた狐珀の住む劇場と同じ香りが漂った。

電車は見知らぬ駅に停まり、狐珀と連れ立って碧唯も降りる。駅舎の前で待っていた中谷のワゴン車に乗せられ——こうしてロケ地である撮影所にやってきた。

「頑張ってね。若い子らが盛り上げてくれたら、この銀幕撮影所の名も上がるから」

中谷は煽てるように言った。

「銀幕って、何ですか？」

碧唯が尋ねると、中谷は得意げな笑みを浮かべて、

「ここは有名な銀幕スターに所縁があってね、それを売りにしてロケ地として貸し出しているんだ」

「銀幕スター？」それもわからない。「って何でしょう？」

「人気の映画俳優さんのことを、昔はそう言ったんだよ」

「へええ、そうなんですね」

すてきな響きだ。いつか碧唯もスターと呼ばれたいもの。

「なかに案内するよ」

と、真奈美はコテージのほうに歩き出す。

木造の可愛いらしい外観だ。その隣にはコンクリート造の、公民館のような平たい建物がある。

「休憩スペースあるから」

コテージを指して真奈美が言う。「一息ついてね」

「ありがとうございます。狐珀さんも行きましょう」

碧唯が見ると、狐珀は建物の反対方向を眺めていた。

「どうしたんですか？」

視線の向こう、駐車場から少し距離を置いて、木々が生い茂っている。鬱蒼（うっそう）とした森だった。一本の小道が奥へと続いている。狐珀はその先を窺うように、黙って、背筋を伸ばしたまま。

不思議だ。こんなに晴れているのに、森の上空だけが陰っている。

「狐珀さ――」

呼びかけに応じたわけではなく、狐珀が姿勢をこちらに向けて歩き出した。

彼が何を見つめていたのか、碧唯にはわからない。

いつも以上に、狐珀の肌は白くみえた。

コテージの玄関を入り、靴脱ぎ場を過ぎて左側に進むと、こぢんまりとしたリビングだった。

「わあ、すてきー」

思わず声をあげる。開放的な窓を片側一面に備えた、木目模様の美しい一室。革張りのソファーがL字型に置かれ、木製の長いテーブルの向こうには暖炉が鎮座する。窓の反対側にはオープンキッチンまで付いている。天井でゆっくりと回るシーリングファンを見上げながら、冬に休暇で訪れたら最高だろうなと思った。

煙草の匂いが鼻をかすめる。

「お疲れー、碧唯ちゃん」

漫画雑誌をテーブルに放りなげ、ソファーに座った男が顔を見せた。

「えっ、麗旺さん!?」

「何だよ、聞いてなかったのー?」

麗旺が真奈美を見ると、「バタバタしてたから」と彼女は苦笑い。

テーブルに置かれた灰皿には、吸い殻が何本も溜まっている。そばにはインディアンの横顔が描かれた煙草の箱と、傷だらけのジッポライター。

「師匠も遠路はるばるお疲れさまです」

麗旺は礼儀正しくお辞儀をしてから、

「この四人が集まるのエモいっすねえ」

と、懐かしむように言った。

「確かに、同窓会っぽい！」

碧唯も昨年の初舞台を思い浮かべる。楠麗旺、末永真奈美と共演し、胡桃沢狐珀と出会った。こうしてまた同じ現場に集まれるなんて嬉しい。

ほかに、ソファー奥の端に小柄な男性がひとり座っている。膝に置いたマックブックから目を逸らさない。陰気そう、というのが最初の印象。着古したグレーのスウェットは首元がよれて、遠目にも汚れが目立った。麗旺や真奈美のマネージャーではないだろうし、編集スタッフかもしれない。声をかけづらいので挨拶は後回しにする。

それにしても、まさか麗旺まで出演するなんて……。

「碧唯ちゃん、そんなに意外？」麗旺が笑う。「俺がインディーズ映画に出るの」

「や、だって」

心の声が表情にダダ漏れだった。「麗旺さん、大きい舞台ばっかり出てるから」

最近では都内屈指の大劇場・彗星劇場に立っていたし、大物演出家である譜久原重樹の公演にも出演が決まっていた。

「だって監督が『寺田テンペスト』だよ？」

麗旺は身を乗り出して、「そう聞いたら無視できないって。入ってた仕事、二つリスケして飛び込みで参加させてもらったよ」

寺田テンペスト……というのが映画監督なのだろう。聞いたことがないし、人の名前かどうかも怪しい。

「そんなに有名な方なの？」

一応確認してみるが、「いーや、全然」と返される。

「はい？」

「だけど、出演する価値がある」

よくわからないが、麗旺の話しぶりからは興奮が見てとれる。

「それにさ」きらきらした目を狐珀に向けて、「師匠と共演できるのも楽しみっす！」

麗旺は浄演を経験して以来、師匠と呼ぶほど狐珀に懐いていた。

「まあ少しくらいは、客寄せがいないとね」

わざとらしく真奈美が言うと、

「うおい、誰がパンダや！」

と、おどけてみせる麗旺。

「動物とまでは言ってないでしょ！」

真奈美も笑いながら重ねた。以前と比べて良好な関係が窺える。真面目に舞台のお仕事に取り組むようになった麗旺のことを、真奈美も認めているのだろう。

「客寄せって意味なら、ヒロイン役に南波音暖（ななみのの）くらい呼ばないとー」

麗旺がテーブルに置かれた漫画雑誌に目を落としている。その名の人気女優は、あられもない水着姿で表紙を飾っていた。

「呼べないわ」真奈美は鼻で笑って、「一人分のギャラで制作費が飛ぶっての」

「あっは、間違いない」

碧唯の身体がぎゅっと強張る。

聞き流そう、何事もなくやりすごそうと念じるが、

「前も思ったけどさ」

麗旺は見咎めるように、「碧唯ちゃんって南波音暖がきらい？」と問いかけてくる。

「きらいっていうか……まあ、その……」

うまく言葉にできない。自分らしくない、歯切れのわるさ。

「同世代だと意識しちゃうよねえ」

真奈美は助け船を出すように、「ライバル視するのもわかるよ」と微笑んだ。

ライバルでも何でもない。雲泥の差だ。比べている時点で人から笑われる。

「でも今回の映画、ヒロイン役は碧唯だから！」

真奈美に両肩を叩かれる。やつれた顔つきで作ったその笑顔に、碧唯の心は解きほぐされる。

「……はいっ、頑張ります！」

そうだ。関係ない人にかかずらうのはやめよう。せっかくの映画初出演、目の前のお

仕事に集中しなきゃ！

などと前向きにメンタルを立て直したけど、いつ撮影がはじまるのだろう。ほかの俳優は到着する気配をみせないし、スタッフたちも出払っている模様。碧唯はまだ台本すらもらっていない。

「あれ、電波ないですね」

時間を確認しかけて、碧唯は気づく。スマホには圏外と表示されている。

「そうなんだよー、待機中めっちゃ暇！」

麗旺が漫画雑誌を手に取ってひらひらさせる。テーブルに戻すときに表紙を裏返した。さりげない心配りが身に染みた。

「このあたり、まだまだスマホ通じにくいんだってー」

真奈美はとうに諦めた口ぶり。今朝の連絡はそれでコテージの固定電話を使ったらしい。次いで碧唯に送ったメッセージは、奇跡的に電波が入った瞬間を狙って送ったと、苦労話のように語った。

「山奥の山荘……連絡手段の遮断……」

思わせぶりな口調で顎に手を当てた麗旺が、

「ホラーっていうより、ミステリの舞台が整ったね。殺人事件の幕あけだ！」

びしっと指を突き出した。

「探偵役、好きですね……」

殺人事件のほうが心霊現象に遭うよりマシだとすら思う碧唯だった。いやもちろん、殺されるのはごめんだけど……。

「よろしいですか」

知らない声。見ると、グレーのスウェット男がこちらを凝視していた。

パソコンを閉じて小脇に抱え、碧唯たちに近づき、

「活写師、寺田テンペストです」

何やら告げた。

「かっ、しゃ……し？」

自己紹介だろうが、肩書きの意味がわからない。

「気にしないで。この方が、今回の監督さんね」

真奈美が改めて紹介してくれる。

「ええと」どう呼べばいいのだろう。「寺田さん？　テンペストさん？」

「寺田で結構です」

そっちなんだ。穏やかな表情だが笑っておらず、覇気はないのに芯が通っていそうな、不思議な空気を纏っていた。ミルクという名の演出家もいれば、テンペストと名乗る監督もいる。そう納得して碧唯は飲み込んだ。

「志佐碧唯です、よろしくお願いします。ところでスタッフさんたちは？」

「僕です」

「いえ、カメラマンとか、ほかの……」

「監督の僕が兼ねます。ひとりで撮ります」

当たり前のように宣言される。

「実は今朝、みんな山を降りたんだよね」

真奈美が言った。「もう付き合いきれませんって」

「ど、どういうことですか？」

「前にもスタッフが逃げた経験はあります」

寺田は慣れたものだと言わんばかりに、

「その際も自分でカメラを回し、照明、音声、すべて兼任して、クランクアップを迎えました」

「じゃあ、寺田さん一人で撮る映画なんですね」

碧唯が確認すると、「そうなります」との返答。

寺田の顔をまじまじと見た。スタッフ泣かせの傍若無人な監督なのだろうか。そんな風には見えないけれど……。

撮影スタッフが、監督一名のみ。

あまりに小規模な体制で、憧れたロケのイメージとは程遠い。大きなステージに立てると意気込んで、印刷所の倉庫みたいな小さな劇場に面食らった舞台デビューを思い出す。こんなので日本中を泣かせる感動の超大作なんて撮れるのだろうか。

いやでも、どんな規模であろうと俳優の仕事に優劣はない。全力で取り組もうと、碧唯は気持ちを切り替える。

「お揃いなので、撮影をはじめましょう」

寺田が碧唯たち四人に向かって告げた。

「お揃い？」思わず碧唯はオウム返し。「出演者の皆さんはどちらに？」

「これで全員です」

「もう撮影していたんですよね？　キャストに欠員が出たって聞いたんですけど」

「知っての通り、俳優たち全員が逃げ出したので」

「待って待って、逃げ出したなんて知りません！」

みんな山を降りたって、キャストもだったのか。

「ごめんね碧唯。私から説明させて」

真奈美は「順を追って話すから」と、慌てたそぶりで事態の全容を語り出す。

銀幕撮影所でのロケがはじまったのは、今から二日前。

キャストは男女合わせて十名、スタッフも八名と、それなりの大所帯で現地入りした。

屋内でのシーンは順調に撮り終わる。だが、続く屋外ロケで撮影は行き詰まった。

「場所、変えません？」

俳優のひとりが言った。コテージに隣接する森に入ったばかりだった。

山道を少し進んだところで仕切り直すも、今度は別のキャストが「もっと開けたところ行きませんか？」と提案する。両名とも「なんか嫌な感じがする」という曖昧な理由だったが、撮影隊は移動を繰り返しながらカメラを回した。次第に森の奥へ、奥へと入っていくと、俳優たちがおかしなことを言いはじめる。撮影中に茂みから気配を感じたとか、木の隙間に誰かの手が見えたとかで、そのたびに進行が滞った。夜も更けて撮影スケジュールは押しまくり、怖がるキャストと苛立つスタッフ、場の空気もわるくなる。

そしてカメラが決定的な瞬間をとらえた。

俳優たちの後ろ、木の奥の暗がりに映っていたのは——。

「……って、ちょっと待ったストップ、ストップ！」

碧唯が両手を大きく振って、真奈美の説明を遮った。

「なんだよ、盛り上がってきたところだったのに」

白けたと言わんばかりの視線を、麗旺がよこす。

「いやいやいやいや」碧唯は断固抗議する。「なんで怖い話がはじまるんですか、おかしいでしょ」

「実際に起こったからだろ。真奈美さん、カメラに何が映ってたの？」

「それがね……」

「聞きたくない聞きたくない、何が映っていたかなんて！」

そんなの具体的に聞いたら思い浮かべてしまう。

「人影」

「んぎゃーーーーっ！」

聞いてしまった。真奈美に躊躇(ちゅうちょ)はなかった。

「林の奥とか、山道の遠くにね、小さいんだけど誰が見てもわかるくらい、人間のかたちをした黒い影が映り込んでたの。ごつごつした厳(いか)ついシルエットだった。なぜか必ず真正面、カメラの方向に真っすぐ立ってて、映像を確認したキャストはみんな大騒ぎ。撮影をやめてコテージに戻ろうって話も出たのに、寺田監督が予定のところまで撮ってしまいたいってことで、ロケを続けたんだけど……」

真奈美はそこで口をつぐんだ。わずかに迷いを滲ませる。

「だけど？」

麗旺が続きを促すと、

「今度は私が、変なものを見ちゃった」

真奈美は答える。顔色が淀んでいる。

「木の幹から長い腕が伸びてたり、地面から小さい足が生えてたり……」

聞きながら思い浮かべてしまう。暗闇のなか、木々の合間から伸びる人間の手。背の高い植物を分け入るように生える人間の足。みるみるイメージが膨らんで、碧唯の背筋は凍りつく。

「み、見間違いですよ。きっと木の枝や草が、そんなふうに」

「大変だったのは、そのあと！」

ふいに真奈美が語気を強めた。瞳が揺れている。まるで何かに追い立てられるように、彼女は話を急いだ。

「頭が真っ白になって私は逃げ出した。だけど迷っちゃって、みんなのところにも、コテージに戻る道もわかんなくなった」

言葉通りに受け取るなら、真奈美は遭難しかけたことになる。

「スマホのライトでなんとか歩いてたら、遠くに撮影隊の照明を見つけて、合流しようと走ったの。そしたら途中で……大きな鳥居があるところに出た」

「鳥居？」

不意打ちを食らう。森のなかに建つ禍々(まがまが)しい鳥居が、碧唯の頭のなかに入り込んでくる。

「木で造られた、すごく古い鳥居だった。そこで私は……見てしまった」

これ以上、何を見たというのだろう。真奈美はそのまま黙ってしまう。唇が小刻みに震えている。

「鳥居のそばに立っていたのは――」

やがて意を決するように、言った。

「落ち武者」

頭のなかの情景に、満を持して登場人物が現れる。

佇むのは血みどろの武士……ゾンビのように身体を揺らし、刃こぼれの激しい刀を携え、唸るように雄叫びをあげて碧唯に迫りくる。ひぃぃぃ。とめどない己の想像力が心底憎い。

「すぐに気づいた。映像に映り込んでいたのはこの鎧兜の人だった。私は後ろにいた役者とスタッフに助けてもらおうとしたけど、落ち武者がこっちに向かってきて、刀を振り上げて！」

「ひうっ！」

碧唯は目を瞑った。本当に落ち武者に襲われるような臨場感。

「転んじゃって、もう駄目かと思ったんだけど、そいつは足元にいる私を見ないで真っすぐ立ったまま止まった。それで何とか逃げられた……」

闇雲に走って森を抜け出し、コテージまで辿り着いた。真奈美はそう締めくくる。

「僕らも末永さんの後を追いました」

寺田が証言を加える。「合流して、ここまで一緒に帰りました」

奇妙な沈黙がおとずれる。

頭上で軋むような音が鳴り、全員が天井を見上げた。年季の入ったシーリングファンが歪な動きをみせている。

「……落ち武者ときたかあ」

わざとらしい笑みを浮かべる麗旺。

「昔どこかから落ち延びてきたのか、このあたりで合戦があったのか」

「やめてよ」

碧唯が止めても、「古戦場なんて日本中どこにでもあるさ、ねえ師匠？」と意に介さない。

「人はいつか、土に還る」

独り言のように狐珀が受ける。「その上に、我々は立って生きている」

「さすが師匠、深いっすねえ」

うんうんと頷く麗旺を横目に、碧唯は頭を抱えた。

落ち武者の住む山だなんて、とんでもないところに来てしまった……。

それから真奈美は最後まで経緯を話した。

コテージに戻ったキャストとスタッフは、屋外での撮影中止を求めるも寺田監督は受け入れず、「森でのシーンは作品にとって不可欠だが、無理強いはしない、参加したい人だけで構わない」と主張したため、キャストはおろかスタッフまで全員が下山した。残ったのは監督を除いて真奈美だけ。彼女は急遽、知り合いを当たってキャストを募ったものの、集まったのは碧唯と狐珀と麗旺の三人。スタッフの増員については叶わなかった。

「現場を放棄しちゃうなんて、みんな薄情だねえ」

麗旺が呆れ顔をつくった。

「仕方ないですよ」碧唯には気持ちがわかる「落ち武者の霊なんか出ちゃったら……」

「落ち武者を見たのは真奈美さんだけでしょ。映り込んだ人影っていうのも、そいつかどうか」

「映ってたの」

真奈美が口を差し挟んだ。

「私が襲われたとき、カメラも回ってて……黒い甲冑を着て、立派な兜をかぶった男が、はっきりと映ってた」

そうして真奈美はしぼり出すように言った。

「カメラに向かって堂々と、真っすぐ立っていた」

「へえー、それはそれは……」

麗旺の引きつるような笑いのあと、二の句を継ぐ者はいない。

碧唯は隣の狐珀を見上げた。黙って真奈美の話を聞いていたが、今は真剣な眼差しで寺田を凝視している。

まるで何かに取り憑かれていないか、霊視するみたいに……。

「……真奈美さん」

碧唯は切り出した。

「つまりこれって、浄演をするってことですか？」

「碧唯、違うの」真奈美は言い含めるように、「役者として狐珀さんを誘ったのは本当。雰囲気あるし、いいなと思って」

「わたしも同意です」寺田も頷く。「あなた、持ってますね」

意味深な言葉で評した。持っているだなんて、はたして俳優としての期待だろうか。

「とにかく狐珀さんには」

まとめるように真奈美が言う。「キャストとして映画に出てもらいます。だけど万が一、何か変なことが起こったら……よろしくお願いします」

「造作なし」

狐珀は簡潔に、快諾した。

めちゃくちゃフラグが立った。もう展開が予想された。なぜか碧唯の女優活動には、怪異がついてまわるらしい。

それにしても、落ち武者だなんて……。

日本史の授業は毎週爆睡だったから薄っぺらい知識しかないけれど、おそらくは戦国時代だろう。今まで浄演を通して出会った人たちとは、時代も文化も考え方もまるで異なる。そんな昔の人間と対話できるとは思えない。コミュニケーションどころか、互いの日本語すら理解できるかも疑わしい。

「落ち武者が映った動画って、いま観られます？」

麗旺が目を輝かせている。心霊映像に興味津々じゃないか。碧唯は顔を伏せて迅速に防御姿勢をとる。絶対に観たくない。

「削除しました」

寺田が答えた。呪われたら嫌だから消せと、キャストたちに迫られたらしい。

要するに証拠映像は残っていない。真奈美たちの見間違いか、怖がらせるためにドッキリを仕掛けている線もあり得るが……碧唯は真奈美を見た。不健康な青白い肌と、目元に滲んだ疲れが真実を物語る。わざわざ嘘をつく理由もない。

それに、碧唯は何度も経験した。

この世に不思議なことは起こりうる。死してなお、想いとともに現世に残る者はいるのだ。

「どのみち、昨日までの分は使えません」

寺田は碧唯たちを見て、「皆さまを一から撮り直します」と言った。

はいっ、よろしくお願いします！

……などと快活に言えたらよかったのだが、碧唯は返事ができない。

霊の浄化を図ろうにも、今回ばかりは狐珀だって手に負えないだろう。即興劇の浄演は、言葉を交わし合えて初めて成立する。言葉が通じなければ斬り殺されたっておかしくない。

——映画の出演も、やめたほうが賢明でしょう。

碧唯の心中を汲み取るかのように、背後から御瓶も同意する。

——急な案件なので黙っていましたが、信用のおける現場とは程遠い。真っ当にギャランティが支払われるかも怪しいものです。志佐くん、流されるばかりではなく、ちゃんと言うべきことを……。

「言われなくても、わかってますよ」

思わず口に出してしまう。その場の全員が碧唯を見る。

寺田と目が合った。碧唯は言った。

「考えさせてください」

「碧唯……」

真奈美が何かを言いかけたが、

「急には決められません」

と、碧唯は重ねる。

寺田に一礼してリビングを後にした。去り際に狐珀を見たが、髪に隠れて表情は窺えない。

外に出たところで行く当てはなかった。

コテージ前の敷地にはワゴンと軽自動車が停まるだけで、バス停などは確認できない。駅まで歩けるとも思えなかった。ボストンバッグはリビングに置いたまま。とりあえず脇のベンチに座ってみたが、頭を冷やそうにも容赦なく太陽が照りつけてくる。

駐車場の向こうには、鬱然と木々が生い茂る。

落ち武者の潜む森。真奈美の話を聞いたせいか、禍々しさを感じる。着いてすぐに狐珀が眺めていたのは、やはり……なにかいると嗅ぎとったから?

コテージ隣の建物前に自動販売機を見つけた。何でもいいから飲み物をと、近寄ってみるがボタンを押すまでもなく現金オンリーの旧型販売機で、電子決済を諦めてスマホをポケットに戻した。こちらは地域のコミュニティセンターらしい。出入口のガラス扉を開けてみる。漏れてきた空気が妙に冷たい。なかに入ると簡素なロビーがあった。誰もいない。碧唯の乾いた靴音が響きわたる。人の気配はないが、最小限の電気はついており、碧唯は平たいソファーに腰を下ろした。

ロビーの隅には四畳半ほどの畳スペースがあり、積み木の入ったケースが置かれている。壁に沿った横長の本棚には、絵本や児童書が並んでいるが、随分と古めかしく、久しく触られた痕跡がない。大判な書籍が目についた。この木製のフレームは何だろう。引き出してみると紙芝居の道具だった。指先が黒ずんでしまい、碧唯はチノパンのお尻で拭った。来る途中、民家もあまりなかったし、過疎化が進んで子どもはいないのかも。

「碧唯」

背後から声をかけられる。

「怖いの苦手なのに、ごめんね」

真奈美だった。追いかけて探したのだろう、やや息が上がっている。

碧唯に駆けよって、真奈美は「ごめん」と繰り返した。

「騙(だま)すつもりはなかったし、電話でもメッセでも、状況がうまく伝えられないと思って」

と、碧唯の腕に手を添える。わずかに震えている。

「碧唯、オーディションに落ちてばかりだって悩んでたから……誘いたかった」

「真奈美さん……」

彼女に悪意はない。碧唯のことを気にかけてくれていた。それはわかっていた。

「謝らないでください。誘ってもらえて嬉しかったです」

しっかり見据えて碧唯は伝える。

「だけど落ち武者だなんて、そんなの相手にできる自信ないし、想像しただけで怖いんです」

「私も怖いよ」

真奈美が微笑む。「だけど諦めたくない。このままロケ中止になんかしたくない」

その顔つきに初舞台を思い出す。優しく気遣う、頼れるお姉さんの真奈美だった。

「そんな目に遭ってまで、どうして真奈美さんは続けたいんですか？」

霊に襲われた彼女こそ、真っ先にキャストを降りるべきだ。

「……前にね、寺田監督の作品を観たことがあって」

しみじみと真奈美が切り出した。

「東中野（ひがしなかの）の小さい映画館で、短編映画祭があってね。寺田監督のは二番目で、五分くらいの短いやつ。アパートの部屋で、女性がひとり、ごはんを食べているだけのモノクロ映像なんだけど……」

声を詰まらせた真奈美を見ると、泣いていた。

「真奈美さん、大丈夫ですか!?」

狼狽える碧唯に「ごめんごめん」と笑いながら掌（てのひら）を見せる真奈美。

「女優の表情なのか、そのシーンの光景なのか、音楽なのか、カメラワークなのか、私が何に感動したのかも、わからなかった。どれだけ考えてもわからない。だけど確かなのは、映画を観て、私の心は動かされた。それだけは間違いなかった」

真奈美の温度を感じた。肌に触れなくても熱が伝わってくる。

「寺田さんって、すごい監督なんですね」

「どうだろう。実はそんなことないかも」

麗旺と似たような返しだった。

「だってあの人、映画を撮るために一年間貯金して、それを全部つぎ込んでるの」

「えぇっ」

「平日は契約社員として普通に働いてるから、ゴールデンウィークとか、年末年始の休みにまとめて撮影するんだって」

「休みじゃ、ないですね」

「休むより映画を撮るほうが大事なんだよ。映画のために生きてるって感じ」

ボロボロのスウェット姿を思い出す。衣食住、すべてに興味がなさそうな印象ではあった。

「プロの監督という意味だったら二流だと思う。スタッフを統率できないは、役者にも逃げられるは」

そもそも全然売れてないしね、と真奈美は笑う。

「今回だって、どんな映画になるのか予想もできない」

「そんなので大丈夫なんですか？」

「だからこそ、楽しみなんだ」

真奈美の声がわずかに弾む。「たくさんの人が楽しめる作品もいいけどさ、どうせ売れない女優やってるんだから、わけわかんないものに巡り合いたいって思うんだよね。碧唯は、わかんない？」

「わけわかんないもの……わかんないです、私にはまだ」

碧唯は日本中が泣くような、興行収入何億円みたいな映画に出て喝采を浴びたい。女優を志したからには、当たり前の欲求だと思った。

「有名になったり、ヒットしたり、そういうのじゃなくても、誰かにとってはかけがえのない作品になる。それってすごく価値のあることだと、私は思う」

真奈美を見ながら感じとる。彼女の高揚感。不思議と碧唯まで、わくわくしはじめる。

「誰かにとっては、かけがえのない作品……」

碧唯は繰り返した。それなら私にもある。大好きな女優・優木悠理子（ゆうきゆりこ）が主演を務めた昔のテレビドラマ。あれだけは何度、観返したかわからない。

「ちょっと……憧れますね。そんな作品に出演することができたら、幸せかも」

「そうでしょ、役者冥利に尽きるってもんだよ。せっかく今から映画を作るんだから、関係ない落ち武者にビビってたらもったいない」

真奈美は自分に言い聞かせるよう言葉にしてから、

「碧唯と狐珀さんがいれば大丈夫って思うんだ。もし何かあっても前みたいに、不思議な即興劇で助けてほしい」

「狐珀さんはできるかもしれないけど、私には何の力もありません」

ひとりの役者として浄演に参加しただけのこと。狐珀の整える舞台がなければ、死者と対話することも、想いを汲み取ることもできやしない。

「そうかなあ」

真奈美は言う。「ここにふたりが着いたとき思ったけど、結構バディ感が出てたよ」

「なっ、何ですかバディって」

「ふたり組のコンビ。探偵ドラマでよくあるやつ」

麗旺が言いそうな冗談に、碧唯は笑う。気持ちが軽くなる。胸のうちにあった重石を、真奈美が代わりに持ってくれたみたいな心地だった。

「小さい映画だとしても趣味で撮るわけじゃない。注目されるチャンスは必ずある。売れてない無名の新人が、今日からスターの仲間入りってのも、珍しくない業界だからね」

真奈美は碧唯に話を合わせてくれた。

「確かに夢がありますね」

どこにチャンスが転がっているかわからない。

「よしっ、わかりました」

自分を奮い立たせるように腹から声を出した。

「私、この映画に出演します！」

諦めるのは簡単だけど、ここに来たのも真奈美が引き寄せてくれたご縁だ。怖いけど踏ん張ってみようと思った。

「よろしくね」

真奈美が、溌剌とした笑顔を返す。頬の色艶は冴えている。


……などと、決意を新たにしたところまではよかった。

「台本が、ない？」

真奈美と一緒にコテージに戻った碧唯は、寺田にそう告げられる。

「ありません。生のセリフはシナリオとして文章化した途端、言葉の鮮度を失って死に絶えます」

「ええと、じゃあどうすれば？」

「生身の人間の、リアルな映像素材を長回しで撮らせていただきます。撮るという行為が、それ自体にフィクション性を持ち込んでしまう。しかも映画とは編集されるもので虚構を人為的に作り出すことを避けられない。だからこそ、せめて被写体の身体動作や発話においては、偽りを極力、介在させたくないのです」

滑らかなトーンで説明がなされるも、碧唯は頭が痛くなる。何を言っているのか単語レベルですら掴みにくい。役者が逃げ出す理由はここにもありそうだ。

「まーた難しいことを言って」

真奈美が苦笑まじりに、「要はアドリブで作るってことですよね？」

「ああ、エチュードなんですね！」

碧唯が確認すると、寺田は神妙に頷いた。

「役があれば、その場にいるだけで物語は生まれます。場面設定と役どころをきめて、各々自由に演じてください」

それなら理解できた。台本を使って演技するとリアリティが失われるから、役者たちに即興で演じてほしいということだろう。まさに即興劇そのもの。浄演での経験が生かせそうだと、碧唯は意気込む。

「ざっくりした筋書きくらいはイメージしておきたいよなあ」

麗旺が「昨日まではどんな設定でやってたんですか?」と尋ねる。

「大学生のドロドロ恋愛もの」

答えたのは真奈美だ。

「サークルの夏合宿でここにやってくるんだけど、メンバー同士の片想いが複雑に絡み合って、二股とかゲスい浮気とかが発覚した結果、連続殺人が起こってしまう〜、っていう筋書きだった」

想像したより遥(はる)かに安っぽい設定だった。

「結局、殺人事件が起こるシーンの前にロケ中止になっちゃったけどね」

真奈美が残念そうに付け加える。醸し出されるB級サスペンス感……そんなので本当に、寺田の求めるような作品が出来上がるのだろうか。

「テーマから考えるのはどうですか?」

碧唯はそう提案して、「監督が撮りたいテーマって何でしょう?」と訊いた。

「テーマはありません」即答する寺田。「ありのままの偶然と偶然を無作為的にコラージュすることでハプニング的な創造が作品というかたちで生まれるのが編集という映画的な手法でありそういった過程におけ」

「わかりました大丈夫です」

碧唯は右耳から左耳に抜けていく説明を打ち切った。

「男女のグループでペンションにやってくるって、なんか恋愛リアリティショーみたいな設定だな」

麗旺が笑うと、

「あー、確かにありそう」

と、真奈美も頷く。

「例えば……」麗旺が続ける。「まず真奈美さんと師匠が付き合う。でも師匠は碧唯ちゃんと浮気する。そんな碧唯ちゃんを狙うのは、実は真奈美の元カレである麗旺、みたいな？」

「なんかもう嫌すぎる設定ですね」

碧唯は率直な感想をぶつけた。

「って言われても、何かとっかかりがないと難しいんだよ……あっ、じゃあさ」

麗旺はパッと閃いた顔を作って、

「オカルト研究会ってことにしよう！」

「何を言い出すんですか」

「大学生の俺たちは、幽霊が出るって噂がある森にやってきた」

「わ、わざわざ怖い方向に寄せなくても……」

碧唯が難色を示しかけるも、

「現実の状況に近いほうが、リアリティもありますね」

寺田が賛同したので麗旺は「決まりだね」と、役を割り振っていく。

「俺は幽霊なんて信じないノリの軽い男で、碧唯ちゃんはビビりな後輩。真奈美さんは？」

「そうね。怖いもの見たさが勝ってる、オカルト好きってところかな」

「いいじゃん」

とんとん拍子で配役がなされる。

「んで、師匠はどうします？」

「如何様(いかよう)にでも、演じよう」

意外と受け身だった。浄演ではテキパキ差配するのに。

「顧問の先生あたりか、いや……今回のために雇った、凄腕(すごうで)の霊能力者だ！」

麗旺が言った。はまり役としか言いようがなかった。

「とりあえずやってみよう。設定ばかり考えてても、時間がもったいない！」

「そうですね」

寺田は麗旺に同意を示して、四角い黒バッグを肩にかける。

「先に屋外のシーンを撮ります」

窓から差し込む日光が弱まりつつあった。彼にとっても時間のロスは痛手なのだろう。

ドアに向かう寺田に続いて、麗旺と狐珀もリビングを去る。碧唯と真奈美は急いで日焼け止めを塗り直し、真奈美に虫よけスプレーを噴霧してもらってから外に出た。

気温は少し下がったようだ。まだ陽があるのに先ほどよりも薄暗い。まるで目の前の森を覆っていた陰が、こちらまで侵食してきたかのような……。

──気乗りしませんね。本当に出演するんですか？

後ろで御瓶が苦言を呈すると、背中に圧しかかる重みが増した。

──ギャランティの件も確認できていませんし、本来なら事前に拘束日程を聞き、交渉した金額を文面で残しておくのが常識です。

なるほど。でも既に現場に来ちゃってますから、今回はお金よりも現場経験を積むということで。

──泣き寝入りがあっては困るのです。未払い問題は業界の悪癖、自分を安売りすると舐められるだけ。プロの俳優を目指すなら金銭に対してシビアになってください。

御瓶の言うことはもっともだった。こうして脇の甘さを指摘されると、マネージャーの存在を頼もしく感じる。これで生身の人間だったらどんなによかったか。

──お金の話を自分から切り出しにくい、という気持ちはわかります。ああ、もどかしい。わたしが実際に動けたらよかったのですが……。

いいえ、ありがとうございます御瓶さん。ちゃんと私から言いますね！

「あの、寺田さん」

碧唯が歩みより、「はじめる前にお話があるんですが……」

などと切り出しかけるも、寺田は右手を振りかぶった。

「痛い！」

顔に無数の衝撃を受けて、咄嗟に身構える。

暴力!?　嘘でしょ!?　どういうこと!?

碧唯が声も出せずに寺田を凝視していると、

「言ったじゃないですか、聞いてませんでした？」

反対に訝しげな表情を返されてしまう。

「言ったって……何がですか？」

御瓶との会話に夢中で、上の空だった。

「ですから、これ」寺田は片手で透明の袋を掲げて、「お清めの塩」

「あ、これ塩か……」

よく見ると胸元や肩に、細かい粒が付着していた。リビングのキッチンにありそうな食塩だ。

「一応、気休めくらいにはね」

と、真奈美は左手に盛った一掴みの塩を、右手で自分にかけはじめる。

「まあ、そういうことなら……」

碧唯が背筋を正すと、もう一度、寺田は白い結晶を前身頃に浴びせた。

——やめて、いたた、やめなさい！

突如、御瓶が大声で悶える。ど、どうしたんですか⁉

——あ、あとは頼みましたよ、志佐くん……！

あっという間に消えていった。わずかばかり背中が軽くなる。

左右に首を捻ってみても、マネージャーの姿は見つからない。

「狐珀さん、大変です。御瓶さんが……！」

「清めの効力は、侮れない」

と、狐珀が答える。

「嘘でしょ、除霊されちゃったんですか⁉」

「そこまでの効力は、ないが」狐珀は首を振り、「復活には、日数を要するだろう」

一時的に祓われただけで、数日経てば戻ってくるということか。

寺田は次いで、麗旺の身体にも塩を撒く。狐珀は自前の小袋からセルフで頭に振りかけている。前にファミレスでやばいクスリだと店員に誤認されたやつだ。

塩って、意外と効果あるんだな……御瓶が口うるさいときは振りかけてみようと、いたずら心が湧いてくるも、ふざけている場合ではなかった。何かあったときに相談できない。

本物の悪霊、どうか出ませんように。今はそれを願うばかり。

「テストはなしで回します」

寺田がバッグから出したコンパクトなカメラを掲げた。

「えっ、リハーサルやらないんですか？」

「真のリアルは、一度しか生まれません」

撮影は一発勝負だと、寺田は語った。演技を繰り返せば鮮度は失われ、緊張感もなくなるという。言いたいことはわかるけど演じる側は別の意味で緊張する……。

かくして撮影の準備が整った。

ついに、クランクインが迫る！

「碧唯、大丈夫？」

「……っふぁい！」

真奈美の声かけに、過敏な反応が出る。

さっきから心臓はバクバクしっぱなし。静まれと念じるたびに鼓動が速まった。額は汗ばみ、頭が火照る。顔は赤くないだろうか、メイクは崩れていないか、前髪の機嫌はどうだろうか、心配でたまらない。

「緊張してんねー」

麗旺が腕を組んで、「昔の俺を見るようだなあ」と面白がる。

「気負わずリラックス。ほら、狐珀さんを見て」

真奈美に言われて見やると、狐珀は猫背で無表情、普段とまったく変わらない。これはこれで問題な気が……。

碧唯は頭のなかで流れを確認する。オカルト研究会に属する三人の大学生が、霊能力者を連れて心霊スポットである森を訪れた、という導入だ。碧唯は怖がりな新入生。怖がりのくせになんでオカルト研究会に入ったんだよと疑問は残るが、変にキャラは作らず、素に近い感じで演じようと思った。

「では、いきます……スタート」

寺田が告げる。

碧唯は大きく息を吸いこむ。最初からフルパワーでいこう。出だしが肝心、あとはすべてうまくいく！

「いやあーっ、着きましたねーっ！」

「カット」

寺田が告げる。

もう止められた。二秒ほどの撮影だった。

「拾えていますので、声量は抑えてください」

寺田がカメラについたマイクを指で示した。

「はい、失礼しました……！」

恥ずかしい。ついついい、ステージの上みたいに声を張ってしまった。

仕切り直して、撮影再開。

「おっ、あそこじゃない？」

第一声は麗旺に譲った。遠目で望みながら、声はするりと発せられる。

「そうかも」応じる真奈美。「入口の感じが、ほら。噂になってる画像と」

「あーほんとだ、同じ」

「だよね、間違いない」

雑談と変わりない調子で、森のほうに近づいていく。碧唯は後ろに続いた。狐珀も黙って最後尾をついてくる。並走するかたちで横から追うのは寺田だ。滑るように足を前に出しながら、碧唯たちにカメラを向けている。

レンズと目が合った。

カメラが回っている。

碧唯は撮られている。意識するともう駄目だ。身体が力んで思い通りに動かない。ただ歩いているだけなのに、わざとらしい気がしてくる。そんな自分自身に焦ってしまう。頭が熱くなってぼんやりする。

山道の入口で四人は足をとめる。碧唯が振り返ると、やや距離を置いて寺田がいた。

碧唯とカメラが直線距離で結ばれている。まだ一言も発していないと気づき、慌てて口を開いた。

「ここが森かぁ～、すごーい！」

言いながら碧唯は動いた。左右それぞれに素早く走り込んで、木々の奥を覗き込むようにリアクションを取っていると、

「カット」

またしても寺田に止められる。

「フレームアウトしたね」

と、麗旺は苦笑い。

「それって」聞き慣れない単語だ。「どういうこと……？」

「動きすぎたかな」

真奈美が言った。「ひとりだけ離れると、カメラから見切れちゃう」

「ああ、そうか。そうですよね！」

「カメラを意識して、画角に収まるように気をつけて」

言われてみれば当たり前だ。これが舞台ならステージにいる限り、どこまで動いても観客は碧唯を見失わない。だけど映画はカメラで記録したものがスクリーンに映し出される。撮影時に予測不能な動きをすれば、カメラは追い切れず、碧唯は画面外へと消え

てしまう。どれだけ名演技を披露したところで、映らなければ存在しないも同じだ。

NGテイクを重ねてしまい、また仕切り直し。申し訳なさでいたたまれない。

碧唯はレンズを見据えた。今度こそは大丈夫。しっかりカメラに向かって演技しよう。

「いきます……スタート」

寺田の掛け声と同時に、

「ほら碧唯も、こっちおいでー」

と、真奈美が芝居を再開する。

碧唯はすかさず、

「ほんと怖い、ゼッタイここ何かいますって～！」

怯えきった表情でカメラに迫るが、

「カット」

「えっ！」

レンズ越しに言われて、思わずそのまま寺田に詰め寄った。

「い、今のも駄目なんですか⁉」

「ナチュラルにお願いします」

監督からの簡潔なダメ出し。

「な、なちゅらる……？」

女優としての透明感が足りなかっただろうか。難しいオーダーだ。

「碧唯はカメラを意識しすぎ」

真奈美が言った。「それじゃあ不自然な芝居になるよ」

「不自然、でしたか……」

首を傾げてしまう。あまり自覚がない。

「カメラを意識して、とは言ったけど」

真奈美は丁寧に教えてくれる。

「カット割りの都合で、カメラの向こう側に話し相手がいる体とか、演出として真正面から表情を撮りたいとか、そういう場合はもちろんレンズを見たほうがいいけど、いまは客観的な視点で撮ってるから、会話するときは相手の役者を見たほうが自然かな」

「な、なるほど。確かに変ですよね」

やはり演劇とは勝手が違った。その場に観客がいれば、あえてお客さんのほうを見ながら演技しても違和感は少ない。だけど今の場合、真奈美は自分の真横にいたのに、碧唯がそっぽを向いて話してしまった。会話の相手に視線を向けるべきなのに。

「気持ちはわかる、わかるぞ～」

麗旺は懐かしむ調子で、「俺も子役のころはダメダメだったなあ。撮られてるって思うと、ついカメラを見ちゃうんだよ。スタッフには『こっち見るな』って怒られて、大人の俳優たちにも『俺ら見とけ！』って笑われたわ」

あからさまに先輩風を吹かされる。だけど碧唯は謙虚に受け止めた。これが現状だ。どれだけやる気があったとしても経験の差は埋まらない。経験することでしか埋められない。

悔しさが顔に出てしまったのか、

「師匠を見習ってみたら？」

と、麗旺に耳打ちされる。せっかくの映画出演なのに狐珀は脱力しきっていた。セリフだって発していない。何を見習えというのだろう。

「本番いきます……はい」

寺田が再開を告げる。

「ねえねえ、霊能力者さん」

森を背にして麗旺が呼んだ。

「どうですか、何か感じますかー？」

狐珀は返さない。ただ森を眺めている。そこにカメラが寄っていく。ややあって、わずかに唇が開かれる。

それだけだった。言葉はない。

それだけなのに空気が変わる。

「やっぱり」

真奈美は冷えを感じたのか二の腕を触りながら、「なんかいるよ絶対ここ」

碧唯も同感だった。鬱蒼とした茂みの奥に肌寒さをおぼえる。風が吹いたわけでもない。引き金は、狐珀のわずかな表情の変化だ。その視線の先に何を見たのか、こちらの想像が掻き立てられる。

「これは期待できるね。ヤバいの出ちゃうかもよ？」

麗旺の軽いトーンが、ますます不安を煽る。

「大丈夫かな……もし何か……」

真奈美は途中で言葉を飲み込む。半端に途切れた声が、不気味に残響する。

ふたりともすごい。狐珀の呼び込んだ空気を受けて、さらにムードを膨らませた。

次の瞬間、狐珀が碧唯を通り過ぎる。ふわりと燕尾服の裾をなびかせ、山道のなかに一歩、そこで立ち止まる。背筋を伸ばして仰ぎ見る。腰を落とした寺田が歩み寄るのを待ってから、

「――――」

呟いた。聞き取れはしないのに、なぜか碧唯の両腕には鳥肌が立つ。

演技だとわかっていても、本当に肝試しに来たような感覚に陥った。

「カット！」

寺田が声をあげる。同じワードでも、碧唯のときより音が跳ねていた。

「素晴らしいです、別アングルおさえたいのでそのままでお願いします」

肩から降ろしてカメラを両腕で構えた寺田は、ぐるりと回るように下から狐珀の全身を撮っていく。長回しをやめたのは、編集のための素材が欲しいということだろう。いいシーンが撮れたようだ。

「ずるいよなあ、オーラが違うもん」

隣で麗旺が羨むように、「立ってるだけで様になる」

碧唯にも理解できた。

わずかな表情の変化で、溢（あふ）れるほどに伝わるものがある。

声が小さくても、音が言葉よりも意味をもつことがある。

碧唯と違ってカメラを意識しない演技……いや、もはや演じてすらいないのでは。

「すごいですね」

思わずこぼれる。舞台と映像では求められるスキルが異なると知った。演技って本当に奥が深い。

「うん。期待以上にすごいね、狐珀さん」

真奈美は目を輝かせて、「出演してもらえてよかった」と満足げに笑う。

どうやら浄演が目的ではなく、俳優として誘ったというのは本当らしい。

「ＯＫです」

寺田が狐珀の別撮りを終えて、

「お待たせしました、続きからお願いします」

と、碧唯たちに顔を向けた。

見習えと麗旺は言ったけど、真似できる類いのものではなさそうだ。狐珀は狐珀らしく振る舞っている。だったら私も変に気負わず、自分らしく、ありのまま演じようと思い直す。

「……では、スタート」

寺田の合図とともに、碧唯は間髪容れずに声を発した。

「引き返しましょうよー、危ないですってー！」

「カット」

止められた。

地声が大きいとの理由だった。すぐにはうまくいかないものだ。

撮影は続いた。

碧唯たちは森の奥へと進んでいく。

あっという間に日が暮れて、気温は冷え込む。寺田がカメラの先端にライトを装着して、夜の撮影に突入した。ハイキングコースと銘打たれているが、凹凸があり、石ころの多い悪路だ。おまけに山道は入り組んで、何度も枝分かれを繰り返す。無事に戻れるか心配ではあるものの、おかしなことは今のところ起こらない。常に前方が暗がりで、顔の近くで飛び回る羽虫が厄介なくらいだった。徐々に気持ちも和らいでくる。

寺田はカメラを回し続けた。演技のオーダーはなく、キャストたちの即興に任せきり。はしゃいでいるだけで最初は間が持ったけど、今はただ山中を歩くばかりで、会話も乏しくなりつつある。

「見ろよ、あの木……人の顔が浮かんでないか？」

「いまの風の音……女の悲鳴に聞こえなかった？」

時おり、麗旺がそんなことを言う。

撮れ高を気にしてか、ホラーの雰囲気作りなのか、おどろおどろしい調子で楽しむ様は、いかにも興味本位で遊びにきた軽薄な大学生の役が板についている。

「大丈夫かな、これ以上進んで私たち……」

そう言いながら引きつった笑みを浮かべる真奈美も、同じく心霊スポットに踏み入る罪悪感を抱きながら自らの好奇心に逆らえないオカルト好きを好演している。

ふたりの先輩俳優によるリードを頼もしく思った。碧唯も慣れてきたのか、止められることは少なくなったが、それでも忘れた頃にカメラ目線になったり、フレームアウトしたり、どちらかのミスをやらかすも、めげることなく食らいついていく。殿を務める狐珀の存在も大きかった。もし背後から何かに襲われても護ってもらえる。そう信じて演技ができた。

「バッテリー替えます、お待ちください」

寺田が荷物を降ろしてしゃがみ込む。ちょうど分かれ道に差しかかっていた。そのまま続く左側と、草に覆われた細い右側に。

ふうと一息ついて、碧唯は周囲を見渡す。背の高い丸太のような木々が間隔をおいてそびえるばかりで、貧相なロケーションだ。ハイキングで訪れても味気ないだろう。

「手とか足とか、出てきませんね」

碧唯が小声で狐珀に確認すると、

「祓えている」

肩のあたりを指先でそっと示した。

「そうか、お清めの塩！」

前にも盛り塩で霊を鎮めていたし、やはり効果は絶大らしい。

「監督ー、こんな感じの芝居で大丈夫でした？」

麗旺が尋ねると、寺田は手を止めずに「順調です」とだけ返す。

「ここらで盛り上がりがほしいところだけどねえ」麗旺は首を傾げつつ、「ホンモノに遭遇して、みんなパニックになるとか」

「何ですかホンモノって」

「碧唯ちゃんの嫌いな幽霊」

同級生をからかう男児のような笑みを浮かべる。

「いやいや、出ちゃったらまた撮影中止ですって」

落ち武者のイメージが頭に蘇る。せっかく忘れていたのに余計なことを……。

「お、なんだあれ」

麗旺が覗き込むように右の側道に踏み入る。演技かと思って寺田を見やるが、まだカメラは地面に置かれたまま。

「変な脅かし、やめてくださいよ」

「や、じゃなくてさ」

麗旺は振り向かずに「なんか建ってそう？」と、つま先立ちで遠方を確かめている。

「……鳥居」

真奈美はそう言うと、まばたきを痙攣のように繰り返した。

「例のやつか！」色めき立つ麗旺。「山の神社って、いかにもな雰囲気だよな。絵も変わるし行ってみよう」

「いやでも、中谷さんは……」

真奈美が躊躇をみせる。

「中谷さんは、『神社には近づくな』って言ってたの」

昨夜の体験を思い出したのか、みるみる青褪めていく。

「何ですかそんな、あからさまな……」

あからさまな警告に、いやな予感しかしない。

「お待たせしました」

がさりと音がする。寺田が立ち上がって、草に触れただけ。よくない兆候だ。かすかな物音にも敏感になりつつある。

なし崩し的に撮影は再開された。

「そろそろ、引き返しません？」

本心から碧唯は言った。それなりの量は撮れたはず。コテージに戻り、大学生たちが楽しく談笑するシーンに移っても違和感はない。この流れにもっていこう。

「なんかさあ」

ところが麗旺は取り合わず、

「この先に神社があるって噂だぜ？」

と、展開を強引にほのめかしてくる。

「……何それ、超こわいじゃん」

真奈美がセリフを返すも、腰が引けていた。

「行くしかないっしょ！」

麗旺が右の側道へと進んだ。慌てて真奈美と碧唯も続く。まんまとのせられた。カメラが麗旺を向いている以上、離れすぎるとフレームアウトしてしまう。後ろを確認すると狐珀もいた。前髪から覗く右目と口元のほかは、闇に溶け込んでいる。めちゃくちゃ怖かった。

「山奥に建った神社なんて、曰くありそうだなあ」

「よくあるのは祟りとか、天災を鎮める系だよね」

麗旺と真奈美がセリフを繋ぎながら、先頭を歩く。いよいよ実録・心霊スポット探訪じゃないか。碧唯は黙ってついていく。もはや演技する余裕もない。

曲がりくねって高低差もあり、路面はさらに荒れていた。角ばった石ころに何度か足をとられる。先を覆い隠すように両脇から侵食する生い茂った草木を掻き分けるうち、碧唯は右手の甲に赤い線をみつけた。どこかで擦ったらしく、血が薄く滲んでいる。チノパンを穿いてきてよかった。素足を晒していたら今ごろズタズタだろう。

「霊能力者さんは」麗旺が振り返って、「何か感じられますか？」

すかさず寺田が狐珀にカメラを向けた。

「――いる」

狐珀は立ち止まり、そばの茂みを覗く。その横顔をおさめながら、寺田は流れるように狐珀の視線の先を追って、山道の脇を撮影する。

つられて碧唯も見てしまう。狐珀の視線とカメラが捉えたその場所には、立体的な闇の塊がある。

え。

ただの暗がりではない。明らかに、ひとが——。

咄嗟に、狐珀のほうを仰いだ。彼もまた碧唯と視線を交わす。眉一つ動かない。狐珀は動じていない。

恐る恐る、再び茂みのなかを確認した。

細長く伸びる木々が並ぶばかりだった。

何もない。だからこそ碧唯は確信する。誰かいた。ほんの数秒で景色が変わったから。黒い人影がいなくなったから。

「おーいふたりとも、置いていくぞー」

からかうように麗旺が手を振った。真奈美も手招きをする。

喉元が締めつけられて息苦しい。水を飲みたいけどコテージに置いてきた。歩き出した狐珀に追い抜かれないよう、隣について、麗旺たちからも離れない。

どうしよう。見てしまったかもしれない。

一枚の写真のように脳裏に焼きついた、暗闇に浮かぶ塊が輪郭を伴っていく。やめろ、想像するな、そう念じても止まらない。頭のなかの黒い塊は、甲冑を纏った大男に姿を変えた。

いま、落ち武者がいる……。

それも私たちのすぐ近くに。

「どうしたの碧唯、大丈夫？」

真奈美が顔を寄せた。よほど切羽詰まった様子だったことを、彼女の表情が物語る。

「あはは、もうビビりまくっちゃって……」

意識して呼吸を整えた。

落ち着こう。はっきりと姿を見たわけじゃない。

「待ってください」

寺田がカメラを降ろした。碧唯たちも歩みをとめる。

「………」

難しい顔で、寺田が液晶モニターを睨んでいる。目を細めたり、見る角度を変えたりと、ひとしきり時間をかけてから、

「再開します」

と、カメラを肩によせた。碧唯たちは否応なしに歩みを進める。

何だったのだろう。いやな想像ばかりが膨らむのを、振り払うようにして碧唯は気合

いを入れ直す。エチュードは続いているのだ。いまは志佐碧唯ではなく、オカルト研究会に所属する新入生「碧唯」という役を演じる身……演技を捨てて素に戻れば、たちまち恐怖心に飲み込まれる。演技が自己を守るフィルターになってくれると信じた。

「う、おっ……」

唸り声をあげて麗旺が一時停止。

「マジで、あんのかよ」

巨大な鳥居がそびえ立っていた。

勝手に赤色をイメージしていたけれど、剝き出しの木材が色褪せて、白く変色している。かなり古いのは一目瞭然で、人間がこの地に踏み入る前から建っていたような佇まい。もし狐珀に「神さまが作ったのだ」と言われたら信じるだろう。

鳥居からは丸太の階段が続いている。見上げると木の葉に隠れるように、門の一角があった。小高い丘の上には社殿が待ち構えるのかもしれない。

一刻もはやく立ち去りたいのに、碧唯は声が出せなくなる。

目が合ったからだ。

鳥居の柱から右半身を覗かせる、鎧兜の男と。

背後にも気配を感じた。寺田だとわかる。カメラのライトが男を正面から照らし出す。

がちゃん。男は動いた。がしゃっ。落ち葉を踏みしめる。

鳥居から真っすぐ向かってくる。ぐんぐんと碧唯に迫りくる。右手から斜め下に伸びた光の線から、碧唯は目を逸らせない。

白銀に輝く、それは日本刀で間違いない。

身を庇うようにして碧唯は屈んだ。すぐさま過ちに気づく。これじゃ逃げられない、と思ったころにはもう目の前に！

碧唯は見上げる。

黒い甲冑に身を包み、兜を締めた大男。そのドス黒く塗りこめられた顔面から、ぎょろりと目玉が飛び出している。

男は首を上げたまま、碧唯のほうを見てはいない。しかしゆっくりと、見せつけるように刀が持ち上がる。兜の頭上で切っ先が月光に煌めいた。我に返った碧唯は、

「やあああああっ！」

叫びながら、左足で蹴って横に飛ぶ。絶対に拾えないと思ったボールに手を伸ばすように、そのままの勢いで地面をゴロゴロ三回転半。痛い。

男は勢いよく、刀を斜めに振り下ろした。

「オオオオオオオッ！」

雄叫びとともに、姿勢は直立のまま、両腕だけを大きく動かして刃先が地面をかすめる。視線も変わらず水平に、碧唯のことは一顧だにしない。

ふいに男の背中から黒煙が吹き上がる。

あっという間に周囲は炎に包まれた。照らされた鳥居が赤く染め上がる。

「……おい……碧唯！」

真奈美の呼び声で、麗旺が後ろから肩を持ち上げて起こしてくれたことに気づく。

落ち武者も、炎も消えている。

「退こう」

狐珀が告げた。

碧唯たちは鳥居を後にする。道筋は憶えていない。暗闇に紛れかける狐珀の背中を、縋るように追いかけて森を抜けた。

「これもう、出演者じゃん」

冗談めかすような麗旺の声が、虚しくリビングに響く。

碧唯たちはコテージへと引き上げた。寺田のパソコンの前で身を寄せ合い、撮った映像をチェックしている。狐珀だけは後方に立ち、遠目でモニター画面を見つめる。

「こんなにはっきりだと、笑っちゃうな」

言いながらも、麗旺の顔は強張ったままだ。

全員が認識できた。片側のフレームにかかるように、鎧兜の男が映っている。兜の影で顔は窺えないものの、はっきりと、こちらを向いた視線……カメラに対して真っすぐ、恨みがましい形相で睨んでいる。碧唯はパソコンの画面から顔を背けた。逃げても逃げても追いかけてきそうな、執念を帯びた双眸(そうぼう)は見るに堪えない。寒気が肩のあたりを這(は)ってくる。

「昨日と、同じやつ……」

白状するように真奈美が言った。破棄された映像に映り込んだものと、同一らしい。出演者を替えて仕切り直しても、やはり落ち武者は我々のもとにやってきた。

「もう観るのやめましょうよ」

直視しないよう、薄目をキープしたまま碧唯は訴える。

「でも、一応ぜんぶ確認しないと」

麗旺は言うが、「十分ですよ〜」と碧唯は重ねる。

一度ではなかった。男は複数のカットに映り込んでいた。碧唯たちが呑気にオカルト研究会のメンバーを即興で演じるなか、カメラは落ち武者の姿をとらえていたのだ。麗旺が「出演者じゃん」と言ったのも、皮肉なことに正しい。同じフレームにおさまっていたのだから……。

鳥居が映し出される。最後のカットだ。碧唯の背中を舐めて画角におさまるのは、柱のそばで仁王立ちする落ち武者で間違いない。

「なんだよ、この堂々たる風格……もはや主演だよ」

そう麗旺が評したタイミングで、男は動き出す。カメラに向かってくる。碧唯が屈んだことで、より鮮明に姿を見せる。刀が上段に構えられ、碧唯は横に転がってフレームアウト。落ち武者だけが残った。振り下ろされる一刀。そのまま男は静止する。

画面外から碧唯の叫びが聞こえ、カメラもまた乱暴に揺れて地面を映し出す。ここで映像は終わり。

「ラストの、もはや寺田監督に斬りかかってるよね」

「それ思いました」碧唯は麗旺に同意して、「私には、目もくれなかったもん」

「監督、こいつのこと見えなかったんですか？」

「撮ってるときは、まったく。霊感がないので」

狐珀が小さく「共感の才が、ない」と呟いた。あまり他人のことを考えないひとには、霊って見えないのかもしれない。何だか碧唯は損してる気がした。

「さて、どう解釈するかだけど……」

麗旺は嬉々として頭の後ろで手を組み、

「こいつはゲスト共演者ってことで、いいんじゃない？」

「バカなこと言わないで」

速攻で反対票を投じる碧唯。まったく、麗旺の考え方には調子を狂わされる。浄演でもないのに幽霊と共演してたまるか。もし呪いなんか発動されて、映画館を通じて観客にまで伝播したらどうするんだ。こういうホラー映画、実際にありそうだな……。

「そもそも何者なんだよ」

メニュー画面に戻ったディスプレイを見ながら、麗旺がぼやく。

「だから落ち武者でしょ」何を今さら。「ずっと昔に、合戦で命を失った……」

「それにしては、きれいすぎないか？」

「え？」

「戦に負けて逃げてきたなら、もっとひどい有り様かなと思って」

「言われてみれば……」

碧唯は自分の身なりを見た。デニムジャケットには泥が擦れ、チノパンも汚れが目立つ。転がった程度でこれなんだから、戦場に出たらもっと悲惨な目に遭うだろう。

寺田がもう一度、動画の再生をはじめた。刀を振り下ろした直後でストップする。

「ほらほら、めっちゃきれいじゃん」

「土汚れなども、見受けられない」

狐珀の言葉に「ですよねー」と麗旺が嬉しそうに、「斬られたり、矢が刺さったり、してそうなもんだけど」と考察を続けた。

確かに不自然だ。男の鎧兜には傷や欠損がなく、装具の紐すら乱れていない。

「……焼け死んだ、とか？」

自信なさげに真奈美が言う。碧唯も見た。落ち武者を包むように広がる、背後の炎。

「討ち死にじゃなくて、残党狩りの敵方に見つかって火あぶりの刑……ってところか。えぐいなあ」

「死に方なんてどうでもいいですって」

碧唯は全員の説得を試みる。

「どうあれ、このひとは殺されたわけですよね。だったら何百年も恨みを募らせてきたに違いない」

狐珀に目をやって、

「今回ばかりは相手がわるすぎます。落ち武者だなんて現代人が関わっちゃいけない！」

浄演の流れに持っていかれないよう、先手を打ったつもりだった。

だけど麗旺は、

「こいつ、もしかしたら武士じゃないかもよ」

と、新たな考えを口にした。

「どういうことですか？」

兜に甲冑、それに刀。どこからどう見ても武士じゃないか。

「刀の振りが気になるんだよ。ただ両腕を動かしてるだけ。腰も入ってなければ、刀に体重も乗せてない。剣の心得がない証拠だわ」

それに何より、と麗旺は付け加える。

「まるで殺気が感じられない」

「殺気って……麗旺さん、人を殺したことあるんですか」

「んなわけないでしょ」

あからさまに呆れられる。

「俺、アクションのために殺陣を習ったし、これでも剣道三段なのよ。剣の達人と試合で向かい合うとね、『あっ死んだ』って思うくらい、殺気って感じとれるものなんだ」

「なるほど……じゃあ、このひとは誰なんですか？」

「戦に駆り出された、ただの農民だろうね」

そりゃあ死んでしまうわと、納得した様子で述べた。

なるほど。麗旺ならではの、鋭い分析に思えた。

「足軽、雑兵の類いにしては」しかし狐珀は言う。「立派な鎧兜だ」

「ああー……言われてみれば」

麗旺は画面に映る男をまじまじと観察した。よくも平気でいられるものだと、碧唯は肩を縮こませる。

「装飾も高級感ありますね。討ち死にした武将から、剝ぎ取ったのかな」

「よくわかんない……なんで私たちの前に姿を見せるんでしょう？」

碧唯の疑問には、麗旺も真奈美も、うーんと首を捻るばかり。

「撮影の邪魔をしている……？」

初めて寺田が、自らの意見を発した。

「確かに！」麗旺が膝を打つ。「堂々と正面切って映り込みやがって。わざとやってるんだな、こいつめ！」

「ほう」

狐珀が意外そうに、「いい着眼点だ」と評した。

「えっ師匠、いま俺のこと褒めてくれました？」

浮かれる麗旺に「寺田さんのアイデアなのに」と、思わず碧唯は突っ込む。

「邪魔するって、大昔の人でしょ。映画を知らないんじゃないの？」

真奈美がそう指摘すると、「それもそうかあ」と麗旺は頭を搔いた。

「単純に、森に入ってくる人間が気に入らないのかもな」

デテイケ、ココハ、ワシノ、ナワバリ……わざとらしい片言で麗旺が茶化す。

いかにもありそうな話だと、碧唯も思う。だけど確証もない。結局のところ何もわからない。

「中谷さんに、話を聞いてみない？」

真奈美が提案する。

「何か知ってるかも。このあたりの歴史とか、実は心霊スポットだー、とか」

「正直に教えてくれますかね」と寺田。「曰くつきの撮影所であれば、白を切られるでしょう」

「でもでも！」

碧唯は真奈美に賛成だ。「そういう態度も含めて、手がかりにはなりますよ！」

霊の正体に迫ることができれば心構えはできる。遭遇を避けられる方法だって見つかるかもしれない。怖いけど、何もわからないより全然マシだ。

「よし、決まりだね」

真奈美は早速、リビングにある固定電話からダイヤルした。スマホの電波は相変わらず、圏外と電波ゼロ本を行き来している。

「もしもし、末永です」

つながったようだ。真奈美は端的に要件を伝えて、受話器を置いた。

「隣にいるから、来てくれって」

コミュニティセンターのことだった。中谷はそちらの管理も任されているらしいと、真奈美が説明する。

五人揃って、隣の施設へと移動した。

時刻は二十一時を過ぎるが、ロビーの明かりは灯ったまま。平たいソファーの周辺で待機する。管理人室は奥だろうかと覗いてみるも、あるのは給湯室とお手洗い。壁に貼られた矢印の看板が、「郷土資料コーナー」と突当たりを指している。上部が磨りガラスになったアルミサッシの扉が見えた。

エントランスのほうから、乾いた足音が響いてくる。

反射的に身構えて振り返ると、玄関前の階段から降りてきた中谷が手招きする。碧唯はため息をついて、ほかの四人と合わせて歩き出す。

事務室は二階フロアにあった。応接間に通された碧唯たちは、さっそく中谷に尋ねるも、「落ち武者の噂なんて聞いたことがない」と宙を仰がれてしまった。のっけから空振りの予感。

「一応、郷土史に目は通しているけど」

中谷はそう断ってから、「合戦や落人伝説の記録も、憶えがないねえ」

「つかぬ事をお聞きしますが」

碧唯は穏便な言い回しを心がけつつ、「利用者から幽霊の目撃情報が寄せられたことはありませんか？」と踏み込んでみる。

「幽霊？」

中谷の目が鋭さを帯びた。

「いえその」真奈美が取り繕うように、「私たちホラー映画を撮ってるので、雰囲気の出るスポットはあるかなー……と思いまして」

中谷には、落ち武者の映像は見せないことで意見がまとまっていた。話がこじれて撮影所の使用取りやめを懸念したのは寺田だ。ロケを続けるためにも事を荒立てたくない、彼の執念を感じる。

「そんな話はないね」

中谷は答える。「なにせ撮影所も、あんたたちが初めてのお客さんだ」

「えっ、そうなんですか!?」

まさかの記念すべき来場一組目だったと知る。

「ああ。プレオープン期間だからお安くしてるんだよ」

「助かってます」

寺田が頭を下げた。舞台だろうと映像だろうと、予算がシビアなのは変わらない模様。

「あれ？」碧唯は記憶をたどるように、「銀幕スターが訪れたって言うのは……」

送迎ワゴンを降りたときに自慢話を聞かされたから、てっきり歴史ある撮影所だと思い込んでいた。

「それはうんと昔の話。父に聞いただけでわたしも会ったことはないが、客寄せに喧伝させてもらってるよ」

あけすけに話される。内実なんてそんなものかと、拍子抜けだった。

目撃情報なし。ほかの利用者も被害を訴えていれば、手がかりが得られると期待したのに……。

「ハイキングに来る人は、どうですか？」

「そもそもあんまり来ないけど、特に苦情は聞かないね」

誤魔化すそぶりは見受けられない。落ち武者は行楽客に姿を見せないのだろうか。時間帯の問題かと思ったが、まれにナイトウォークなどを楽しむ物好きもいるらしく、ますます不可解だった。

理不尽なことに、この「寺田組」だけが被害を被っていることになる。

中谷が目を細めた。さっきから変なことを訊くものだと、疑わしげに碧唯たちを見返す。

「ところで中谷さんは」

慌てて碧唯は話題を変えて、「どうしてこの撮影所を？」

「村おこしだよ。ロケ地として有名になれば、人も集まると思ってね」

中谷は村の成り立ちについて、戦前にまで遡って語ってくれた。

元々ここら一帯には農村の集落があり、活気に満ちていたらしい。

「戦時中は都会から疎開した子どもがいっぱいで、賑やかだったそうだ」

戦況の悪化によって暗くなる世相に反して、賑やかな暮らしが保たれていたと、中谷は父からよく聞かされたと付け加えた。

「わたしの父、敏雄も東京から疎開でやってきて、その頃はまあ楽しかったと。村の大人も、子どもらが退屈しないように、あれやこれやと遊んでくれたそうな」

まるで自身の経験のように、懐かしむ顔つきの中谷につられて碧唯も想像する。まだ人間関係の距離感が近かった時代の話だ。もし今、他人の子どもと一緒に遊ぶ大人がいれば「事案」として警察に通報されかねない。

「都市のほうは戦災で大変だったのに、呑気なもんさね。さすがにアメリカもこんな山奥までは狙わなかったけど、一回だけ爆弾が落とされたらしい」

「空襲を受けたんですか？」

「いいや、一発。地方都市を爆撃した帰りの飛行機が、腹を軽くするために投下したと郷土史には書いてある」

「そんな、ポイ捨てみたいに」

腹が立った。ひとの命を奪うものを、そんな軽々しく扱った時代があることに。

「そんなこともあってか、どこにいても危険だと、疎開をやめて帰ってしまう子らも多かったそうな。戦後は住民すら減って、今じゃ限界集落の一歩手前。寂しいもんだ」

一階ロビーの隅を思い出す。積み木で遊ぶ幼児も、絵本を読みふける児童も、今は昔。もう見ることはないのだろう。

「父はこの地に留まった。東京の両親が空襲でやられ、こっちの親戚にそのまま引き取られてな。学校を出た父は町役場に勤めて、老後も何やかんや役場に顔がきいたようで、村おこしの計画を発案したというわけ」

それがこの銀幕撮影所というわけだ。……長い前振りだった。中谷は話し好きらしい。

「父は邦画マニアで、ずっと撮影所を作るつもりでね。家で白黒のチャンバラ映画をよく観ていたよ」

村の公民館でもあるコミュニティセンターに隣接するかたちで、宿泊設備も兼ね備えたコテージを建設し、利用者が泊まり込みで撮影可能なスタジオを設立するにいたったと、中谷は解説する。

「取りかかったのは四年前。ところが去年、竣工の間際でぽっくり逝っちゃって」

中谷は笑いながら、「仕方ないんで代わりに、わたしが引き継いだの」と言った。

「撮影所は、お父さまの夢だったんですね」

真奈美が言うと、麗旺も「めっちゃ親孝行じゃないですか中谷さん！」と重ねる。

「はは、わたしも定年で暇だから。若い人たちが夢を叶えられる場所になってくれたら嬉しいね」

　夢を叶える……そうだ。落ち武者のせいで忘れていたが、これは碧唯の銀幕デビュー戦。せっかくのチャンスを諦めてはいけない。森のなかを徘徊する死者に負けてたまるかと、気持ちを奮い立たせる。

「あの、もう一つお伺いしたいんですけど」

だからこそ、覚悟を決めて碧唯は尋ねた。

「神社に、近づくなっていうのは……？」

「ああそれは、もう移転してるから」

あっけらかんと中谷が言う。

「参拝する人も減って、麓のほうに合祀されたんだ。ご神体も移されたよ」

「なあんだ、空っぽなんすねー」

麗旺がハズレくじを引いたように残念がる。

「父がボランティアで清掃していたけど、わたしはそこまで手が回らなくて」

老朽化も進み、事故の恐れもあるから近づかないようにと伝えているらしい。

真相を聞けば呆気ないもの。曰くも怪談噺も、特に語られることはなかった。

中谷が帰り支度をするということで、碧唯たちはお礼を述べて事務室から出る。

ドアを閉める直前に、「そうだ」と中谷が呼びとめた。

「下の資料コーナーは行かれたかな？」

「いえ」

「村の郷土史に興味があるなら、見てごらんなさい」

村の郷土史に興味があるわけでは当然ないが、そのまま一同で向かう。

「オーナーの死んだ親父さん、怪しくないか？」

階段に差し掛かるなり麗旺が口を開いた。

「映画を撮る俺らを、見守っているのかも……」

「さっきは『邪魔してる派』だったじゃないですか」

「いやまあ、そうなんだけど」麗旺は褒めてくれた狐珀を横目で気にしつつ、「あの話しぶりだと、現世に未練が残っててもおかしくないじゃん」

「た、確かに……」

長年の夢だった撮影所の完成。それを見届けることなく、この世を去ってしまったならば、想いが漂っていても不思議ではない。

一階に降りた碧唯たちは、ロビー奥を目指す。

「でもさ、結構なお歳で亡くなってるよね」

真奈美は首を傾げつつ、「あんな元気に動けないと思うけど……」

中谷オーナーが六十代にみえたから、父親ともなれば八十をこえていたはず。天寿を全うしたであろうご老体が、幽霊といえど、あの鎧兜を着て立ち回れるとは思えない。

「死んで化けるときって、若返ったりしないんですか？」

麗旺が尋ねると「最期を迎えた齢のまま」と狐珀は答えた。

亡くなったときの姿を留める、ということだろう。これまで浄演で出会った人たちもそうだった。

「仮にお父さまだったとして、あんな恰好はしないと思う」

真奈美の言う通りだ。わざわざ鎧兜を纏う理由がない。

廊下の突き当たり、アルミサッシのドア前に着いた。磨りガラスの向こうは窺えない。

「じゃあ碧唯ちゃん、どうぞどうぞ」

　麗旺が身を引いて譲ってくる。怖がらせたいという魂胆は見え見えで、あえて碧唯は拒まずにドアノブを摑んだ。びびってばかりで舐められるのも癪だった。

ドアノブは不気味なほどに冷たい。まるで何か月も何年も、触れられていないような手ざわり。

扉を開けると、そこはワンルームほどの狭い空間。

三方が美術館のようにガラス張りで、古びた茶道具や小ぶりの簞笥、ページの開かれた書物などが展示されている。一方の壁には、画風の異なる油絵が大小と二点ばかり。

統一感は感じられず、節操のない陳列に思えたが、奥に目をやった碧唯は動けなくなる。

後ろで真奈美が息をのんだ。麗旺すらも「はあ？」と弱々しく吐いたきり、押し黙る。同じだった。

碧唯たちを襲った落ち武者の、あの鎧兜が置かれていた。

「……あのじいさん、わざとやってんの？」

苛立ちを含んだ声で、麗旺が言った。

「中谷オーナーが犯人だ。この甲冑を着て俺たちの前に現れて、怖がらせて楽しんでいやがる！」

「な、何のためにそんなことを……」

碧唯は尋ねる。あまりにもわるい冗談じゃないか。

「ここは殺人撮影所」

麗旺は声色を変えて、「夜な夜な、あいつは甲冑を纏い、兜を結び、利用者たちを森に誘っては襲いかかる……」

抑揚たっぷりに聞かされて、ぶるっと背筋が震える碧唯。

「さすがにないでしょ」

一方で真奈美は冷たくあしらう。「そんなことしたって客が減るだけなんだから」

その通りだ。中谷の動機が思い浮かばない。

「じゃあ……これが勝手に、私たちに襲いかかってきた？」

恐る恐る、碧唯は鎧兜に近づいた。ガラスケースで隔てられた甲冑が、人目を忍んで動き出し、森のなかにやってくるというのか。

「あり得ない。物体は動かぬ」

狐珀が断言する。「想いを抱えた魂が、その姿を成すにすぎない」

碧唯はガラスに顔を寄せて、鎧兜を検分した。甲冑は両手を腰に据え、座した状態で置かれている。空洞になった両目の部分から目玉が覗かないか、不安で堪らない。

鎧兜の傍らには、鞘に納まった日本刀が立てられている。落ち武者が振り回したのと同様の代物だろうと思った矢先、

「あれ？」

足元に隠れた、小さなキャプションのパネルを見つける。

「どうしたの？」

隣から真奈美が窺う。

「見てください。『当館収蔵』の横に、製作年が『明治』……って」

書いてあった。

「ああ？」麗旺も強引に覗き込んで、「室町とか、安土・桃山じゃなくて？」

「ということになりますね。あっ、刀のほうにも」

こちらにいたっては、キャプションに「大正」とある。

「年代バラバラじゃん。レプリカってこと？」

麗旺の疑問はごもっともで、ますます理解が追いつかない。

文面を信じるならば、展示物の鎧兜と日本刀はいずれも戦国期のものではない。武士だろうと農民だろうと、これを着られるはずがなかった。

ドアノブの回る軽快な音。

振り返ると、中谷が姿を覗かせている。

「熱心なところすまないが、閉館時間だ」

中谷は少し離れた麓に居を構えているらしく、碧唯たちを屋外に出してコミュニティセンターの施錠を済ませると、何かあればコテージから電話をするように言い残し、ワゴンの隣にあった自家用車に乗り込んだ。

「落ち武者の正体、暴くに至らず……か」

車を見送りながら麗旺が肩を竦める。

「オーナーの自作自演でも、亡くなった親父さんでもない。名もなき落ち武者の、彷徨える幽霊ってことで変わりないわな」

「だけど」碧唯は言う。「年代のズレが気になります」

別れ際、展示コーナーの鎧兜に関して中谷に尋ねたが、あれは戦前から村の収蔵品ではあるものの、歴史的価値はないとの回答だった。日本刀も同様らしい。掲示された製作時期からも明らかで、謎は深まるばかり……。

遠くから、癖のある野鳥の鳴き声がきこえた。

見たこともない大きさの月のまわりに、惜しげもなく星々が瞬いている。夜風に乗って草の匂いを感じたが、黒く沈んだ森のほうに視線を向けるのは憚られる。

「監督氏」

狐珀が寺田を呼んで、「要望が、ある」と告げた。

「はい。何でしょう」

「撮影を再開しよう」

＊

突然のやる気を示した狐珀によって、碧唯たちは森に戻った。

寺田は方針を述べた。落ち武者の映り込んだシーンは破棄するが、カットのつなぎが不自然になるため、鳥居に着く直前から撮影したいという。「わざわざ現場に戻るなんて！」と碧唯は思ったものの、一から撮り直しになるほうが大変なので従った。

「道、憶えてる？」

麗旺に言われて、「うーん怪しい」と碧唯は自信がない。山道は途中で何度か枝分かれしていた。すでに記憶が曖昧だ。

「ついてきたまえ」

先陣を切って狐珀が動く。碧唯たちはスマホのライトを点灯させて、無言のままについていく。最後尾から寺田がカメラの照明で照らしてくれるが、狐珀の先までは届かない。それなのに確かな歩みで、彼は迷いなく進んでいく。

「あー、ここね。やっとわかった！」

麗旺が言った通り、この分かれ道は憶えがある。右側を進めば鳥居が現れる、つまり廃神社が待ち構える分岐点……。

「一応、もう回します」

寺田がカメラを担いで、碧唯たちに向けた。

流れで撮影がはじまってしまう。

戸惑う碧唯。どんな役作りだったか忘れてしまった。実際に恐怖を味わったことで、うまく演技に戻れない。とりあえず、

「先輩たち、もう帰りましょうよ～！」

後輩キャラとしてセリフを発するが、

「カット」

「えっ？」

性懲りもなく即ＮＧを食らう。

「こちらを見なくて大丈夫ですから」

「そ、そうでした……」

またしても初歩的なダメ出しを頂戴して凹んだ。ようやくカメラを意識しないで撮影できていたのに、これでは進歩が見られないいじゃないか。

気持ちを落ち着かせる。落ち武者のことは隅に置こう。役者なんだから、カメラが回るときは切り替えなきゃ！

碧唯が精神を集中しかけた、その時だった。

「いいいいいいいい！」

甲高い絶叫に、碧唯の心臓がとまりかける。

「い、い、い、い、い」

真奈美だった。見開いた目、その視線の先には一本の大きな木。

「腕が、長い、ひとの、ひとの！」

「落ち着いて真奈美さん！」

碧唯には見えていない。が、真奈美は乱暴に首を振ってから、ひどく咳き込む。

「なんか、いやな気配がするな」

麗旺が言った。まるで真奈美の恐怖を煽るように。

どうやら彼女の悲鳴を演技とみて、乗ったようだ。

「き、気のせいですよ。ウサギとかじゃないですか?」

碧唯が笑いかける。

「これは、いけない」

狐珀が口を開いた。

「獣ではない――ひとの名残り」

「狐珀さんまで、そんな……」

言い終わる前に碧唯は気づく。撮影中でも、狐珀は嘘のセリフを言わないだろう。直感する。何か、これまでとは異なる事態が起こったのだ。

碧唯は周囲を見渡した。落ち武者を探した。どこにも姿はない。影も見当たらない。

「――いっ!」

左半身に衝撃。碧唯は倒れ込む。

鈍痛が走る。咄嗟に手首を庇った代償として、肘を地面に強打した。

「あいたた……って、真奈美さん大丈夫ですか!?」

碧唯に覆い被さるように真奈美も伏していた。彼女が先に倒れて巻き込まれたらしい。

真奈美の肩を支えながら、一緒に碧唯も立ち上がる。

「ごめんなさい」

真奈美は真っ青だった。身を強張らせつつ、せわしなく、周囲の木々に目を走らせる。いったい何を見たのだろう。何を探しているのだろう。

「あっ！」

下を向いた拍子に、真奈美は飛び上がって後ずさる。声にならない叫びをあげながら、彼女は走り出した。

「真奈美さん、どこへ……!?」

突然のことで足がもつれた。出遅れた碧唯の代わりに麗旺が動く。その後を寺田も追いかける。

麗旺は「ふたりは待機で！」と言い残した。

碧唯と狐珀だけになる。

不用意に移動すれば、はぐれてしまうだろうけど、

「ここで待つんですかね……」

同じ場所に留まるのは気が引けた。いつ落ち武者が襲いかかってくるか、不安で仕方ない。

首元に寒さを感じた。碧唯はデニムジャケットの襟を寄せるが、足先からも冷気は忍び寄る。

分厚い雲が上空を覆っているせいで、月明かりは頼りない。スマホのライトだけが拠

りどころ。

「熊とか、猪とかって、襲ってこないでしょうか？」

「獣の匂いはしない」

狐珀が明言する。碧唯は鼻から息を吸いこんでみるが、土っぽいような、草っぽいような匂いはわかるものの、嗅ぎ分けられそうになかった。

「確かめるには、頃合いか」

ざっと狐珀が脇に逸れた。長い草を分け入っていく。

「ちょ、ちょっと狐珀さん!?」

碧唯も慌てて後を追うが、足元がおぼつかない。

「道のあるところに戻りましょう、危ないですって！」

狐珀は止まる気配をみせない。

「見失わぬように」

と、ふいに鈴の音が聴こえる。狐珀の手元から鳴っていた。音を頼りに、狐珀の背中にかじりつく。

「傾斜だ、留意を」

途端に急勾配の下り坂になる。言われなければ転げ落ちていた。平坦になるまで慎重に足を運んだ。

窪地（くぼち）のようなところに出た。ここは植物の背が低い。

腰を折り曲げ、狐珀が何かを探している。財布でも落としたような動きだと思っていたら、

「やはり」

ぽつりと呟いて静止する。碧唯も回り込んで、下を覗いた。

草に埋もれて転がっていたのは、錆（さ）びた赤茶色の大きな筒。

「これって……」

鉄の残骸は表面がひしゃげて、半分ほど砕けている。

「爆弾、ですかね」

碧唯もすぐに察しがついた。中谷の話を裏づける、戦争の痕跡。

村に落とされた一発の……狐珀はこれを確かめたかったらしい。

「なんで、ここにあるってわかったんですか？」

「八百万（やおよろず）の想い」

狐珀が言った。やおよろずの、おもい。頭のなかで反芻（はんすう）する。

「万物に神が宿るように、誰かの想いを強く宿した物が在（あ）る。わかるのだ、それが」

以前にもあった。故人に関わる物を見つけた狐珀は、そこから手がかりを摑んだ。

霊能力者ではないと思っていたけど、やはり特別な力はあるのだ。

ふいに暗闇に包まれる。

「えっ、嘘。やば……」

スマホは完全に沈黙。起動ボタンを押しても無反応。しまった、行きの電車内で無駄に触りすぎた。

「狐珀さん、携帯持ってないんですものね。ライトはあります？」

ダメ元で尋ねるが、

「夜目は利く」

と、返される。

「私、鳥目なんですけど……」

舞台の暗転ですらテンパる碧唯にとって山のなかの暗闇など、絶望に近しい。

「進もう」

先導してもらい、再び歩く。目の前にいる狐珀すらほとんど見えない。碧唯は燕尾服の後ろ裾を掴んだ。指先にスパンコールがざらつく。これを離したら、いよいよ山中に置き去りだろう。

戻ろうではなく、進もうと狐珀は言った。どこに向かうのだろうか。幽霊どころか、遭難だって怖ろしい。絶対に見失わないよう、懸命に目を開いた。

「さっきの真奈美さん、どうしちゃったんでしょう？」

歩きながら声をかける。

「端霊を、目にしたのであろう」

振り返らずに狐珀が答える。端霊。あまりに強い想いに惹かれて、未練を持たない霊までもが姿を現してしまう現象だ。浄化するのは難しいが、放っておけば、やがて災いを為す悪霊になるという。

「それって人の手とか足とか、ってやつ……？」

昨夜、真奈美はすでに端霊に遭遇していた。再び現れたことでパニックに陥ったのだ。

「似ている」

狐珀が囁いた。

何のことだろう。そんな碧唯の疑問を感じとったのか、

「生まれ育った、地に」

と付け加えた。

「狐珀さん、山育ちなんですね」

胡桃沢ミルクが言っていた。兄は田舎の、祖父母の家に預けられたと。

「山とは元来、不可侵な聖域。命を落とした者も多く、端霊もまた、留まりやすい」

「遭難者が多いってことですか？」

「大半は、そうであろう。助けを求めて手を伸ばす。地上に這い出ようと足を伸ばす」

「山って、怖いですね」

燕尾服の裾の感触を確かめながら、狐珀の幼少期を空想する。

死者と近いところで時を過ごしたのだろう。浄演の力も、そういった環境下で育まれたのかもしれない。さらに十代の、学生時代の彼を思い浮かべる。どんなひとだったのか。像を結ぶのは難しいけど、ひとり教室で、窓の外を眺める様子を心に描いた。

――こはく、こえよう。

狐珀の住む劇場で聞いた、声が耳に再生される。

――いまいましい、このやまを、こえてさ。

窓の外には、雄大な山々が広がっている。

――うちらの、じんせいを、はじめてやろうよ。

胡桃沢狐珀の闇は深い。ミルクは言った。

――死にたくない。

その声は碧唯の心臓を貫くように再生される。

「如何した」

なぜだか碧唯は、後ろではなく狐珀の横にいた。力いっぱい、裾を引っ張ったのだと気づく。

「……いいえ」

「そうか」

狐珀は前を向き直した。

暗がりに浮かぶ透き通るほどの白い横顔には、不安も、諦念もない。真っすぐに、ただ道の先を見据えている。こんな状況でどうして気持ちが乱れないのだろう。狐珀は何を抱えて、こうして今も、闇と対峙するのだろう。

「狐珀さ――」

声をかけようとした、刹那。

碧唯は硬直する。

蛇が出た。最初はそう思った。

すぐに認識を改める。木の幹にずるり、にゅるりと、斜めに巻きついたそれは、頭が細く五つに割れている。それぞれが独立して動き、うねり、先端を木肌に食い込ませては、えぐるように前進した。

長い長い、人間の手であった。

「どうして……」

碧唯は助けを求めるように、「お清めは!?」と狐珀を見やる。今まで遭遇しなかったのに端霊が現れた。真奈美だってそうだ。なぜ今になって……!?

「もう夜半。薄まったか」

ない。

「時間、切れ……？」

碧唯は前身頃を確かめる。髪の毛や服地についた塩の粒が、すべて落ちたのかもしれない。

「先に、使いたまえ」

動じることなく狐珀が差し出した手には、透明の小袋。震えながら碧唯は受け取り、ジッパーをひらく。

なかの塩を摘まんで、額の前に持ってきたところ、足元に気づいてしまう。

キノコのように生えた無数の、小さな足の裏がざわざわと蠢いている。

「やだあああああああ！」

自分の悲鳴に驚いて、小袋を落とした。慌てて拾うと、白い粒子は放物線を描いて、地面に流れて散っていく。袋が逆さまだと気づいたときには、中身など残っていない。

全身から力が抜ける。終わった。関係も因縁もない霊に殺されるなんて、そんなのイヤだ、まだ夢も叶えていないのに……！

「ゆくぞ」

狐珀が手を引く。指の冷たさで我に返る。

切り替わってからは早かった。狐珀とともに碧唯は奔る。一心不乱に駆ける。方向感覚は失われて久しい。曲がりくねった道は、どこへ続いているのだろう。地面を踏みしめても心もとない。途中、何度か分かれ道に出くわすも、狐珀は迷うことなく歩みを進める。碧唯も必死についていく。

「どっ、どこに向かってるんですか!?」

尋ねても、狐珀は振り返らない。

ただ小さく「端霊から距離をとる」と囁いた。まるで近くにいる誰かに、悟られまいとするように。

森全体がざわめいている。無数のひとの意識が、頭上を飛び交うような感覚に見舞われた。いる。たくさんいるんだ。見えない端霊がそこらじゅうを漂っている。足に痛みを感じるが、動かすことをやめなかった。取り囲まれたらお終いだ。冷えた身体に再び汗が滲む。進んで進んで、碧唯は進んだ。

繋いだ手が緩められる。

狐珀が足をとめた。乱れた息のまま、碧唯は背中ごしに見上げる。

鳥居があった。

「ここって、あれ……?」

どうやら反対方向からやってきたらしい。地図もなく、よくも辿り着けるものだ。

目を細めながら柱のそばを見た。右のほう、次いで左。

「いませんね」

確認するように言った。どちらにも人影は見受けられない。

いったい落ち武者はどこへ……真奈美たちのほうに、狙いを定めたのかもしれないと心配になる。

が、気を回している場合ではなかった。

「……行くんですか？」

碧唯は尋ねる。

「向き合わなければ、掬えない」

狐珀は答える。

端霊を引き寄せているのは、鎧兜の男だろう。対峙する必要があることは碧唯もわかっていた。わかっていながら、それでも怖いものは怖い。そびえ立つ鳥居が大きな口を開けている。人肌のような風が頬を撫でた。あの鳥居から噴き出しているのだと、碧唯は卒倒しかけるが——ふぅと力強く、息を吐いた。

「ここで、待つか？」

眉一つ動かさずに気遣う狐珀に、碧唯は首を横に振る。

「一緒に行きます。一つだけ、お願いしてもいいですか？」

「ああ」

「前や後ろじゃなくて、横にいたいです」

「構わない」

並んでいれば横を向ける。顔を見れば安心できる。そんな気がした。

鳥居をくぐり、苔むした石階段を、ふたりでのぼっていく。

山門が現れるとともに、最上段。

門をくぐると眩暈に襲われる。しゃがんだまま、碧唯は顔を上げる。

朽ちた境内が視界に広がった。

重たい暗闇が社殿の屋根にのしかかるように、ドス黒く淀む。

向かって左側には手水所（ちょうずどころ）があるけど、とうに涸（か）れたのか苔むしていた。社務所にいたっては奥へと傾き、片側の扉は倒れ、和紙が取り払われた障子の枠が覗き見える。

管理者がいないのは明らかだ。

中谷の言った通り、どこもかしこも荒れ果てた——廃神社。

狐珀は迷いなく、真っすぐに進んでいく。

社殿の前にて一礼。慌てて碧唯も頭（こうべ）を垂れる。

靴を脱いだ狐珀が社殿を上がっていく。参拝する気だろうか。碧唯もスニーカーを脱ぎ捨てて後を追った。

格子扉の前に立ち、狐珀は奥を見据える。

「神仏すら、去ったあとか」

碧唯も恐る恐る格子の隙間から覗いた。暗くて何も見えなかった。

わずかばかり格子扉を開けて、狐珀は身体を滑り込ませる。

「危ないですって……！」

言いつつも、取り残されるほうがよほど怖いので、ついていく。

ひどく床板が軋んだ。今にも割れて下に落ちてしまいそう。

奥の壇上、その中央に何かが置かれている。

神社だから丸い鏡かと思いきや、横に長い、長方形の薄い板だった。蝶番のついた両開き。神棚だろうか。閉じたままでは見当がつかないが、どこかで見たことあるような……？

狐珀の手が伸びる。

迷いなく、蝶番に指先をかける。

「やめておいたほうが。ほら、バチ当たったら！」

「後ろめたいことであろうか」

言われてハッとする。そうだ。イメージばかりが先行していた。何もわるいことはしていない。

狐珀は、想いを抱えたまま彷徨っている幽霊について知りたいだけ。

「そうですね。やましいことはありません」

と、碧唯は頷きを返す。

かちゃり。狐珀の指先で、鍵の外れる軽い音。

観音開きのなかから現れたのは、金色の髑髏(どくろ)。

「ひいいいいっ！」

押し殺せない声があがる。

「絵だ。落ち着いて、見たまえ」

「え、絵？」

表紙には、金色の髑髏が赤いマントを羽織っている。

「これってもしかして……」

「紙芝居舞台」

そういう名称らしい。横長の木枠と、左右に開いた扉が、劇場を彷彿(ほうふつ)とさせる。

どうりで既視感があるわけだ。コミュニティセンターにあったものと同じだった。

それにしたって髑髏とは紛らわしい。子ども向けの御伽噺(おとぎばなし)にしては、グロテスクなタッチにも思える。随分と古いものだろう。

廃神社に祀(まつ)られるのが紙芝居って、どういうこと？

「ここで、読み聞かせが行われていたんでしょうか」

昔は疎開もあって、子どもが多かった。広い神社の境内に集まっても不思議ではない。

狐珀はフレームを裏返した。右下の隅、手彫りで何か彫られている。

幅田庄次郎。


「……誰？」

すると屋外から声がした。

慌てて碧唯が外に出ると、山門の近くに人影が三つ。

「やべえー、めっちゃこわいってー！」

麗旺で間違いない。真奈美と寺田もいる。どっと気が抜けた。

「皆さーん！」

社殿から降りて碧唯は駆け寄った。すぐに狐珀がスニーカーを手にして合流する。恥ずかしいことに靴下のままだった。

「よく、ここにいることがわかりましたね」

靴を履きながら碧唯が言うと、

「クライマックスは廃神社にきまってる！」

麗旺は大きく胸を張った。あくまでも撮れ高を意識してやってきたらしい。怖いもの知らずか真のプロか、とにかく尊敬する。

「ごめんね、急に逃げちゃって……」

真奈美が頭を下げた。「また手とか、足とか見えて……もう大丈夫」

落ち着きを取り戻し、血の気も戻っている。

「落ち武者のやつ」麗旺が言う。「全然襲ってこなかったよ」

「そっちに行ったんだと思ってました」

「ってことは、碧唯ちゃんのほうにも？」

「うん、現れなかった」

真奈美が狙われたというのは、杞憂だった。境内にも気配はない。なぜ急に姿を隠したのだろう。

「なあ、ちょっと見てくれよ」

麗旺が手招きする。大きな杉の木だ。

「すごい……ご神木かな」

巻いてある注連縄は年季が入り、朽ちた風合いを醸し出す。

「これなんだけどさ」

麗旺がその脇をスマホで照らした。

石でできた、小さな碑が建っている。

銀幕スター　俳優・幅田庄次郎　所縁の地

「中谷さんの言ってた……！」

「だよな。こんなところに記念碑があるの、おかしくないか？」

見たところ、神社の建物と比べて真新しい。

真奈美と狐珀、寺田もやってきて、不思議そうに碑を観察する。

「ここがロケ地に使われたんでしょうか」

と、寺田が周囲を見渡す。

「撮影所になったのは」真奈美も見上げて、「ここ最近でしょ？」

「昔は撮影許可なんて不要でしたから」

「そっか。ロケで訪れた銀幕スターにあやかって記念碑を建てたわけね……あっ」

真奈美が石碑の左下を指さした。

四年前の日付に続いて、「中谷敏雄」と小さく刻まれている。

「確か、中谷さんのお父さんって」

碧唯が記憶を辿っていると、「敏雄って言ってたね」と答える麗旺。さすがは抜群の記憶力だ。

四年前といえば中谷敏雄が撮影所を作りはじめた頃だから、それに併せて記念碑を建てたことになる。

なぜ神社が廃された後から、わざわざ境内に設置したのだろう。

それに紙芝居舞台の裏面に記されたものと、同じ名の俳優……明らかに怪しいじゃないか。

「皆さん、わかりましたよ！」

碧唯は勢いに任せて言ってみる。

「落ち武者の正体は、この銀幕スターの俳優さんってことですよね！」

間違いない。証拠を見つけたのだから。

「あれ、えっ違います……？」

けれど、一同の反応は芳しくなかった。

「だ、だって俳優なら」碧唯は推理を補う。「刀のアクションもやるだろうし、ロケで鎧兜を着たことだって……」

「ピンとこないなあ」

麗旺は遮って、「往年の映画俳優って、いまの連中とは比べものにならないくらい刀捌きが上手いからね。たとえ無名の大部屋俳優でも、殺陣の基礎が疎かになるわけがない。スターともなればさらに格が違う。それにチャンバラ――いわゆる剣戟映画は着物姿が基本だ。わざわざゴツい兜や甲冑を着けて撮影するかな」

「だとしたら誰なの、このひと……？」

「中谷さんのお父さまは、銀幕スターに会ったことあるって話よね」

真奈美が言うと、麗旺は人差し指を立てた。

「それなんだけどさ。幅田庄次郎なんて俳優、俺は知らないんだよ」

自信ありげに主張を続ける。

「スターっていうからには、映画史に残る名作で主演を張っていてもおかしくない。だけど聞いたことがない。こう見えて、俺はめちゃくちゃ詳しいよ？」

「さ、撮影中の事故で亡くなられて、映画がお蔵入りした……とか？」

自信なさげに反論を試みる碧唯だが、「だとしても」と麗旺は首を横に振る。

「その時点でスターだったなら、事故を含めて記録に残るはず。そんな事故は知らない」

「じゃあ、幅田庄次郎なる人物は」

「記念碑が作られるほど後世に残るスター、ではない」

きっぱりと断言されてしまう。

「……ますますどういうこと？」

わけがわからない。頭がパンクしそうだ。

「最初からそんな奴いないんだよ。中谷親子の捏造だ。村おこしのために実在しない俳優を『架空のスター』としてでっち上げ、撮影所に箔をつけて客を呼ぼうとしたんだ」

「がっつり、嘘をついた……と」

「いまの時代、そんなの絶対バレるのになあ。下手すりゃ炎上案件」

「言えてますね」

現に麗旺には見破られたわけだ。

いくら山間部で電波が通じにくいとはいえ、後でググれば虚偽だと露呈しかねない。

「でも変じゃない？」

真奈美は納得できないといった様子で、

「だったらなおさら、こんなところに記念碑を建てて意味あるの？」

「あー……それはー……」

麗旺は辻褄合(つじつまあ)わせを考えているようだが、次の言葉が出てこない。

確かに撮影所としての箔をつけるなら、駐車場のあたりか、コテージやコミュニティセンターの脇に設置したほうが人目につく。わざわざ廃神社の、それも立入り禁止の場所に設置したままは不自然だ。

「わっかんない、お手上げ！」

麗旺が記念碑に背を向ける。あっさりと投げ出してしまった。

謎は深まるばかり……。幅田庄次郎。本当に、実在しない人物なのだろうか。

葉のざわめきが響いた。一陣の風が、ご神木を大きく揺さぶったとき。

「――浄演を執り行う」

ふいに、狐珀は宣言した。

碧唯たちが狐珀に注目すると、彼はゆったりと右腕を伸ばして指し示す。

「あそこで……本気ですか？」

小さな舞台が開けている。

建っていたのは、神楽殿。

「いくらなんでも、いいんですか、そんな神聖なところで……？」

「古来、演劇とは神事であり、ヒトならざる者に捧（ささ）げる祈りの物語だった」

狐珀が述べる。祈り。指輪の裏側に刻まれたＰＲＡＹの文字。そうだ。狐珀は演劇を祈りだと言った。

「いいね、雰囲気サイコー」

麗旺は場にそぐわない調子で笑う。

「最高のロケーションです」

寺田も乗り気だ。カメラを地面に降ろし、バッテリーの交換をはじめる。

「って、撮影するつもりですか？」

そんなことをして、また落ち武者が映り込むんじゃないかと不安がよぎるも、

「最前列で、回してほしい」

と、狐珀はカメラの介入を受け入れる。

「私、できるかな……」

真奈美は「夜の神社って、よくないって聞くし」と、また頬が青白い。

「これを」

狐珀は左右の指からそれぞれリングを外して、真奈美と麗旺に差し出した。それから寺田にも。

「真摯に演じるならば、護られる」

御守りの効果もあるのだろうか。碧唯は嵌めてある指輪に触れた。不思議と冷たくない。どこか安堵をおぼえる温もりが指先を伝う。

「初めてじゃないいんだ、何とかなるさ」

麗旺が指輪を受け取る。次いで、寺田も。

「……真摯に、演じます」

真奈美は息を整えて、シルバーリングを指に通した。

「私だって、怖いけど頑張ります」

碧唯も覚悟をきめる。お腹にぎゅっと力を入れる。

真奈美と麗旺は浄演の経験者だ。そして共演したことのある俳優仲間。いつもよりチームワークが期待できる。

①相手の役を否定しない。

②物語を破綻させる発言はしない。
③勝手に舞台から降りない。

碧唯はルールを頭のなかで繰り返す。失敗は許されない。相手は日本刀、すなわち凶器を持っているのだ。下手を打てば気絶くらいでは済まされない。

「こんなに暗くて撮れるんですか？」

寺田に尋ねると、

「ナイトモードがあります」

バッグを肩に掛け直し、ハンドルを握ってカメラを担ぐ。

神楽殿の真正面に立って寺田がレンズを向ける姿に、碧唯は引っかかりをおぼえた。

「そういえば寺田さん。二手に分かれてから、カメラって回しました？」

「いいえ。真奈美さんがあの調子だったので、余裕がありませんでした」

「ということは」

「配役であるが……」

届けられた囁き声に狐珀を見やると、視線が交錯する。

「既に、辿り着いたようだな」

任せよう。ただ静かに、優しく、狐珀は告げた。

「待ってください、辿り着いてなんて……」

まだ何もわかっていない。はずだった。

だけど碧唯のなかで、一つの閃きが生まれる。バラバラに思えた点と点が、一つの線へと結ばれる感覚――もしかしたら狐珀の言う通り、辿り着いたのかもしれない！

「麗旺さん、真奈美さん」

碧唯はふたりに協力をあおいだ。

「確かめたいことがあります。私が最初に役を演じるから、それまで待ってもらえますか」

麗旺は「よくわかんないけど、わかったよ」と即答する。

真奈美は「何か作戦があるってことね」と頷いてくれる。

碧唯は靴を脱ぎ、靴下も取って、一礼してから神楽殿に上がった。

あらかじめ舞台中央の前方、寺田と相対するかたちで立ち位置を陣取る。麗旺は上手寄り、真奈美は下手寄りにスタンバイ。

「さて」

狐珀が寺田に目配せすると、「カメラ回します」との応答。

一瞬の静寂のち、

「はい、スタート」

寺田の合図とともに、狐珀は高らかに両手を掲げた。

空の流れがはやい。大きな雲がやってきて、月を隠した。

「想いを掬い、ともに物語ろう――浄演を開幕する」

きぃぃぃん。その澄んだ音色は、碧唯たちの耳を撫で、森の奥深くにまで響いていく。巨大な雲が境内を丸ごと覆い尽くしたのだろうか。月明かりは遮断され、舞台上に完全暗転がやってくる。

碧唯は素足で床板を確かめた。ぎっと音が鳴る。ひんやりとした、それでいて木の優しさが足裏に伝う。屋外だろうと神社だろうと、ここはステージの上で間違いない。舞台に役者たちがいる。それなら物語を演じられる。

浄演がはじまった。そして今回ばかりは、暗闇に怯える猶予もない。

舞台中央の奥には、鎧兜の男――。

はじまりとともに、その男は立っていたのだ。

息をのむ音を両側から感じとる。麗旺と真奈美にも、その姿は見えているらしい。

落ち武者は歩き出して碧唯に近づく。距離感が摑めないものの、両の足を交互に動かすたびに甲冑の音が鳴り、真っすぐ、確実に迫っていた。ガチャッ、ガチャッガチャッ、ガチャガチャガチャガチャッ、それはまるで首を斬り落とされるまでのカウントダウンのように、喧しく響きわたる。

寺田のカメラを前にした碧唯の位置取りは、正しかった。

思った通りだ。やっぱり現れた。

カメラの前に。カメラに向かって。

男は進行方向を変えることなく、碧唯の目の前、舞台中央の前方で止まる。

わき目もふらず、姿勢を正して真っすぐ屹立。そして刀を振りあげた。

ここから大きく足を踏み込み、刀を振り下ろしたなら……碧唯は無事では済まされない。

「……っ！」

絶句する真奈美の息遣い。きっと私の身を案じている。

だけど碧唯には確信があった。

逃げない。この場を動かない。

気を確かにもって、ただ男を見据えた。

「オオオオオオオッ！」

割れるような雄叫びが空に舞い上がる。

男の両腕が動いた。一瞬の煌めきを放ち、白銀の刃が振り下ろされる。切っ先は碧唯の頭上に迫り、前髪をかすめ、鼻筋に沿って落ちていく――！

碧唯の身体を、刀が斬り裂くことはなかった。

無傷だ。髪の毛一本とて斬れていない。

対峙して初めて麗旺の言ったことがわかる。殺気など感じなかった。

これで証明された。落ち武者は、誰かを殺そうとしているわけではない。ただのパフォーマンス。殺陣や、立ち回りと呼ばれるような、刀のアクションにすぎない。

確かめたかったことは、もう一つある。

それは落ち武者の出現条件。

彼はこの廃神社の近くで、カメラを前にしたときに現れる。ハイキングの行楽客に目撃されないのも、先ほどまで姿を見せなかったのも、ビデオカメラによる撮影が行われていなかったからだ。

森に踏み入る人間を襲うわけではない。

このようにカメラの前で、立ち回りを披露したかったのだ。

まるで銀幕スターのごとき振る舞い……落ち武者の正体は「俳優・幅田庄次郎」なのだろう。

男は、その場で踏み止まっていた。

迷っている場合じゃない。今こそ、役を演じるとき！

きっとこの即興劇は短編になる。なにせ、セリフの第一声ですべてが決まる。役の選択を間違えたら終わり。今度こそ斬り捨てられるかもしれない。

震えた。喉が締まる感覚……本当にうまくいくだろうか。

任せようと告げた、狐珀の瞳を思い出す。大丈夫だ。碧唯は真相に辿り着いている。ひとりの人間の輪郭が浮かんでいる。

あとは信じるだけ。

信じて言葉にすれば、役を演じれば、必ずや想いに応えられる！

「真奈美ちゃーん、麗旺くーん！」

碧唯は元気いっぱい舞台奥へと駆け出し、共演者に呼びかける。

「今日は何して遊ぼうかー？」

舌足らずな高い声で、即興劇にふたりを誘った。

「あっ、碧唯ちゃん、今日は早いねー！」

「だな、いつもみたいに鬼ごっこするか？」

すかさず真奈美と麗旺が返してくれる。

瞬く間に子どもが三人、役者は出揃った。

「…………」

芝居をはじめたことで、男が、碧唯たちに視線を移す。

表情は読みとれないが、わずかに震える兜飾り。何か言いたげな雰囲気は十分に伝わってくる。

「おじちゃん。今の、すごーい！」

無邪気な声をあげて、碧唯は男に向かって手を叩いた。

「真奈美ちゃんも麗旺くんも、見たでしょ!?」

「う、うん、すごかった!」

「ああ、すごかったよな!」

真奈美と麗旺も、たどたどしく拍手を重ねる。

男は何も返さない。戸惑うような、ただ照れるような、躊躇をみせている。

仕掛けるなら、ここだ。

さらに碧唯は男に向かって、

「おじちゃんってカッコいいね!」

と、天真爛漫な態度をみせる。

「お……おお……」

男が口を開く。しかし言葉は形成されない。

「おじちゃんは、いったい何者なのー?」

だからこそ、碧唯のほうから差し伸べる。

相手の役をこちらから聞きにいってみる。

「おっ、おおお、おれは、おれ、はは……」

男の発声が少しずつ、セリフの片鱗(へんりん)を成してくる。

碧唯は、おそらく真奈美も麗旺も、男を見守る。男の言葉を待つ。

彼は迷っているのだろう。名乗るべき名前を、自身の肩書きを。

「もしかして、有名な人ー？」

攻める碧唯、最後の一押し。

「俺は、俺はっ！」

功を奏し、男の語気に力強さが宿る。

「俺は銀幕スター・幅田庄次郎だ！」

ついに男は高らかに名乗りを上げる。

やった。碧唯は内心でガッツポーズ。セリフとして引き出すことに成功した。本人が自ら名乗ることで、仮説は確証へと変わりゆく。

「あ、碧唯ちゃん？」

麗旺が心配げに囁いた。言いたいことはわかる。そんなスターは存在しないのだと。

わかっている。麗旺の推理のおかげで自信をもって、次のセリフが言える。

「嘘だー、おじちゃんが銀幕スターのわけないよ！」

先に進むため、想いを掬うため、あえて碧唯は否定する。

「なん、だと……!?」

幅田の全身が陽炎(かげろう)のごとき揺らぎをみせる。怒りだ。禍々しい憤怒(ふんぬ)が甲冑の隙間から噴き上がるようで、碧唯は身震いをおぼえるが、もはや後に引けるわけもない。一度セリフを口にしたからには、覚悟だってできている。

「ね、ねえ……」

怯える真奈美の声が、か細く耳に届いた。彼女の懸念は承知の上だ。

そう、相手の役を否定してはいけない。ルールを破れば気絶するか、どんな罰が待ち受けているか、わかったものではない。

だけど碧唯は信じた。

相手の嘘を、嘘であると指摘すること。それは否定ではなく真実の肯定にすぎない。ルールを破ってなどいない。

碧唯は真っすぐ、幅田を見つめる。

逃げ出さず、目を逸らさず、相手役と向き合う。

やがて変化が起こった。

強い光が、幅田へと照射される。

天から注がれるスポットライトのなか、纏った鎧が白く薄れてゆく。兜も同様に、飾りの先端から消えてゆく。

もはや落ち武者の姿など、どこにもない。

立っていたのは、白シャツを着てカーキのスラックスを穿いた、大柄だけど普通の男性だった。

「おい、マセガキども」

幅田は碧唯たちをそう呼んだ。

熊のような佇まい。さっぱりとした坊主頭に、太いゲジゲジ眉。大きな口は「への字」にぎゅっと曲がっている。偏屈そうなのに、どこかコミカルな印象を受ける。

「なんで俺が、銀幕スターじゃないってわかるんだ？」

張りのある声が空気を震わせた。少しガサツで、だからこそ親しみのある物言い。すでに怒りは鎮まったようだ。

鎧兜は脱がれ、人間同士の会話劇へと移り変わる。

「だって、おじちゃんの演技……」

遠慮することも、取り繕う必要もない。あとは正直にセリフを紡ぐだけ。

「とっても下手くそなんだもーん！」

はっきりと言ってのける。場違いに明るい声も、子どもゆえに許される。

「下手、くそ……」

幅田は呆気にとられた顔つきで固まる。

「おじちゃんって、マイクで拾えるのに声が大きいし、しょっちゅう画面から身体が見切れてフレームアウトするし、いつもカメラ目線だったよ。人を斬る芝居なのに、カメラに向かって演じたら不自然になっちゃうよ！」

ペラペラと話したが、すべて碧唯もやらかしたＮＧだった。自分のことを棚上げするのは麗旺や真奈美に対して恥ずかしいけど、いまは子ども役を演じているのだと開き直った。

「立ち回りもイマイチだったね」

麗旺が割り込んでくる。「もっと腰に重心を意識して、全身を使って刀を振ったほうがいいよ。あと殺気。ちゃんと気持ちを込めて演技しないと」

得意げに、幅田に対しても先輩風を吹かせる。別にいいけど言い方が鼻についた。

「はっきり言ってくれて、ありがとよ」

幅田は笑った。どこか清々しさを含んでいる。

碧唯自身の体験と、麗旺によって明らかになった。幅田は映像に撮られることに慣れていない。

そう。銀幕スターではなかった。

「だけど、おじちゃん。映画に出たかったんだよね」

碧唯が言うと、

「ああ」

幅田は、強く焦がれるように頷いた。

映り込んだすべてのカットが真正面、カメラ目線だったことからもわかる。彼は碧唯たちの撮影の邪魔をしていたわけではない。むしろ率先してカメラに映ろうとしたのだ。映画に出演することが、幽霊の目的だった。

単なる興味関心や、目立ちたがり屋というわけではないだろう。そこには強烈な想い、何かしらの目的があったはず。

「幅田のおじちゃん」

碧唯は名を呼び、「紙芝居やらないの？」と問いかける。

社殿の奥に祀られた紙芝居舞台に刻まれていたのは同じく、幅田庄次郎という名前。

「おめえら都会っ子はよお」

幅田は不満げに言う。「紙芝居なんざ、すぐ飽きちまうじゃねえか」

中谷オーナーの言った通りだった。

――村の大人も、子どもらが退屈しないように、あれやこれやと遊んでくれたそうな。

幅田は疎開でやってきた子どもたちに、神社の境内で紙芝居を披露していたのだ。そのなかには中谷の父・敏雄もいた。敏雄は、幅田を銀幕スターだと見做している。幅田自身も、最初は碧唯たちにそう名乗った。

なぜ嘘をついたのか。そしてなぜ、映画に出ようとするのか。

残るは、本人の口から聞きたいところ。

セリフを交わすことで真実は語られる。それがこの即興劇、浄演なのだ。

「おじちゃん、いろいろ遊んでくれてありがとう」

「なんだよ急に。よせやい」

「私たちのために、立ち回りも見せてくれて……」

そう言うと、男はむず痒そうな表情を作る。

「……俺は、おまえらマセガキに嘘をついていた」

改まって幅田が切り出す。彼の見せ場がやってきたのだ。輝きが増したその姿を、碧唯は聞き役に徹して見守った。

麗旺も真奈美も同様に感じとったことだろう。共演者の連帯感を肌で察する。

「俺はスターどころか俳優でも何でもねえ。所詮は村の、小役人よ」

幅田が続けた。

「それなのにマセガキ相手に、つまんねえ見栄を張ったんだ。俺は銀幕スターだぞ、この立ち回りを見やがれぇ……ってな」

子どもの興味を惹くための、何気ない偽りの言葉。

それが彼自身を何十年にもわたって、この地に、この世に縛りつけたのだ。

「教えてよ。本当の、おじちゃんの話！」

碧唯が言うと、男は静かに目を閉じた。

床に座り込んで胡坐をかく。ややあって、

「……俺は、疎開の子どもらが気がかりだった」

ゆったりと、それでいてお腹に響く声で、幅田は語る。

「戦争のせいで、急にこんな田舎に連れてこられて可哀想そうだった。俺は役場で疎開の手続きを担当していたのもあってな、子どもらの貴重な、かけがえのない時間を退屈に過ごしてほしくないと思って、せめて何か楽しいことはないかと、神社の境内で紙芝居をしてみせたんだ」

熊のような図体を丸めて話すその佇まいが、可愛らしく思えてくる。

「けどまあ、都会の子はマセてんなあ。『紙芝居なんかより映画のほうが面白いや』なんぞと、早々に見向きもされなくなった。だから口から出まかせで言っちまった。『俺は昔、銀幕スターだった』とな。唯一見たことのあった時代劇の、主演の演技を思い出しながら、どうせなら派手なほうが喜ぶだろうと、役場に飾られた鎧兜と刀まで持ち出して、子ども相手に立ち回りを演じてみせたら、そりゃあもう大いにウケたわけよ。……気持ちよかったなあ。生まれ育ったクニから、ろくすっぽ出たことのない田舎モンの自分が、本当に銀幕世界の大スターになった心地で、嬉しかったもんよ」

けどな、そう幅田は言葉を区切る。

太い眉毛が震えていた。受け入れがたい事実が迫ったのだと、碧唯にもわかる。

「ある日。米軍が捨てた焼夷弾（しょういだん）が山の一部を焼いて、俺は死んだ」

　生い茂る草に隠れた、あの残骸を思い出す。何十年もかけて自然が蘇ろうとも、ひとの命は、永遠に取り戻すことができない。こうして想いだけが漂うばかり。

「無様に死んじゃあガキどもに顔向けできねえ、まだまだ楽しませねえとって、そう踏ん張ったせいか……俺は現世に留まった。しかし戦争には負けて、子どもたちの疎開も終わった。ようやく正気に戻った。子ども相手に嘘をついた自分が情けなくなった。もはや言い訳も釈明もできねえ。せめて一度でいいから、本当に映画に出たいと思った。嘘から出たマコトにしたい。そうすりゃあ面目躍如だと、そう思って過ごしてきた。初めて訪れたチャンスだったんだよ、そいつが」

　と、寺田のほうを指す。いまだカメラは回っている。寺田も指輪を持つ、浄演の出演者だ。

「邪魔しちまって、わるかったな。すべては俺のくだらんプライドよ」

　寺田に向かって幅田は言った。そうして俯いたのち、

「どこまでいっても素人は素人。満足に芝居なんざ、できるわけがねえな」

　さあ行け、行けと、碧唯たちを追い払うように手を振った。

　控えめに手が叩かれる。

　わずかばかり、仄（ほの）かな月明かりが舞台上にもたらされる。

呆気なかった。浄演は終わったらしい。

碧唯たちは神楽殿を降りて、靴を履き、境内から出ようと歩き出す。

振り返ると幅田は、まだステージの上にいた。

気づけば碧唯は言っていた。

「先に行ってください」

「でも……」

真奈美が心配そうな目を向けるが、

「すぐ合流しますから」

と続ける。

狐珀が「いまだ、見えるか」と尋ねたので、黙って首を縦に振る。

「そうか。共感が……」

「はい？」

「いや」

言いかけた狐珀は、思い直すように燕尾服の襟を両手で整えた。

「鳥居にて、待つ」

そう言って背を向ける。麗旺と真奈美、寺田もついていく。

碧唯はもう一度、神楽殿のそばに駆け寄った。

「あの！」

見上げながら、幅田に声をかける。

返事はない。放っておいてくれと、大きな背中が語る。

即興劇は終わった。今さら、何ができるわけでもない。

「中谷敏雄さ……くんを、憶えていますか？」

だからこそ、志佐碧唯として話しかける。

勢いよく幅田が振り返りながら、

「おお、おお。もちろんだとも」

と、立ち上がった。

「俺の立ち回りを、いちばん熱心に観てくれたもんよ」

やはりそうだった。深い交流があったのだ。

「年取ってからも、よく掃除をしに来てたな。めっきり見ないが、どうしてるんだ」

尋ねられて、碧唯はズキリと胸が痛む。

「敏雄くんは、お亡くなりになられました」

それでも真実を告げる。嘘や誤魔化しなど、一切要らない。

「そうか……随分、経つもんなあ」

「はい。長生き、されたようです」

「俺よりもジジイになってたし、いいってことよ」

彫りの深い顔に落ちる、陰がどこか寂しげだった。

「敏雄くんは、この村を映画の撮影所に整備したんです」

碧唯は伝える。

「あそこの記念碑を建てたのも、敏雄くんです」

「知ってるよ。あれは取り壊してくれ、いい恥さらしだ」

「嘘かホントかなんて、そんなの関係ありません！」

舞台に向かって、碧唯は精いっぱい叫んだ。

「敏雄くんにとっては間違いなく、あなたは、幅田庄次郎は……銀幕スターだったと思います！」

沈黙がおとずれる。

それを破ったのは、「はっ」という笑い声。

幅田は一度だけ大きく頷いて、そのまま上手の奥袖へと消えていった。

戻ってくる気配の感じられないことを確認してから、碧唯は、狐珀たちの待つ鳥居へと急いだ。

＊

志佐碧唯　様

お世話になっております、寺田です。

ご出演いただいた『儀式――alpha』ですが、この度、南米・チリで行われたアフィシオナード映画祭にて、最高賞に選出されました。

神秘的かつ退廃的、極東のアーティスティックな映像表現として、その芸術性を評価されたとのことです。選考委員長であるマルセロ・ムニョス氏は、選評のスピーチにおいて「全編にわたって匂い立つこの幽玄の美こそ、『ジャパニーズ・シネマ』の神髄である！」と興奮気味に語りました。

受賞に伴い『儀式――alpha』は、チリの四都市をはじめ、アルゼンチン、ブラジル、ウルグアイ、パラグアイ、ボリビアにて、順次上映されます。

賞は光栄ではありますが、慢心することなく、己の信じる映画を撮っていく所存です。

なお日本国内での上映は引き続き、時期未定です。

三か月が経ち、いまや夏の真っ盛り。

あの夜、廃神社からコテージに戻った碧唯たちは、二日間にわたって撮影を続け、銀幕撮影所を後にした。屋外での撮影も行ったが、幅田は姿を現さず、カメラに映り込むこともなかった。改めて寺田がすべての映像をチェックしたところ、映っていたはずの鎧兜の姿も、残らず消えていたという。

彼の銀幕デビューは実現しなかった。けれど想いは満たされたのだろう。

碧唯は安堵している。心霊フィルムが世に出回らなくて済んだ。霊能力者など、その界隈の方々に見つかって「幽霊と共演した女優・志佐碧唯」として話題になっては困りもの。イロモノ扱いではなく、普通に、王道の女優として売れたい。

ロケが終わって別れ際、狐珀に言われた言葉が引っかかっている。

「共感が増している」

狐珀はそう告げた。

「芝居が上達したってことですか？」

尋ねると、首を縦に振り、そして付け加えた。

まえ」

「共感とは言葉の通り、ともに感じること。相手の心に引きずられぬよう、気をつけたまえ」

きっと共感疲れを心配したのだろう。悩んでいる話し相手の気持ちになりすぎて、自分まで落ち込むことはよくある。ほどほどに、というアドバイスだと受け止めることにした。

クランクアップ後、寺田は恐るべき速度で編集作業を終え、『儀式――ａｌｐｈａ』と名付けた作品は国内外の数々の映画祭に出品された。

そうして今、碧唯は自宅の部屋にいる。

異常音が出るほどガンガンにクーラーを稼働させているが、蒸し暑くてたまらない。森での夜間撮影は寒かったなと、懐かしさをおぼえる。

パソコンの画面に表示されたメールを読み返す。受賞の報。月曜の昼過ぎ、妹の朱寧は大学に行っており、母の美登里は仕事に出て不在のため、家族に喜びを伝えられない。

いや、正しくは複雑な心境だった。

――参りましたね、まさか東京ですら上映されないとは……。

背中から、ため息交じりの御瓶の声。

首を捻って後ろを見ると、眉をひそめて画面を見ている。

「そうなんです、日本国内ガン無視ですよ？　日本人には総スルーされてますよ？」

背後霊のマネージャーに愚痴る碧唯。完成試写会もなく、無駄に重たい動画ファイルが送られてきたのみで、映画館に行って「わわわ、私が映ってる〜！」とはしゃぐ機会もいまだ与えられない。友人知人に親戚一同、ご近所のおばあちゃんにいたるまで、めちゃくちゃ自慢しようと思っていたのに。

——思い出すだけで頭痛が……あの時は酷い目に遭いましたよ。

言いながら、御瓶が額に手を当てた。

「大変でしたね、ほんと」

彼にとっては災難な現場だった。塩のパワーで清められた御瓶が再び姿を見せたのは、東京に戻ってから二週間後。いつも以上に肌が透けて青白く、頭が朦朧とすると言って、しばらくは口数も少なかった。

——いえ、その節はご心配おかけしました。マネージャーとして不甲斐ない限り。

体調不良の幽霊なんて、申し訳ないけどちょっと面白いなと思ったのは内緒だ。

それにしても。

まさか初の受賞が海外になるとは……寺田の作風は、外国人にウケるのかもしれない。ロケの最中はどんな映画になるのか見当もつかず、「落ち武者騒ぎ」によって考える暇もなかったが、本編はいい感じに編集され、海外の映画祭で賞を獲ったわけだけど、聞き馴染みのないアマチュア映画祭だった。どうせならカンヌ国際映画祭に出品されてほしい。

――いきなりそんな大躍進、あるわけないでしょう。

御瓶に笑われる。いいじゃないですか、夢はでっかく描くものです！

――結構なことですが、まずは国内でチャンスを掴んでください。

いつもの小言がはじまったので、碧唯は反論をやめる。相変わらずオーディションは落ちまくり、舞台にも映像にも、次の出演が叶わない状況だ。「映画を観たプロデューサーからオファーが殺到！」という皮算用も、国内で上映されないのだから絵空事で終わってしまう。なかなか人生、うまくいかないものよ。

――とはいえ、参加した作品が評価されたのは事実。おめでとうございます。

「あっ、ありがとうございます。そうですよね、喜んでいいですよね！」

プロフィールにだって書けるのだ。思い描いたようなキャリアは歩めていないけど、想像通りにいかないことも含めて楽しもうと、持ち前のポジティブ思考で頭を切り替える。

碧唯はメールを閉じて、保存してあった動画ファイルを開いた。

せっかくの機会だ。もう一度観てみよう。前に鑑賞したときは正直よくわからなかったけど、世界で評価されるに至ったからには、この映画は素晴らしいのだ。碧唯の演技にも「光るもの」があったに違いない！

動画が再生される。

全編まさかのモノクロ映像には、何度観ても意表を突かれる。

碧唯を中心に、四人が森を歩くシーンが続く。セリフはすべてカットされていた。代わりに縦笛の音が小さく鳴っている。時おり、狐珀の無表情がアップで差し挟まれ、遠くから太鼓の音が加わる。くどいようだがセリフは一つもない。画面が暗すぎてほとんど見えなくなったころ、鳥居が大きく映し出され、画面上に能面が浮かび上がって碧唯は思わず叫んだ。そうだ、これがあるんだった。編集によって挿入された白い能面は、くるくると回転してフレームアウトしたかと思いきや、廃神社の情景に合わせて二つ、三つと増えて再び現れ、縦横無尽に回転してはまた消えていく。やがて神楽殿に立つ碧唯が映されると、縦笛と太鼓が尋常ならざる大音量で鳴り響き、日本語ではない何かの呪文が、男女の混声で重なり合い、炎が燃える様と、神楽殿に立つ碧唯、そして高速回転する無数の能面と次々にカットが切り替わり、最後には大海原(おおうなばら)の景色が十七分間にわたって無音で続いた。寄せては返す波をぼーっと眺めていると、「完・終わらない」という白抜きの文字のあとにエンドロールが流れはじめる。

「……なにこれ？」

再度視聴しても、理解できなかった。

わけわかんないものに巡り合いたいと、真奈美は言っていた。やっぱりこの業界は奥が深い。自分の出演した作品を楽しむためにも、きっとまだまだ勉強すべきことがたくさんあるのだろう。

碧唯は動画を閉じる。

いつかまた観よう。この映画に出てよかったと、心から思えるときがきたら。

*

PRAY.03
「逆襲するシンデレラガール」
於：シビックシアター・トーキョー

*

ステージの上で寝転ぶのが好きだった。

舞台全体に敷かれたリノリウムの固さを背中で感じながら、天井を眺める。たくさんの灯体が、所狭しと昇降バトンに吊られている。黒い砲台のような正方形のそれらは、白い丸レンズが剝き出しだったり、カラーフィルムで色分けされていたり、少しずつ角度は違えども、すべてがステージに光をもたらすために並んでいる。ひとたび本番がはじまれば、一灯一灯からまばゆい明かりが照射され、ステージを色鮮やかに染めあげるだろう。照明は暖かい。舞台の両サイドに立てられたスタンド式のライトや、舞台ツラに転がるフットライトなどもいいけれど、やっぱり上から降り注ぐ照明がいちばんだ。全身に浴びた光から、電球の熱を直に感じられる。ああ、板の上に立っているんだ。演技をしながら気持ちが昂る。そんなことに想いを馳せながら、ステージの天井を飽きることなく今日も見つめる。

本番前の劇場の空気は、穏やかだった。

まだ開演時間まで余裕がある。ほかのキャストは楽屋でお弁当を食べたり、メイクの順番を待ったりで、ステージには誰もいない。私はストレッチをはじめる。舞台セットの手前、ステージ前方の真ん中を陣取り、黙々と身体をほぐしていく。時おりスタッフが何かの確認にやってくるけれど、咎められはしない。何百という客席を前にしてのウォーミングアップ。広い舞台を独り占めするみたいで、居心地よかった。

仰向けの状態で、片足ずつ伸ばしながら深く息を吐いていると、話し声が聞こえた。

舞台袖から次第に近づくのは、主演の女優に、相手役の男がふたり。おしゃべり好きの三人の声は、稽古場でも隣の楽屋からも、散々聞いているからすぐにわかる。

上手からステージに現れた三人は、とりとめもない談笑に夢中だ。構わずストレッチを続けた。きっとあの人たちは、私の名前すら知らないだろう。共演者とはいえ、顔合わせから三週間の稽古を経て、こうして劇場でともに過ごしても、ろくに会話を交わしたことはない。楽屋だろうと、ステージの上だろうと……。

右足に衝撃が走り、私は思わず声をあげる。

「あっぶない、なあ」

俳優のひとりが、わざとらしく目の前で片足をさすった。同時に私は蹴られたことを理解する。

「仕方ないよ。目に入らないんだから」

主演女優が見下ろしながら、くすくすと笑った。

「役者なんだぞ？　怪我したらどうしてくれるんだよ」

もうひとりの男が凄んだので、私は慌てて身を起こす。

「……すみません」

「我が物顔で寝そべりやがって、偉そうに」

私を蹴った男が吐き捨てる。

主演女優はその男の肩に手をのせて、

「はやく行ったら？」

と、眉を下げてこちらに微笑みかける。あなたにはステージにいる権利がないとでも言いたげな視線で。

「失礼します」

頭を下げて立ち上がった。もう誰も見ていない。袖幕の隙間に滑り込んだところで、三人の笑い声が爆発する。胸がぎゅっと締めつけられる。

薄暗い舞台袖の壁際で、立ち尽くす。

譲るしかなかった。私はアンサンブルメンバー。同じ出演者でも、彼ら役付きのメインキャストとは立場も待遇も違う。公演チラシの出演者一覧に、下のほう、豆粒のような顔写真で、小さく名前が載った私は、それでも毎公演、毎ステージ、お客さんの前に立っている。精いっぱいの演技をする。

今日も本番の幕が上がった。

客席は埋まり、無数の視線がステージに注がれる。

一灯の明かりが主演の彼女を照らした。ほかの照明はすべて消され、天井から真っすぐに注がれる一閃の光。彼女は煌めきを浴びながら、生き生きとセリフを語り、全身からエネルギーを沸き立たせる。その満面の笑みは、先ほど私に向けた冷笑とは大違いだった。

舞台照明はステージの上に、光と、闇を作り出す。

中央に立つ、ただひとりの主演に灯った明かりは、観客の視線を釘付けにする。いま観るべきは彼女なのだと、光の筋が導いていく。

同じ場所に立ちながら、私のまわりは暗かった。

いま私は、ここにいないものとして扱われる。理解はしているつもりだ。それが演劇のルールだと。演出による効果なのだと。

だけど私はいつだって苦しい。暗転されると、存在が否定された心地になる。おまえはここにいないんだ、ここにいてはいけないんだ、そう扱われるように感じる。

寒さをおぼえた。

闇は冷える。すぐそばの照明の暖かさに焦がれた。電球の熱で温まりたい。

私は憧れる。早く役者として売れたい。光に満ちた世界のほうに行きたい。

主演になれたら、明かりが消されることはない。ステージにいるあいだは、いつだってライトで照らしてもらえる。

いつか私も、その暖かな煌めきのなかに、必ず――。

× × ×

志佐碧唯はドトールの前にいた。

ひっきりなしに客が出入りする。表参道駅を出てナビに従って歩き、指定された住所の前までやってきたが、いまだ入店できずに店前で立ち尽くす。

命の危険すら感じる太陽光を浴びながら、とめどなく汗が噴出する。八月の終わり。都内では、うだるような猛暑が続いていた。完全遮光を謳う日傘を差しても効果は感じられない。はやく店内で涼みたい。冷えた飲み物にありつきたい。

それでも碧唯の両足は頑として動かない。覚悟をきめようと深呼吸を試みる。大きく息を吸いこんで、長々と吐き出す。時間を置いて何度か繰り返した。されど決意は固まらない。

ええい、何を躊躇することがあるか！

自分に言い聞かせる。逃げる必要なんてないと。向き合うときが、ついにやってきたのだと。

この業界に飛び込んだからには、いつかあの子に会うかもしれないと思っていた。だけどそれは、碧唯が順調に仕事をこなし、ステップアップして、同じ土俵に立つことが叶えば……という想定のもと。タイミングが早すぎる。まだ碧唯には誇らしいキャリアもなければ、気持ちの準備すら整っていない。

「おっ疲れ～～～！」

ドンと背中を叩かれる。意表を突かれて碧唯の息が止まりかける。日傘を路上に投げ出してしまう。

拾い上げて振り返ると、彼女がいた。

デニムのワイドパンツに黒のキャップ、白いTシャツの胸元にかかるのは高級そうなサングラス。シンプルなのに全身が光り輝いている。すらりと伸びる腕にも、小さな額にも、汗をかいた形跡はない。

「どうしたの、碧唯？」

最近よく流れるスマホのCMと同じ笑顔で、彼女は呼びかける。

「あ……」

碧唯は答えられない。背中を叩かれて、用意してきた言葉を路上に落としたようだ。

「久しぶりだね～」

「うん」

碧唯は見上げながら、かろうじて返答する。

「なんか今日、暑いね！」

咄嗟によくわからない世間話で誤魔化した。声がよれて動揺は隠しきれない。

「ほんと？」

彼女は驚いたように、「タクシーだからわかんなかった」と歯をみせて笑う。

「そっか、タクシー……」

言いながら、碧唯もぎこちなく笑みをつくる。

首の角度に懐かしさをおぼえる。彼女と話すときは、いつもこうやって、見上げながら笑っていた。

「とりあえず、なか入ろっか？」

ドトールとは違う方向を指さして、南波音暖は言った。

待ち合わせは、隣の住所だったらしい。

それはそうだ。音暖がチェーン店に入ってきたら若い子たちに見つかって大騒ぎになる。少し考えたらわかることなのに、心の余裕がなさすぎた。

蔦の絡まったレンガ造りの古い建物。音暖に連れ立って半地下に続く石段を降りると、年季の入った扉が現れる。碧唯は振り返って後ろを確認……よかった、誰にもつけられてはいない。

「何してんのー？」

ドアノブに手をかけた音暖が不思議がる。あははと笑って碧唯は入店を促した。どこに記者やファンがいるかわからない。音暖は昔から、背の高さと日本人離れしたスタイルで目立ちまくる。有名人になったいま、バレないほうがおかしい。

なかに入ると、昔ながらの喫茶店といった雰囲気。つやつやの木製テーブルが美しいカウンター席に、テーブル席のほうは壁が一面ガラス張りで、外には緑豊かな庭園が広がっている。何より空調が完璧だった。ぬるくもなく、冷えすぎず、まるでここは都会のオアシス……。

「音暖さん、いらっしゃい」

白シャツに黒いエプロン姿の老紳士が、「奥へどうぞ」とカウンター越しに誘った。店主なのだろう。そのダンディなムードと、珈琲(コーヒー)のいい香りが混ざり合い、碧唯は軽い酩酊(めいてい)をおぼえる。東京に住んでいながら、こんな素敵なカフェには入ったことがない。さすがは南波音暖。お店選びからして、住んでいる世界がまるっきり違う。

奥に一部屋だけの個室に通される。

テーブルを挟んで斜めに座った。音暖のハンドバッグが、碧唯でもわかる超高級ブランドだと気づく。Tシャツも高そうな生地で体のラインに綺麗に合っている。暖かみのあるオレンジ色の電球が、音暖の顔に陰影を生んだ。

息をのむほどの美しさ。碧唯の心拍数が上がっていく。

「碧唯と会うの、ほんと久しぶりだよね～」

「そうだね」

我に返って反射的に言う。「音暖は元気だった？」

「元気元気～、碧唯は？」

「……まあまあかな」

元気なのは碧唯も知っている。会うのは久しぶりでも、彼女の活躍は一方的に存じている。

「てかさ」

音暖は身を乗り出して、「痩せたよね」と上半身を覗き込んだ。

「うん、筋肉は落ちたかも」

二の腕を自分で触ると、思った以上に柔らかい。部活で毎日バカみたいに筋トレしていた頃とは変わり果てた。バレーボールから離れて何年経つだろう。あの頃の頑張りも、苦しみも、喜びも、そして人間関係までも、すべてが月日とともに洗い流されてしまった。

若い男性店員が注文をとりにきたので、慌ててメニュー表を見る。コーヒー一杯で千円か……メロンフロートがあるけど音暖の前では気が引けて、アイスコーヒーを注文する。「私もそれで～」と音暖が合わせた。

「女優はじめたんだって？」

両手で頬杖をついた音暖が、こちらを見据える。まるでポージングが一枚のグラビアだ。

「はじめたっていうか、そうだね」

喉がつかえてそれ以上は返せない。

「碧唯のアカウント見つけて、びっくりしちゃったー」

一週間前、インスタグラムのＤＭ経由で彼女から連絡をもらった。ＳＮＳで個人的なメールを送るとは思えず、最初は「なりすまし」の偽物を疑ったけど、異次元レベルのフォロワー数が本人のアカウントであることを証明していた。

「女優はじめたなら教えてくれても、よかったのにー」

音暖が頬を膨らませる。

言えないよ。そう言おうとして、それすらも言えなかった。

「だって、連絡先わかんなかったから」

結局、当たり障りのない言い訳を口にする。

「そっかあ。だいぶ経つもんね」

懐かしむように音暖が目線を上げる。

昔と変わらない表情が、どこまでも彼女を遠くに感じさせる。

こうやって向かい合っても、この場に音暖はいないんじゃないかと思うほどにピントがずれる。あの頃みたいに手を握ることだってできる距離なのに、まるで立体映像のよう。テレビに雑誌に広告のなかに、彼女の姿を見すぎたのだろう。

バッグからスマホを取り出した音暖は、アイスコーヒーが届いても黙ってフリック入力を続けた。碧唯は先に口をつける。すっきりとした苦味のあとに、爽やかな酸味が吹き抜けた。美味しい。緊張が少しだけ解けるも、この状況をどうしていいかわからない。

碧唯は高校時代の同級生、南波音暖に呼び出されていた。

『話したいことがあるから会わない？』

それが、彼女からの文面だった。

指定された日時に、指定の場所で再会を果たしたわけだが、先ほどから碧唯のペースは乱れっぱなし。全然うまく話せない。こんなに物怖じする性格のわけがないのに、普通に明るく接すればいいのに、そう思っても駄目だった。

自覚はある。碧唯にとってのウィークポイント、それが南波音暖だ。いまや彼女を前にすると自分が自分らしくいられない。嫌というほどに思い知らされる。

だから避けていたのに……。出演するテレビやCMは観ない、表紙を飾った雑誌もスルー、街頭看板や電車内の広告から目を逸らし、ネットニュースなどは即座に閉じる。ファミレスで隣席の女子学生が話題にしたこともあったけど、すぐに席を立った。とにかく自衛してきた。

それなのに、まさか本人から連絡がくるなんて……。

店内にかかるクラシック音楽が遠かった。音暖は変わらずスマホに目を落としたまま。アイスコーヒーのグラスは水滴に濡れ、中身が溶けた氷で薄まっている。

「それで、話って――」

沈黙に耐えられずに碧唯が切り出すと、

「あっごめん」

音暖は目を合わせることなく、スマホを耳に当てて「お疲れさまですー」と話しはじめる。

「はい、はーい、もうお店、入ってますー」

言い終わらないうちに、革靴の音が近づいてきた。

「お世話になります」

カーテンを開いて現れたのはポロシャツ姿の男だ。生まれてこのかた愛想笑いを知らないような、不機嫌じみた表情を向けられる。その視線に思わず碧唯は身を縮める。

「このひと？」

向かいに腰を下ろしながら男が言うと、「はい」と答える音暖。

話がみえない。てっきり、ふたりで会うものだと思っていた。もしかして音暖の彼氏だろうか。いやでもさすがに白昼堂々、売れっ子芸能人が軽率な行動をとるとは思えないけど、そのための個室ってこと？

などと思案を巡らせていると、

「紹介するね」音暖が親しげな調子で、「こちらマネージャー」

「どうも」

男は面倒くさそうに会釈し、すぐに腕時計に目を移す。噛み合わない三者の空気。碧唯はグラスに手を伸ばすが、とうに飲み終わっていた。

「実はね……」

音暖は姿勢を正す。やっぱり背が高い。右手を胸に当てて、改まったその顔つきは、照明と相まってマリア像のように美しい。

「碧唯に、仕事をお願いしたいの」

「……え？」

その瞬間、南波音暖に後光が差して見えた。

*

翌週から、志佐碧唯はシンデレラになった。

「わたしは信じてる！」

お城をイメージした仮の舞台セットを背に、天高く両手を広げる。

「いつかきっと、幸せになれるって！」

腹の底から湧き出したセリフを、伸びやかに大きく響かせる。

碧唯ひとりが、広いスタジオの真ん中に立っていた。今はシンデレラが、城で開かれる舞踏会に行けないことを嘆くシーン。継母役にひどい扱いをされ、ふたりの義姉役に罵られることで、主演として十分に引き立ててもらった。間もなく魔法使いのおばあさんが現れるだろう。奇跡は起こり、夢の世界へと誘われるだろう。

正面に並んだ長机の前に座るスタッフも、両サイドの壁際で出番を待つキャストも、碧唯の演技を見守っている。

碧唯はシンデレラだ。それには二つの意味が含まれる。

シンデレラ役を演じる、シンデレラガールの新人女優。

「そう……夢は、かならず……」

胸に両手を添えて、悶えるように身体をくねらせる。

「夢は……かならず叶うのだから!」

たっぷりと時間をかけてセリフに気持ちを込めた。ヒロインらしい堂々たる振る舞い。胸の高鳴りがおさまらず、絶えず全身が熱を帯びている。経験したことのない高揚感。物語の中心にいることが、こんなに気持ちのいいものだったなんて!

碧唯は信じていた。

夢は叶うものだと。

シンデレラの気持ちが痛いほどわかる。不遇な環境下でも、希望を捨てず、未来の幸せを願い続けた日々……だからこそ最後にハッピーエンドを迎えられる。私も諦めなくてよかった。女の子なら誰もが一度は憧れる、最高のプリンセスを演じているのだ。夢みたいなことじゃないか!

「はい止めます」

しかし夢はいつまでも続かない。

乾いたクラップが叩かれて、魔法は解ける。

十二時を告げる鐘が鳴るよりも前に、碧唯は現実へと引き戻された。

息が上がっている。呼吸を整えながら演出家の大牟田(おおむた)を見た。白髪交じりのソフトモヒカンを片手で撫でながら、視線は台本に落としたまま。稽古スタジオにはキャストが三十名あまり、スタッフと合わせて四十名をこえるのに、物音一つ鳴らない沈黙が続く。

碧唯が息苦しさに限界をおぼえたころ、

「あのさあ」

苛立たしげに、大牟田が口を開いた。

「そんな本気で芝居しなくていいって。『アンダー』なんだから」

控えめな笑い声が漏れ出た。スタッフ列にいる誰かだろう。

「あなたの余計な味付けは要らないよ」

ため息とともに、演出家はそう続けた。

「……失礼しました」

身体が萎むような感覚に襲われる。シンデレラを演じるときは、身も心も膨らんでいたのに……。

「台本を持って、セリフを読み上げるだけで大丈夫ですよ」

大牟田の隣に座る若い男性が言った。演出助手だ。まるでその場を取り繕うような、優しげな声。

「いえ、セリフは頭に入ってます！」

碧唯は答える。ちゃんと一言一句、暗記してある。勝手に変えることもしない。劇作家の霊、立花渉から学んだ脚本に対するリスペクトだ。

「あなた」大牟田がペンでこちらを指す。「立ち位置とか動線とか、メモしなくて平気なの？」

「一応、憶えているつもりでしたが……」

「正確に『本役』に伝えてもらわなきゃ困るよ？」

「台本、持ちます！」

スタジオの隅にダッシュして、リュックから製本台本とボールペンを取って戻る。

「どうせあなた本番で芝居しないんだ。言われた通りに、動いてくれればいいから」

目も合わさずに大牟田が言う。主演とは程遠い、ぞんざいな扱いだった。

舞台『シンデレラ』の稽古がはじまって、はや四日が過ぎている。

会場となるシビックシアター・トーキョーは、渋谷駅から歩いて十分ほどに位置するビルに入った大劇場で、八〇〇の客席数を誇る。その一つ下のフロアにある大スタジオで稽古が行われていた。

注目度の高い演目だ。王子役には今をときめく若手俳優、継母と国王と魔法使いにはテレビでお馴染みのベテラン勢、ふたりの義姉には有名グループに所属するアイドル、ネズミ役には人気急上昇中のお笑いコンビと、豪華な顔ぶれが集結している。ほかの動物たちや、国王の従者、それから舞踏会のシーンに登場する女性たちなどを含めると、キャスト数は相当なもの。初めて商業舞台の現場を経験する碧唯は、何から何まで、規模の大きさに圧倒される毎日だった。

そんななか、碧唯はシンデレラを演じていた。

だけどシンデレラを演じる、シンデレラに非ざる者。「アンダースタディ」と呼ばれるポジションで稽古に参加している。

あの日。あの喫茶店。音暖のマネージャーを通じて依頼を受けた。

「アンダースタディって何ですか？」

返答よりも先に碧唯は尋ねる。何せ、初めて聞く言葉だった。

「要するに稽古場代役です」

音暖のマネージャーは安井と名乗った。「うちの南波が稽古に参加できないとき、代わりに役を演じていただきたいのです」と、億劫そうに告げる。

「もうさあ、超忙しくてさあ、稽古NGの日が多いんだよね〜」

音暖が舌を出して笑った。

「売れっ子だもんね」

「そうなの〜」

碧唯の言葉を音暖は否定しない。「ちょっとは事務所も休ませてほしいよ〜」とマネージャーを肘で小突く。

「詳細について、ですが」

安井は公演日程、稽古スケジュール、報酬等について、矢継ぎ早に説明をはじめた。終始、なぜか威嚇するみたいに碧唯を見た。質問を差し挟む余地がないまま進み、

「お受けいただけるということで、よろしいですか？」

と、最後に念を押すように締めた。

碧唯はその場で了承した。とても断れる雰囲気ではなかった。

アンダースタディ。稽古場代役。その言葉通り、稽古場で音暖の代わりに役を演じている。

音暖は稽古初日の顔合わせで「精いっぱい頑張りまーす！」と挨拶してから、一向に姿を現さない。その間ずっと碧唯がシンデレラを演じているが、本番の舞台には出られない。そう決まっている。舞台『シンデレラ』のシンデレラ役は南波音暖であり、志佐碧唯ではないから……。

「再開」

演出家が告げると、

「ミザンス付け、再開しまーす」

演出助手が繰り返した。

「次の動線含めた立ち位置ですが……」

台本数ページ分の指示を、口頭で伝える演出助手。キャストがセリフを言いながら、

その通りに動いてみて、演出家が修正を加えたり、調整したりと、少しずつ本番に向けて芝居が作られていく。

「一ページ前から、いきます。どうぞ」

演出助手が合図する。隣の大牟田は腕を組んで、任せきりだ。

「わたしは信じてる！」

碧唯は気を取り直し、台本を持ったままシンデレラ役に戻る。

「いつかきっと、幸せになれるって！」

演じながら雑念が沸き起こる。まったく、イヤな演出家だ。言われた通りに動けばいいだなんて、何もあんな言い方しなくても。

——気持ちはわかりますが、志佐くんもよくなかったですね。

背後から御瓶マネージャーに苦言を呈される。

——今はミザンス付け。全体を通して、役者の立ち位置などを決める時間です。演技プランを披露する場ではありません。

きっぱりとした口調だった。いやでも、稽古は稽古だ。演出家に自分をアピールする絶好のチャンスじゃないですか。碧唯は心のなかでそう抗議するも、

——今じゃない、ということです。

御瓶は一歩も譲らない。

そんなこと言われても、ただ稽古場代役をこなすだけじゃもったいない！

「ちょっと」

棘（とげ）のある声がして、碧唯は横を向いた。

「セリフ言ってくれなきゃ、出のタイミングわかんないでしょ」

魔法使いのおばあさんが顔をしかめている。

「すみません……」

御瓶に気をとられて集中が切れてしまった。碧唯は頭を下げるが、先輩女優は睨みを利かせて動かない。右腕に巻かれたパワーストーンが目についた。黒ベース、水晶とターコイズ、それにカラフルなものを三重に付けている。

「あんた……」

さらに距離を詰めてくる。碧唯は首筋に冷たさを感じた。気のせいだろうか、このひとの周りだけ気温が低い。

由布川（ゆふかわ）メイ。七十をこえても精力的に活動されるベテラン女優だ。テレビのなかでは陽気に笑っているけれど、実際の印象はまるで違った。稽古場で笑顔を見せたことは今のところない。両目は落ち窪み、黒ずんだクマが痛ましく、ここ数日で痩せたようにも見える。顔の皺が浮き彫りになり、禍々しい陰影を生んでいた。

「あの、何か……？」

そう尋ねても、由布川は碧唯の後ろを覗き込み、疑わしげに目を細めるばかり。つられて碧唯も振り返った。壁際で待機中のキャストは誰もこちらを見ておらず、注目すべきものは見当たらない。

「休憩入れましょ」

由布川は大牟田に提案して、きょろきょろと周囲に目をやりながら離れていった。

初日からずっとこんな調子だ。彼女は不機嫌で落ち着きがなく、時おり碧唯を睨めつける。何なのだろう……？

「休憩」

大牟田が由布川の提案を受け入れた。この演出家、ベテランには露骨に気を遣っている。

「休憩、入りまーす」

即座に演出助手が復誦した。ふう、と碧唯は息を吐く。

幾人かが席を立つ音を除いて、相変わらずの静寂が保たれる。休憩時間だろうと役者たちは雑談に興じない。壁に沿って並んだパイプ椅子に座りながら、手元の台本に視線を落とし、シーン稽古中を除けば互いに目を合わせなかった。常に喉が渇くような空気が充満している。広さも高さも申し分なしの、開放的なスタジオが重苦しくて仕方ない。

これがプロの現場か。

碧唯は思い知る。シアター・バーンでの初舞台のような、和気藹々（わきあいあい）なムードとは大違い。い。いろんな座組があると真奈美は言っていたが、ここまでの差とは……。

アンダースタディとしての在り方も、いま一つ摑みきれない。キャストに混じるのは気が引けるし、強面のスタッフには近づくのも躊躇われる。稽古初日に元気よく「志佐碧唯です、よろしくお願いします！」と挨拶して回ったが、誰とも距離が縮まらないまま。

これがあと三週間ほど続くのか。考えるだけで気が滅入（めい）りそう。

――悲観的ですね。きみらしくもない。

またも御瓶が話しかけてくる。

――大変だとは思いますが、学ぶことも多い。頑張りましょう。

だけど珍しく、嫌味ではなく激励をいただく。

――珍しくとは何ですか。これでも気にかけているんです。

あわわ、失礼しました。ありがとうございます。碧唯が頭で考えたことはすべてマネージャーに筒抜けなので隠し事はできないんだった。確かに、経験豊富な共演者から色々と学びたい。現場慣れという意味でも、得るものはある。

――アンダースタディは意義のあるポジションです。シンデレラを演じる者がいなければ、稽古自体が行えませんから。

そうですよね。稽古場では、物語の主人公を演じるのは私なのだ。引き受けたからにはしっかりお役目を全うしようと、碧唯は奮起する。そのうち共演者とも仲良くなれるはず。めげずに座組の一員として胸を張って参加しよう！

決意を新たにキャストたちのほうを見ると、奥に隠れた、小さな後頭部が目に入った。

後方でひとり立つ女性は、両手を前に組んで佇んでいる。

アンサンブルメンバーのひとりで、初日の顔合わせではキャストの最後に挨拶した子だ。名前は何だっけ。あのときは緊張しすぎて聞き流してしまった。碧唯と歳は変わらないように見えるけど、キャストのなかでは最年少だろう。そういえば初日からずっとあんな感じ。待機中も立っているか、椅子を使わず隅っこで体育座り、共演者に対して遠慮するような態度を崩さない。この雰囲気では肩身が狭いのも無理はないけれど……。

思いきって、碧唯は彼女のほうに足を向けた。

「お疲れさまです！」

溌剌と話しかけてみる。

「志佐碧唯って言います」

「あ……」

挨拶すると、彼女は驚いたような顔つきを向ける。

間近で見れば整った顔立ちだ。細い眉毛に、水色のアイシャドーが印象的だけど、どこか垢抜(あかぬ)けない感じがもったいない。

「歳、結構近そうですよね」

碧唯が言うと、「そうかも」と笑みを浮かべる。ハスキーな低い声が碧唯の耳をくすぐった。

「改めて、よろしくお願いします！」

その微笑みに後押しされ、碧唯は右手を差し出した。

前にいるキャストが怪訝そうに身をよじる。碧唯は声を落として、「代役だから本番には出られないんだけどね」と、気にせず軽口を叩いてみせる。

「板上明輝子(いたがみあきこ)」

頬を緩ませて、碧唯の出した手に対して親指を立てる。

「私もシンデレラとの絡みは少ないけど、よろしくね」

明輝子は複数の役を演じていた。セリフのない動物の役に、舞踏会に集まった女性のガヤ、シンデレラと王子の結婚を祝福する聴衆など。主要キャラクターと会話を交わすシーンはない。

「はいっ、よろしくお願いします！」

だけど思わず碧唯は繰り返した。胸が高鳴る。やった、初めてキャストと距離が縮まった！

「でもさ、敬語はナシでいこうよ」

明輝子が腰に手をやった。臙脂色に白い三本線の上下ジャージが、こんなに板につく子って珍しい。「お芝居の稽古をするぞ」という潔さが感じられる。

「わかった、明輝子ちゃん」

「ちゃんも要らない、碧唯」

「明輝子！」

言うと、彼女は「オッケー」と指で輪っかを作った。

話してみると明るい子だった。同世代がいるのは心強い、ぼっちも回避できそうだ。

誰かが咳払いをした。

ピンと張り詰める空気……私語は慎め、ということだろう。すぐさま姿勢を正したタイミングが重なり、碧唯は明輝子と目を合わせる。声を出さずに笑い合う。

「稽古再開しまーす」

演出助手のアナウンスで、碧唯は仮設舞台セットの前に戻った。

とっても身体が軽い。休憩前より、気持ちもリラックスできている。壁際を見返すと、明輝子が控えめに手を振った。ますます活力が漲ってくる。

稽古は、はじまったばかり。

腐っている場合ではない。稽古場にはプロデューサーをはじめ、メインキャストの事務所マネージャー、スポンサー各所にテレビ局の人間など、多くの業界人が見学に訪れている。しかもプロデューサーはあの椙本佳奈子だった。前は挨拶しても相手にされなかったが、今回の碧唯は立派な関係者。頑張り次第で評価は爆上がり、次の仕事に繋がるかもしれない。椙本じゃなくてもいい。通し稽古を見た誰かが「きみの演技は素晴らしい」「きみのような逸材を求めていた」などと驚き、感嘆し、碧唯に出演オファーの嵐……本当にシンデレラストーリーの道が開かれる可能性だってある！

などと、頭のなかで妄想が広がるあまり、

「稽古、お願いしまあああす！」

気がつけば叫んでいた。スタジオに響きわたる大音声。大牟田が面食らっている。臆するな。アクションを起こせばリアクションが生まれる。怖いもの知らずで突き進むんだと、気合いを入れ直した。

「夢は……かならず叶うのだから！」

それから碧唯は、代役であることを忘れるくらいに迫真の演技を披露した。

演出家の苛立ちにも気づかないほど夢中だったと、後から御瓶が苦笑まじりに教えてくれた。

＊

「あ〜〜〜、疲れた〜〜〜〜〜〜〜！」

碧唯の嘆きは、静まり返った住宅街の夜空に木霊する。

連日の稽古で身体は悲鳴を上げている。朝十時から十七時まで、遅いと十九時を過ぎる。今日は早く終わったけど、そのままの足で秋葉原のバイト先に寄ってきた。メンタルを病んで当日欠勤した子の代わりに、ヘルプで働いてきたのだ。「ここでも代役かあ」と気が重くなったところ、目ざとくアーニャさんに「どしたん〜？」と詰め寄られてしまった。

「疲れた疲れた、疲れたぞ〜〜〜！」

空に向かって連呼するたび、声が響いて面白い。

――ご近所迷惑ですよ。

独り言にマネージャーが小言を返してきた。

「これくらい許してくださいよ。駅前にもっと大声で騒いでる若者、いたじゃないですか」

酒に酔って暴れないだけ、品行方正だと褒めてほしいところ。

十分注意を……。

——一般人と比べてどうするんですか。表に出る人間は、人前での立ち振る舞いには

「してるじゃないですかあ、うるさいなあもうー！」

八つ当たり気味なその声は、ちょうど角を曲がって現れた犬の散歩のおばさんをビクッとさせる。飼い主を護るためか、コーギーが二度吠えた。碧唯は俯き加減にそそくさと通り過ぎる。深夜にブツブツ言いながら徘徊する女として噂にならないことを祈るばかり。

それにしても体力の限界だ。三色に輝くスカイツリーを横目に、気力を振り絞って家を目指す。夜になってもひどく蒸し暑い。最寄りの錦糸町駅から自宅までは徒歩で三十分かかる。バスを使えば短縮できるけど、この時間だと本数が少ない上に車内も混むから、だいたい歩く。

歩くと、つい余計なことを考えてしまう。

稽古開始から二週間、日に日に不満は膨らんでいた。本番の舞台に上がれないのに役を演じるというのは、奇妙な感覚がつきまとう。碧唯が稽古して、本番は音暖が出演する……悔しくてたまらない。

何より、持ち前の明るさで元気に楽しく参加したいのに、それができない自分がもどかしかった。

――仕事だと割り切るのも、一つの考え方ですよ。

見かねたようにマネージャーが言った。

――現場は楽しいことばかりではありませんから。

わかってますよ、そんなこと。体力的にはバレー部のほうが百倍キツかったですと、碧唯は強がる。

――学生時代の話とは違うでしょう。いいですか、お金をもらっているのですから。

そう御瓶は念を押した。

アンダースタディのギャランティは日給換算で八千円。一か月間の稽古でまとまった金額は頂ける。アルバイトと考えても、わるくはない。

「でも御瓶さん、前に言ってたじゃないですか。俳優業で稼げるようになれ……って」

――無論、その通り。ですが今回はスタッフとしての参加です。比較するものではありません。

「だから悩ましいんですけどねえ」

役者としてギャラをもらっているのだと、胸を張りたかった。

だけどお金が得られるのはありがたい。前のシアター・バーンでの舞台出演料は、「チケットバック制」と呼ばれるもので、自分が売ったチケット一枚あたり五百円が支払われる仕組みだった。碧唯は急な出演というのもあり、片っ端から知人に連絡しても四人しか集まらず、千秋楽後に制作チーフの伊佐木綾乃から二千円が支払われた。本番期間中の交通費だけでマイナスだし、打ち上げ代として三千五百円が徴収されたので赤字もいいところ。

夢を追うにも、お金は無視できないのだ。

小さな劇団に出演しても収入は見込めない。演技で食べていくには、テレビドラマや大手配給会社の映画、大劇場での商業演劇などに出演するべきだと、御瓶が教えてくれた。やっぱり早く売れなきゃダメだ！

——志佐くん。きみは俳優業で食べていきたい、ということですよね？

その言葉で、思わず横断歩道を前に足を止める。セミがうるさく鳴きはじめる。

「決まってるじゃないですか、何を今さら」

映像でも舞台でも構わない。アルバイト生活に終止符を打ち、スターとしての道を歩みたい。

——しかし俳優として稼ぐのは、スターにならずとも可能ですよ。

「え？」

——大きな作品に出演する、賞にノミネートする、有名になって主演を務める……そういったものだけが正解とは言えません。世間的な知名度はなくとも、プロのアンサンブルキャストを生業（なりわい）とする役者だって大勢います。彼らは演技という、自身のスキルをお金に換えているのです。

プロのアンサンブル。そんな人がいるんですね。

——もちろん、人によって目標は様々でしょう。反対にお金は稼げずとも、小劇場の劇団だったり、アマチュア映画だったりで、自分のやりたいことを突き詰める役者もいます。

聞きながら真奈美や寺田テンペストのことが、頭に浮かんだ。

——わたしは彼らが間違っているとは思いません。演技というスキルを売るか、己の道を極めるのか、必要なのは「この業界でどう生きるか」という信念なのです。

「どう、生きるか」

考えたこともなかった。今まで売れたい、スターになりたいと、そればかり。漠然とした憧れで飛び込んだ、この業界。生き方なんて想像したこともない。

——今すぐに答えが出るものではありません。

御瓶は声の調子を軽やかにして、

——稽古場代役も立派な仕事。自信をもって取り組んでください。

励ましてくれているのだろう。生身を持たずとも、碧唯のマネージャーだった。

「御瓶さん、ありがとうございます。途中で投げ出さないから安心してください」

——ええ。それは信用しておりますよ。

直球で言われて、首筋がむず痒くなる。何気ないそぶりで横断歩道を渡りはじめるが、どうせ心のなかはお見通しだろう。

歩き慣れた帰り道なのに、どこか足取りは頼りない。

九月に入り、ちょうど初舞台から一年が経った。女優を志してから丸二年。あっという間に過ぎたことに焦るばかり。

私は女優として、どう生きていきたいのか……。

自らに問いかけても答えは持ち合わせていない。まだ何も知らなさすぎる。頭をぐるぐるさせているうちに、自宅マンションのエントランスについた。

エレベーターを上がって玄関に向かっていると、

――お疲れさまでした。それではまた明日。

はい、御瓶さんもお疲れさまです。碧唯は心のなかで挨拶を返す。

どこかに消えたわけではないだろうが、御瓶の気配は薄まる。彼は最近、自宅で話しかけてこない。仕事とプライベートを分けるため、背後霊なりに配慮してくれているようだ。

鍵を開けて、無言のまま帰宅する。

明かりのついた奥のリビングからはテレビの音が漏れている。母親だろう。立ち寄らずに手前の自室に入ろうとするが、ドアの前で足を止めた。

なかから朱寧の声。電話だ。いつもより高いトーンで、お相手の察しがついた。数か月前から付き合いはじめた彼氏に違いない。高身長で爽やかな塩顔男子。先月、妹とふたりで出てくるところにマンション前でエンカウントして発覚した。碧唯が入れ違いで部屋に入ると、男ものの香水の匂いがして、どぎまぎしたのは我ながら情けなかった。

ドアの向こうから短く、笑い声が響いた。

くしゃっとした柔らかい朱寧の表情が思い浮かんで、懐かしくなる。もう随分と仏頂面しか拝んでいない。

お姉ちゃんとしては会話の内容が気になるけど、もし物音でも立てて盗み聞きがバレようものなら大変な怒りを買ってしまう。碧唯はリュックを担いだまま、リビングへの避難を余儀なくされた。

いまも朱寧とは膠着状態。就職を機に部屋を明け渡すはずが、女優志望のフリーターに舵を切ったことで実家暮らしを続ける碧唯のことを、彼女が赦すわけもない。新品家具の入った段ボールで埋まった姉妹のワンルーム。碧唯が漫画と服を断捨離して少しのスペースは確保されたものの、本人の退去が望まれることは重々承知している。承知しているけどお金がない。バイト代は月々の生活費とイコールか、ちょっと足りない。俳優業だけで食えるようにならないと、負のサイクルは断ち切れそうにない。

もしくは諦めて、どこかに就職するしか……。

ている。

「おかえり」

リビングには母の美登里がいた。お風呂は済ませたらしく、パジャマ姿でテレビを観ている。

「ただいま」

自然なトーンを心がけても、自分の声が固く感じた。

母と顔を合わせるたびに部屋の空気がざらつく。バスルームに直行すればよかった。だけど着替えは自室にある。稽古で汗かいた下着なんか、お風呂上がりに穿き直したくない。

母の前を通り過ぎてキッチンに向かうと、「今日もお稽古ー?」と声が飛んでくる。

「うん、そう」

冷蔵庫にはお茶がなかった。水道水をコップに注ぐ。リュックを降ろせないままの自分が滑稽に思えてくる。

「遅くまでお疲れさま」

それから母は少しだけ間をおいて、「ねえ、いつのチケット買えばいい?」と切り出した。

「前に言ったじゃん。観に来なくていいから」

碧唯は慌ててキッチンから首を覗かせる。

すっぴんの母に、年齢を感じた。また皺が増えたかもしれない。ワンレンボブの綺麗に染められた茶色は、逆に浮いて見える。

「いいじゃない観に行くくらい。タイトルも教えなさいよ、なんで恥ずかしがるの」

ゆったりとした口調に、まるで子どもの隠し事を追及するような圧を感じる。

「だから、アンダースタディなんだって。出演はしないって説明したよね」

「ちょい役でも、最初はみんなそんなものでしょう」

「ちょいとも出ないんだって。稽古場代役！」

「出ないのに、なんで稽古があるのよ」

「だからあ……」

碧唯は途中で言葉を諦めてしまう。

事あるごとに説明を試みたのだが、一向に理解してもらえない。母に本番のステージを観られたら、余計に惨めな思いをするだろう。

ＣＭがあけて、母はテレビに視線を戻した。

「さあ！　というわけで、今夜のゲストは」

そのバラエティ番組は終わりかけのようで、司会の芸人がまとめに入る。

「女優、南波音暖さんでお送りしました！」

「ありがとうございました～！」

カメラに向かってお辞儀する彼女がアップで抜かれる。音暖を取り囲むように座る、黒スーツ姿の芸人たちが拍手で盛り立てた。

目の前のテレビ画面に映る音暖は、遠くて、知らないひとのように感じる。

「じゃあ音暖ちゃん」と促す司会。「最後にお知らせお願いします！」

画面下に流れはじめるスタッフロールとともに、『シンデレラ』の公演情報が表示される。

「はいっ。私、南波音暖がシンデレラ役を演じさせていただきますお芝居が、シビックシアター・トーキョーにて今月の……」

番宣を述べる音暖には一切の淀みがなく、すらすらと耳に入ってくる。

これ今、私が稽古してるんだけどな……。

モニターの向こう側のシンデレラに、碧唯はそう言ってやりたくなった。

「ご来場、お待ちしてまーす！」

晴れやかに音暖が両手を振る。

隣の芸人に「稽古はどんな感じなの」と聞かれて、「緊張の毎日ですけど、一生懸命、お稽古頑張ってまーす」と返した。明らかな嘘だった。こんなの芸能界では当たり前なのだろうか。

「あんたと同い年で、しっかりしてるわねえ」

感心する母に相槌も返せないでいるうちに、番組は終わった。

再びＣＭに切り替わる。と思ったら音暖の出ているスマホのやつだ。軽快な音楽に合わせて踊りながら、月々の支払いがお得になるプランについて歌うように説明する。ダンスは若い子のあいだで流行っているらしい。

こうして音暖がほかの仕事に精を出す一方で、碧唯は彼女のために時間を費やしている。ふたりの差は埋まるわけがないと思い知らされる。

「『シンデレラ』ですって。観に行ってみようかしら」

実はその『シンデレラ』に関わっている……喉元まで出かかった言葉を、碧唯は飲み込む。

「音暖ちゃんと最近、連絡とってるの？」

母に問われて、咄嗟に「なんで？」と答えた。喫茶店で会ったことも、まさに彼女のために下働きしていることも、知られたくなかった。

「音暖ちゃんのコネで、あんたもテレビに出してもらったらいいじゃない」

「いや、まあ……」

曖昧な態度で聞き流した。

「ダメ元で頼んでみたら？」

母は諦めずに繰り返した。

「どうかな、やめとく」

「大丈夫よ。だって碧唯、音暖ちゃんと友だち……」

「いいって！」

大きい声を出してから、ハッとする。母は首をすくめてリモコンを操作した。テレビの音がなくなったリビングに、重たい静寂がのしかかる。

「はやく音暖ちゃんみたいになれたらいいわね」

そう言って母は、「おやすみ」とリビングを出た。

ソファーに座って碧唯はうなだれる。蓄積された疲労が倍に膨らんで、碧唯に圧しかかる。

はやく音暖ちゃんみたいになれたらいいわね。

いまのは効いたな。クリティカルすぎた。

母との意思疎通が図れなくなっている。活動について理解してもらえず、碧唯もまた、うまく伝える術を持っていない。

自覚はある。家族関係を悪化させたのは、ほかならぬ自分だ。

女優を志すまでは、母親と朱寧と、女三人で仲良くやってきた。一般的な社会のレールを外れたことがわるいのではない。身内を納得させられる実績を持たないのが原因だった。女優として売れたら、理解してもらえるだろうか。だとすれば御瓶の言う「生き方」なんて考えている場合じゃない。答えは単純。先ほどのバラエティ番組に、碧唯が出演できたらわかりやすい。

だけど、どうやって……？

あの席に座るための方法も、道筋も、見えなかった。

「やめやめ、考えるの」

碧唯はリュックから製本台本を取り出した。

アンダースタディは立派な仕事。気持ちが乱れていようと、復習は欠かせない。

角が折れて、ボロボロになった台本の表紙は誇らしかった。カバーをめくると細かい書き込みでいっぱい。碧唯以外には読解不能な、暗号図面のようになっている。

主な内容はシンデレラのミザンスについて。どこから登場して、どこに退場するのかという「出ハケ」の指示や、セリフに対応する「立ち位置」と、ステージ上を移動するための「動線」などが、細やかにメモしてある。ほかにもセリフの変更点や、大牟田の話したシーンごとの演出意図など、碧唯なりに拾って書き記すうちに、余白が埋め尽くされていった。

ソファーで台本を手に、一日の稽古を振り返る。常に最新の状態で演技をする必要がある。本日の変更点をいくつか書き忘れていたので、シャーペンで修正を加えた。すべて、本番で役を演じる音暖のためだ。

「夢は……かならず叶うのだから……」

セリフを読みながら碧唯は思う。

『シンデレラ』は、不遇な女の子が夢を叶える物語だ。

だけど演じるのは南波音暖。すでに売れっ子女優の、いわば夢を叶えたひと。

「ああもう私だって！」

思わず声に出た。私だってシンデレラをお客さんの前で演じたい。シンデレラとしてステージに立って脚光を浴びたい。やり場のない欲求ばかりが募る。

赤の他人の代役なら、ここまで感情が揺れることもなかった。

よりによって音暖の代わりだなんて……。

南波音暖。

彼女は、生涯の大親友になる——かつて碧唯はそう思った。高校一年生のとき。同じクラスで、同じバレー部への入部を選んだとき。

南波音暖は三か月で部活をやめた。

半年後には学校に来なくなった。二年に上がる前に転校していった。

芸能人が多く通う、定時制の学校に移ったのだと、あとから噂で聞いた。その頃にはもうファッション誌で彼女の活躍を見かけるようになっていた。汗だくで髪の乱れたジャージ姿の、見慣れた彼女の面影はどこにもなかった。

一緒にいたのは三か月だけど、この子と一緒にバレーボールに命を懸けるんだ、って信じていた。碧唯がリベロで音暖がアタッカー。一年同士の模擬試合では、すでに息ぴったりで、身長差によるコンビ感もキャラ立ちしていた。帰り道、一緒にいる時間が長くなった。音暖だって「一年でレギュラー勝ち取ろうね」と言ってくれた。それなのに、それなのに……。

ありえたかもしれない青春は、もうやってこない。音暖は芸能界にスカウトされ、人気のティーンズモデルになった。それから女優としても大ブレイク。バレーボールを捨てて。ふたりの約束を捨てて。

逆恨みなのはわかっている。芸能界なんて碧唯にとってはテレビの向こう、自分とは無縁の世界だった。だけどこうして女優を志したとき、別れたはずの友人が、遥か高みに君臨していた。どうしても意識してしまう。

碧唯が部活に打ち込んだ三年間、大学で遊んで暮らした四年間。

その七年間で、音暖はスターの道を駆けあがった。

取り戻すことのできない圧倒的な差が、ふたりの間に生じた。彼女をみるたび、口のなかが苦くなる。心が掻き乱される。だから碧唯は、音暖と向き合えないでいる。

ふいにリビングのドアが開いて、顔を上げた。

朱寧だった。目を合わせることなく彼女はキッチンに向かう。入れ違いで、自室に行こうと碧唯は腰をあげた。

逃げてばかりだな。情けない自分に笑ってしまう。

このままじゃダメだ。

噛み合わない歯車は放っておいても直らない。家族や友人においても同じだろう。関係性が変わったなら、自分自身も変わらなくてはいけない。

ざわつく胸の奥が体温を上昇させる。

やってやる。南波音暖のアンダースタディじゃ終われない。

稽古場で必ずチャンスを摑んでみせる……！

＊

「碧唯ちゃん、お疲れさまーーーっ！」

「あっ、ありがとうございます……！」

威勢のいい麗旺の音頭で、碧唯も合わせてティーカップを掲げた。気乗りしないけどそのまま口をつけると、狐珀の淹れた紅茶はやっぱり美味しくない。

平日の昼下がり。

碧唯は狐珀邸にいた。

訪れるのは二度目だが、両端に尖塔を備えたレンガ造りの大きな洋館を前にして、その荘厳さに度肝を抜かれる。もう使われていない劇場の、二階が狐珀の住処だ。窓なしの和室は相変わらず大量の書籍と、チラシにコピー台本、そしてビデオテープが三方の壁を埋め尽くしている。アンティーク調の丸テーブルに並ぶのは、大きな二種のピザ、および骨付きチキンにフライドポテト。部屋の雰囲気にそぐわない。

「あの……やっぱり飲み物、買ってきましょうか？」

食事に手を伸ばす前に、碧唯が言った。

「んー、俺はこれでいいけど？」

マルゲリータにかぶりついた麗旺が、紅茶で流し込む。その隣に座る狐珀にいたっては、茶葉の香りを楽しむように目を瞑る。碧唯にはピザの匂いしか感じとれない。甘い炭酸が飲みたい……。さっき「コンビニでドリンク買ってきますよ」と言ったのに「飲料は用意がある」と狐珀に返された。その言葉を信じたら熱々の紅茶が出てきた。

「ほんと、お疲れさまだったねえ」

麗旺はまるで娘が卒業式を迎えた親のように、

「よくぞやり切った！」

と、満足げに何度も頷く。

「いやいや、終わったのは稽古だから」

言いながら、碧唯は気を引き締める。

稽古は昨日で最終日を迎えた。今日は舞台セットなどの仕込み日で、碧唯はオフ。だけど職務はまだ終わっていない。

「明日がいちばん緊張する……」

いよいよ翌日から劇場入り。音暖にミザンスを移す作業がある。恐ろしいことに彼女は一度も稽古に参加しなかった。動きなどを説明したところで、本当に芝居ができるのだろうか。

「ストレス溜まってんだから、今日くらい羽を伸ばしたほうがいいよ」

麗旺が二切れ目のピザを大口で頬張る。

「確かに……切り替え、大事！」

碧唯もピザの先端をかじった。ジャンクフードは「休みだ～！」って味がする。ふと狐珀に目をやると、ゆったりした動作でフライドポテトを咀嚼していた。ほかのものを食べるのを見たことがないので、かなりの偏食かもしれない。部屋着の黒いバスローブが怪しさを倍増させている。

稽古期間中、麗旺とは連絡を取り合っていた。気にかけてくれるので、ついつい愚痴めいたＬＩＮＥを送り続けたところ、『稽古終わったら打ち上げしよう』と誘われた。会場はここ下北沢・胡桃沢狐珀邸。麗旺はすっかり入り浸っているらしい。激レア演劇ビデオテープを借りては返却しに来るという、レンタルショップ（しかも無料）まがいのことを繰り返すうち、狐珀から「うちで観ればよい」との許しがくだり、足しげく通うようになったとか。狐珀は人付き合いを億劫がるタイプだと思っていたのに、いつの間にか麗旺と仲良くなるなんて、人間味が感じられてほっこりする碧唯だった。

「それで、終わってみてどうだった？」

麗旺はマイクのように拳を向けて、「初めての商業現場は？」

「うーん」

碧唯は言葉を探ってから「ドライな感じ」と率直に答えた。

「お芝居の稽古をしてるって手応えが、全然なかったです」

アンダースタディの碧唯には、演技のダメ出しどころか、演出家からコメントすらもらえず、大半の時間はアンサンブルメンバーの段取りや、スタッフの打ち合わせに充てられた。やりがいは感じられなかった。

「それにキャスト同士、いつまでも溝があるというか……」

王子役や継母といったメインキャストと、様々な役を演じるアンサンブルキャストの間には交流がみられない。一つの作品をみんなで作っているのに、誰もが互いに無視し合うような距離感が、碧唯には居心地わるかった。

「まあプロの現場だからね。慣れ合ってもいい作品は生まれないよ」

「それ、麗旺さんが言うんだ」

シアター・バーンでは、ふざけまくっていたくせに。

「だからもう改心したってー」

苦笑いで汗を滲ませる麗旺。痛いところを突かれた自覚はあるらしい。

「ちなみに稽古終わり、役者たちで飲みに行ったりはしたの？」

「全然。そんな雰囲気じゃないし」

「つまんないねえ。稽古は終わって酒を飲むためにやるんだよ」

「いつも思うけど、麗旺さんってちょっと古いタイプですよね」

昭和の劇団員像を勝手なイメージで思い浮かべていると、

「ぶふっ、くふぅー！」

狐珀が盛大に噴き出した。そんなに面白かっただろうか。相変わらず笑いのツボがわからない。そして芋しか食べていない。

「そういうのも含めて主演が場をまとめるもんだ。シンデレラ役が飲みに誘えば、みんな来てくれるって」

「稽古場代役が飲みに誘うの、ハードル高すぎません!?」

めちゃくちゃ空気が読めない奴になってしまう。

「ていうかさ」流れで怒りを思い出す碧唯。「そもそも稽古に参加しないシンデレラって何なの？」

一日の稽古あたり二十回は沸いた不満を口にする。

「舞台に立つなら、ほかの仕事をセーブすればいいのに！」

「同感だ」

ぽつりと、狐珀が賛同を示す。

「一つの役に注力しなければ、真には迫れない」

「芸能界あるあるだね」

麗旺は耳を触りながら、「旬なひとをキャスティングすると、起こりがち」

「そんなので、いい芝居が生まれるのか心配だよ……」

「いいじゃん別に。碧唯ちゃんは本番出ないんだから」

「いやいや、割り切れるほど達観できていませんって」

関わったからには最高の舞台になってほしい。そう思うのは当然だ。

「それにシンデレラだけじゃなくて、王子も滅多に来なかったんですよ」

王子役のイケメン俳優も稽古のNG日が多く、碧唯がひとりで演じた。代役のシンデレラと、演出助手が読み上げる王子のセリフとの掛け合い。この稽古に意味はあるのかと思っていると、大牟田がクラップを鳴らして止めては、

「照明さん、ここのシーンなんだけどね……」

目の前の演出卓で打ち合わせがはじまる。碧唯は待ちぼうけ。待機の椅子に戻るわけ

にもいかず、さりとてスタッフたちの小声は聞きとれず、スタジオのど真ん中に突っ立って恥ずかしかった。

王子役がいるときだって、稽古がまともに成立したためしがない。

たとえば舞踏会での、王子とのシーン。

「十二時を告げる鐘が！　わたし……もう帰らなきゃ！」

「まだいいじゃありませんか」

「だめっ！　帰らなきゃ、いけないんです！」

「待ってくださぃ」

ひたすらセリフを棒読みする王子様。引き留める気概が感じられず、これは速攻で帰宅できそうだなと碧唯は思った。

こちらが本気でセリフを言っても、本腰を入れて演技してくれない。彼の出演ドラマを見たことあるけど、芝居が下手というわけでもなかった。要するに碧唯は手を抜かれたのだ。アンダースタディ相手に稽古をしても意味がないというのだろう。シンデレラと見つめ合うシーンですら、彼の目線は下を向いており、碧唯の肩あたりに逸れていた。

「マジでないわー、どいつもこいつも！」

「あはは。碧唯ちゃん、溜まってるねー」

麗旺が宥めるように微笑んだ。綺麗な顔に見据えられ、思わず照れてしまう。

「すみません、なんか愚痴ばっかり……」

「いいよいいよ、吐き出しちゃえ」

囃し立てる麗旺の横で、

「お代わり、いかがか」

狐珀が陶器のティーポットを掲げた。

「いえっ、まだあるので結構です！」

と、固辞する碧唯。狐珀はそのままテーブルに置き直す。機会があれば紅茶の淹れ方をレクチャーしたい。たぶん茶葉の量が足りてない。

「まあ私はいいんです。一か月、乗り切りましたから」

胸のうちがスッキリしている。麗旺の言う通り、吐き出してよかった。

「だけど、明輝子のほうが可哀想……」

稽古が終わっても、気がかりは残っていた。

「ＬＩＮＥで言ってたアンサンブルの子？」

「そうそう」

麗旺にはすでに話していたが、狐珀に向けて一から説明する。

「めっちゃ真面目な子なんですよ。誰よりも早く稽古場にいるし、終わってもひとりで練習してるから、帰るのもいちばん最後で……だけど」

だけど、板上明輝子は浮いていた。

ほかのアンサンブルキャストは年齢層も高く、いかにも新人っぽい若い女の子は明輝子だけ。あの嫌味な演出家・大牟田も、彼女には目をかけず、ろくにミザンスの指示すらしなかった。

「舞踏会のシーンは男女ペアで踊るんですけど」

碧唯はふたりに、理不尽な仕打ちを訴える。「明輝子だけアンサンブルのなかで余っちゃって、ひとりで立ってるだけのモブみたいな扱いなんですよ。ほんとひどい！」

言いながら、彼女の心中を察して胸が痛んだ。

「雑な演出家っているよなあ」麗旺は何かを思い出すように、「アンサンブルっていう固まりで捉えてるから、ひとりくらいあぶれても気にしてないんだろうね」

「そうなんですよ。そんなのあんまりでしょ」

同調を示した麗旺に、つい前のめりになる。

いじめとも受け取れる冷遇……それでも明輝子はめげなかった。

多くのネズミ役の一匹として動き回り、舞踏会に参加する女性として王子に色めき、シンデレラと王子が結ばれるラストシーンにおいても、

「シンデレラ様、なんてお美しいのかしら！」

群衆のなかで、彼女は誰よりも大きな声を出した。

みなぎる熱意が碧唯にも伝わってきた。だけど演出家も共演者も、明輝子のやる気を認めないのが悔しかった。報われてほしいと碧唯は願った。

――あまり他人に干渉せず、自分の役目に集中したほうが。

御瓶が釘を刺してくるも、碧唯は気を揉んでいた。最初に声をかけて以来、積極的にコミュニケーションをとり、彼女が孤立しないように努めた。しかし休憩中ですら、そのおしゃべりに共演者から白い目を向けられる始末。まるで明輝子と仲良くする碧唯をも、避けようとする雰囲気が生まれた。

「芸能界あるあるだね」

麗旺がまた口を挟んだ。

「人当たりのいい先輩もいれば、新人に対して厳しい態度の方も珍しくない」

実体験も交えた話しぶり。若くして芸能界入りを果たした麗旺も、影で苦労があったのだろう。

「こっちが無名だからって」碧唯は胸を張る。「舐めるなって話ですよ！」

無視とか、集団の空気とか、そんなものに負けるメンタルは有していない。碧唯は屈することなく明輝子との交流を続けた。本人はというと、孤立を気にするそぶりもない。根が引っ込み思案なのだろう。いつも遠慮するように、目立たないように、パイプ椅子も使わずに壁際で佇むか、ちんまりと体育座り。

それでも彼女は少しずつ、碧唯に自分のことを話してくれた。

女優を目指して上京した。はやく売れて両親を安心させたい。だけどオーディション に落ちてばかりで自信をなくしがち。舞台に立てると思うと気合いが入る。……次第に 碧唯は、明輝子に親近感をおぼえていく。

「私、絶対にチャンスを摑みたい」

彼女は目を輝かせてガッツポーズをとる。その時代遅れな所作が抜けていて可愛いと、 碧唯はすっかりファンになっていた。

「大丈夫、きっと摑めるよ」

碧唯は続ける。「応援してくれるひとは絶対いる、だから頑張ろう！」

「ありがとう」

明輝子の声に張りが生まれたことで、碧唯にも活力が湧いた。こうやって励まし合え たから、碧唯もまた、稽古最終日までモチベーションを保てたといえる。

明輝子はそれからも、常に全力で稽古に挑んだ。

だけど日数を重ねても、待遇の改善は図られなかった。

明輝子はアンサンブルメンバーのなかで埋もれ、いてもいなくても変わらないほど存 在感が薄くなった。シンデレラの代役をこなしながら、碧唯にはそれが歯痒(はがゆ)くて仕方な かった。

一度、稽古後に居残って彼女と話した。

「演出家に言ったほうがいいよ。舞踏会のシーンでペア組んでほしいとか、ミザンスをつけてほしいとか。ちゃんとダメ出しもくださいって、要求していいと思う」

メインじゃなくても明輝子だってキャストのひとり。稽古場代役の碧唯と違って、本番のステージに立つのだ。きちんと稽古を受ける権利がある。

「どうせ私の意見なんて聞いてもらえない」

明輝子は諦めを滲ませて、

「ずっとそうだった。このまま変わんない」

電気ポットのお湯を捨てに行くのだろう、ドアに向かう制作スタッフが一瞥をくれる。あからさまに面倒くさそう。早く帰れという意思表示を、気づかないふりで碧唯はやり過ごす。

「若いんだから、諦めることないよ」

「私、若いかな」

「若いでしょ。私だってまだ若いつもりなんだから！」

突っ込んで、笑い合う。十代でスターの一員になった音暖みたいな子もいるけど、まだ自分にだってチャンスがあると信じたい。

「わるいんですけど……」

戻ってきた制作スタッフが、碧唯に冷めた視線を向けている。

「自主練もいいんですけど、そろそろ稽古場を閉めてもいいですか」

「あ、ごめんなさい」

慌てて碧唯は立ち上がる。もうスタッフは目を逸らしていた。自主練だなんて、わざとらしい嫌味に腹が立ったけど何も言わない。

明輝子は座ったまま、真っすぐに床の一点を見つめる。考えごとをしているよう。

「先、帰るね」

碧唯はそう言ってから、「明輝子、一緒に頑張ろう」と付け加えた。

「私だって次は代役じゃなくて、明輝子みたいに役者として舞台に立つから」

精いっぱいの笑顔を向けると、彼女はつられるように笑って、

「そのときは共演できたらいいね」

と、静かに答えた。

「すごくいい。明輝子と共演したい！」

「私も碧唯と一緒にお芝居やりたいな」

胸が熱くなって涙が込み上げた。泣くのはダサいと思って我慢して、「約束！」とスタジオに声を響かせる。

「私と明輝子の共演……地道に役者を続けたら絶対叶う。だから約束ね！」

「うん、叶えよう。約束」

照れるように、明輝子は額を両膝にうずめた。

嬉しかった。制作スタッフが白けた目線を寄越したけど、碧唯は意に介さない。

そんなこともありながら、碧唯はアンダースタディとして、明輝子はアンサンブルとして、一か月の稽古を走り切った――。

「いいねえ、青春だなあ」

耳を傾けていた麗旺が、しみじみと頷いてくれる。

「そうほんとに。同世代の役者仲間ができたのが、何よりの財産です！」

明輝子と出会えただけでも参加した意味はあった。狭い業界のことだから、案外すぐに共演する機会に恵まれるかもしれない。

「でさ、怖い話は？」

急に麗旺が居住まいを正して、問いかけた。

「はい？」

「また怪異が起こってるなら、師匠に相談しておいたほうがいいよ？」

「いやいや、ないですよ」

碧唯はぶんぶんと首を振る。「そんな毎回、遭遇しませんって」

「えー。碧唯ちゃんが関わると、いつも幽霊が出そうなもんだけど」

まるで行く先々で殺人事件が発生する探偵みたいな扱いをしないでほしい。誰も受からないオーディションは麗旺の紹介だし、映画のロケだって真奈美に誘われた案件。自主的に引き寄せているとは思えないし、思いたくもない。

──あるじゃないですか、怖い話。

御瓶が沈んだ声を耳元で漏らした。

「ああ……そういえば」

嫌なことを碧唯は思い出す。

「おっ、やっぱり何かあるの？」

「いや実は、ベテラン女優に目をつけられまして」

問題だったのは魔法使いのおばあさん。

由布川メイは、碧唯へのあたりが強かった。

脈絡もなく面と向かって睨まれたり、そうかと思えば、避けるように身を引かれたり。まるで中学生が気に入らない子にするような態度が続いた。

おまけに稽古が進むにつれ、由布川はやつれていった。

数珠を両腕に増やし、スタジオの出入口に盛り塩を設置し、壁には謎のお札を貼りつけた。常に落ち着きなく周囲を見回す様は、まるで霊に取り憑かれたように不気味で、周囲のキャストも遠巻きに眺めるばかり。

——わたしに気づいているのかもしれません。

ある日の稽古中、御瓶が呟いた。

——幽霊の気配を感じとっているのでしょう。

なるほど。そのせいで、私に対してイラついてるってことですね。

理不尽な振る舞いがようやく腑に落ちた。背後霊を宿している碧唯は、霊感が強い人にとっては鬼門かもしれない。だからといって由布川の行いは許容できないけど。

——あの方に、不用意に近づかないようにしてください。

御瓶が無茶を申した。そんなこと言われても碧唯はシンデレラの代役である。役の上での絡みは多い。現にいま、もうすぐ由布川の出番がやってくる。ちらりと上手側のスタンバイ位置を見やって、碧唯は呆然と立ち尽くした。

鬼の形相で、魔法使いがこちらを凝視している。

手に握られたのは魔法の杖、ではなく小さな……消毒スプレー?

意を決したように由布川が動き出す。スプレーを正面に掲げて一直線に近づいてくる。

——志佐くん、逃げてください。あれはいけない!

えっ、どうしてですか!?

——あれは「お清めスプレー」です!

お清めスプレーなんて初めて聞いた。何が入ってるんですか!?

――おそらくは、塩!

顔面に向かって霧が噴霧される。

碧唯は咄嗟に構えた。右足を開いて半身になり、後ろに素早く下がる。

「ひゃあっ!」

――見事な身のこなし。さすがは運動部出身ですね。

「あっぶなー……」

御瓶も無傷だった。碧唯は後ろに飛びながら、無意識に両手を前に組んでいた。部活で鍛えられた反射神経は時たま役立ってくれる。

「おい、なんで逃げる?」

由布川は疑わしげな目つき全開で、「怪しいね」と吐き捨てた。

「メイさん、いったん落ち着きましょうか!」

慌てふためいた大牟田が止めに入った。いきなり相手役にスプレー缶を噴射するなど、怪しいのは由布川のほうで、この件は製作側も問題視した。稽古は一時中断、彼女は別室でヒヤリングを受ける。どんな話し合いの場が持たれたのかは不明だけど、それ以降、お清めスプレーが噴霧されることはなかった。盛り塩もお札も撤去された。それでも由布川は数珠を外さなかった。相変わらず碧唯を睨んでくるし、きょろきょろと落ち着かない様子も続いた。

「あっは、なかなかの強烈エピソード！」

対岸の火事を楽しむように、麗旺が手を叩く。

「笑いごとじゃないんだって。また御瓶さんが消されかけたんだから」

――まったくです。油断も隙もあったものじゃありません。

背後で御瓶はご立腹だけど、それに麗旺が気づく様子はない。

「由布川メイさん、最近テレビで観たけどゲッソリしてたわ。師匠にお祓いしてもらったほうがいいかもですね～」

麗旺がそう振っても狐珀は答えない。右手で口元を隠し、空になったピザの空き箱をじっと見つめるばかり。何やら思案を巡らせているようだ。

「まあでも」碧唯は話題を締めた。「もうスプレー攻撃はされないと思うから」

「浄演の必要は、無しかあ……」

「なんで麗旺さんが残念がるの」

「だって幽霊と芝居ができるんだぜ？」

麗旺は目を輝かせて、「やるたびに演技力が向上しそうじゃん」

相変わらず、怖いもの知らずの首を突っ込みたがり……。経験は芝居の糧とはいえ、幽霊との邂逅（かいこう）はなるべく避けたい碧唯だった。

「――共感の、才か」

ふいに狐珀が呟く。

「実に厄介なものだ」

ぴんと空気が張りつめた矢先、間の抜けた電子音が鳴る。

「もうこんな時間」

アラームは碧唯のスマホから。この後は美容室の予約を入れてある。一か月間、ろくに手入れできなかった髪をようやく整えられる。

「ありがとうございました」

碧唯は席を立って、「明日まで頑張ります！」

「小屋入り、ファイト〜」

麗旺はまだ残るのだろう。深々と椅子に座ったまま手を振る。

ぬっと、狐珀が立ち上がった。

眠そうな眼は少しばかり開いている。

「いえ、こちらで大丈夫ですよ」

黒のバスローブ姿にお見送りされるのも気が引けた。しかし。

「シビックシアター・トーキョー、だったか」

「はい、そうですけど……」

劇場の確認をされて戸惑っていると、そのまま狐珀は続けた。

「――ぜひとも、見学したい」

＊

駅の通勤ラッシュをかいくぐり、朝九時に劇場着。

シビックシアター・トーキョーは既に慌ただしい。ロビーは制作さんが右往左往、メイク室や衣装室でもスタッフが準備に追われている。メインキャストの楽屋を通りすぎ、アンサンブルの大部屋を覗くと、鏡前にはそれぞれキャストの名前が貼られていた。一縷の望みをかけて探してみたが碧唯の名前は見当たらない。

特にやることがなかった。ぼーっと楽屋で過ごすこと、一時間。

「おはようございまーす」

「よろしくお願いしまーす」

十時を過ぎて、ひとり、またひとり、キャストがやってくる。碧唯はレールカーテンのなかで稽古着に着替え、荷物を持ったまま楽屋を出た。スタッフ用の休憩室に行ってみる。強面で屈強なおじさんたちが忙しなく出入りするたび、立ち上がって挨拶をするのが面倒になり、早々と退室した。

いまは劇場客席に座っている。ここなら誰の邪魔にもならなかった。

ステージでは、照明のシュートが行われている。明かりの位置や大きさなどを調整する作業だ。

「きれい……」

高い天井から降り注ぐカラフルで華やかな光。夥しい数の灯体が放つファンタジックなその明かりが、お城の舞台セットを豪華絢爛に彩り、碧唯は心を奪われた。

お城は両サイドにカーブ階段を配した二階建ての造り。上手側にはシンデレラの住む屋敷の一室が、移動式の舞台装置で用意されている。下手側には段差が備わり、これは様々なシーンで活用される。稽古場の仮組みとは比べ物にならない重厚な舞台セットは、物語が奏でられるのを待ちわびているように思えた。

碧唯は胸が高鳴ると同時に、その胸を掻き毟りたくなる。

舞台に上がるキャストが羨ましい。本番だけ出られないなんて生殺しもいいところ。振り払っても、振り払っても、この期に及んで雑念が湧いてくる。

気を紛らわせようとリュックから台本を取り出した。

だけど客席はシュートの照明を受けて、明るくなったり薄暗くなったり。どうにか文字を読もうと奮闘していると、

「おはよう」

いつの間にか、横に狐珀が立っていた。

「あ……狐珀さん、おはようございます」

まったく気配を感じなかった。忍者かアサシンの素質がありそうだ。

「よく入れましたね。ロビーで何て言ったんですか？」

「名刺を、渡したまで」

長髪で顔の隠れたスパンコール燕尾服の男が、入口で止められないのが不思議だった。

狐珀は一つ飛ばした隣の座席に座る。

客席通路を通るスタッフが、訝しむように視線を寄越した。……落ち着かない。狐珀は我関せずとステージを眺めている。

本当に、見学に来るなんて……。

依頼もないのにわざわざ劇場に出向くとは、やはり由布川メイに、何か取り憑いているのだろうか。

確かに本人のやつれ具合は、普通ではない。だけどこの一か月、稽古場でおかしなことは起こらなかった。キャストも怪我や体調不良などを訴えてはいない。いったい狐珀は、何を危惧しているのだろう。

「アンダーさん」

客席階段から碧唯を呼んだのは、演出部の若い女性。

「間もなく南波さんが入られます。スタンバイどうぞ」

「はい！」

気合いを入れてステージに向かう。

時刻は間もなく十二時半。シンデレラ役の引き継ぎのため、場当たり開始前に三十分が確保されていた。アンダースタディとして最後の仕事がはじまる。

ぞろぞろとキャストが舞台面に集まり出した。

衣装もメイクもバッチリで、本番さながらの緊張感が漂う。

「碧唯、おっ疲れ～！」

音暖が舞台袖から姿を現した。

継ぎ接ぎ加工の古びたワンピース。シンデレラが最初に着る衣装だろうけど、鮮やかなメイクが貧しさを打ち消していた。魔法がかかるドレスアップ前なのに十分に美しい。

「お疲れさま……です」

迷いに満ちた敬語で碧唯が答えるも、音暖はキャスト一同をぐるりと見回して、

「皆さんご迷惑おかけしました。今日からよろしくお願いしまーす！」

と、華やいだ声で挨拶した。

顔合わせ以来の参加とは思えないほど、自信がみなぎっている。

「まず舞台ツアーをはじめます」

舞台監督が「ついてきてください」と、キャスト陣を上手側に誘導する。舞台セットの機構や、出ハケの箇所、そして裏回りの動線などを説明していく。

「ちゃん音暖〜、お疲れちゃ〜ん！」

場違いなパリピ声に、舞台監督の説明が一時途切れる。

「あ〜、相本さんお疲れさまです〜」

音暖が一目散に飛んでいく。

客席最前列から手を振るのは、相本佳奈子。バキバキに巻かれたロングヘアに、虎と豹が大きく刺繍(ししゅう)されたスウェット、おでこにはお決まりの黒いサングラス。今日もバブリーオーラ全開の彼女は、舞台『シンデレラ』のプロデューサーである。

「ちゃん音暖〜元気してた〜!?」「もちろん元気です〜」「活躍見てるよ〜売れっ子！」「そんなそんな頑張ります〜」「聞いたよあの映画の件！」「あ〜そうなんですよホント楽しみで〜」「局も力入れてるから番宣大変よ〜！」

などと大盛り上がり。碧唯も今日は挨拶するぞと意気込んでいたけれど、とても付け入る隙はない。

ステージ裏を回って下手側から、舞台監督の率いる一団がぞろぞろと戻ってくる。結局ろくに説明を聞かなかった音暖だが、しれっとキャスト陣のなかに合流した。相本は劇場扉から出て行く。

「すみません、遅れました！」

明輝子が舞台袖からステージに駆け込んできた。

いつもの臙脂色のジャージ姿で、まだ衣装には着替えていない。

「本当にごめんなさい……！」

彼女は深々と頭を下げる。だけどキャストは誰ひとり反応しない。舞台監督が述べる注意事項に聞き入っている。

「おはよ、遅刻？」

ステージの端で控えめに立つ明輝子に、碧唯は近づいた。

「十三時から場当たりって勘違いして、下のスタジオで自主練してた」

恥ずかしそうに、そう答える。

「三十分前から、ミザンスの移しがあるから」

「そっか、ちゃんとタイスケ見てなかったー」

「気をつけなきゃ。舞台ツアーで聞き逃したところ、あとで教えるね」

「うん、ありがとう」

気配を感じて横を見ると、碧唯のそばに由布川メイが仁王立ち。

「えっ、あ、おはようござ……」

「おいッ！　しっかりしろッ！」

のっけから怒鳴られた。ほかのキャストも、碧唯のほうを怪訝そうに振り返る。

「すみません、私語は慎みます」

碧唯が謝っても、まだ由布川は唇を結んで厳しい顔つき。明輝子は「ごめんね」と言いたげに手を合わせている。

背後を見ると、御瓶の姿が消えている。

――申し訳ない、志佐くん。

ひそめた声のほう、袖幕に隠れた御瓶を発見する。一目散に逃げたのだろう。幽霊なのに腰が引けていた。

演出部の「ミザンス移しをはじめます」というアナウンスで、由布川が離れた。するりと御瓶も戻ってくる。ひとまず解放されたけど、さすがに納得いかない。なぜ私だけに突っかかるのだろう。せめて明輝子と両方を叱ればいいのに、こっちばかり目の敵にしなくても……。

「シーン頭からどうぞ」

舞台監督に言われて碧唯は「まず暗転板付きで……」と、音暖を立ち位置に誘導する。余計なことは頭の隅に追いやり、ミザンス移しに集中した。順番に早巻きでキャストに動いてもらいながら、碧唯はシンデレラの立ち位置や移動、身体の向きなどを音暖にレクチャーする。大牟田の語ったシーンごとの演出意図なども、端的に補いながら伝えていく。

「以上になります」

ラストシーンまで辿り着いた。

二時間分の動きを四十三分で教える。十三分も押したけど、何とか無事に終わった。

「オッケーわかった！」

音暖は軽い調子で返して、碧唯のもとを離れた。台本を片手にセリフを呟きながらステージを動き回る。

「それでは各自、場当たりのスタンバイお願いします」

舞台監督の指示でキャストが散っていく。しばらくして音暖も舞台袖に引っ込んだ。

ぽつんと碧唯はステージに取り残される。

……ありがとうの一言もないのかよ。

あんたのために一か月も稽古してきたんだ、私がいなかったら本番を迎えられなかったでしょと、恨み言が沸き上がるも、かろうじて飲み込んで客席側へと降りた。

客席階段を上がって席に戻った。狐珀が「ご苦労」と言ってくれた。労い（ねぎら）の言葉をくれたのは部外者の狐珀だけ。「ありがとうございます」と返した声が掠れてしまう。夢中で話して喉が渇いた。楽屋前に置いてあったペットボトルのお水って飲んでいいのだろうか。

などと迷っていると、

「ただ今より、場当たりを開始します」

スピーカーから舞台監督のアナウンスが響く。

慌てて着席する。

座席に深く腰を沈めた。気が抜けたのか、わずかに視界が揺らぐ。

アンダースタディとしての役目は遂行した。碧唯にとっての本番は終わり。あとの指示はされていないが、すぐ帰るわけにもいかないので、ここで見守ることにする。

優雅なクラシック曲とともに、劇場全体が暗転し、ステージ照明がつくと冒頭のシーンが演じられる。

碧唯はステージを一望した。

聞き慣れたセリフ。顔馴染みのキャスト。目の前に広がる舞台を、遠く感じてしまう。

それはそうだ。ずっと碧唯はなかにいた。俯瞰で観るのは初めてのこと。

ステージに立つ南波音暖は美しかった。ずば抜けた高身長が舞台でよく映える。

彼女が笑うたび、まわりに花が咲いてみえた。照明を浴びて煌めく姿は、まさにプリンセスと呼ぶにふさわしい佇まい。本物のシンデレラを目の当たりにする。

圧倒的に華があった。

その点で碧唯は敵(かな)わない。だけど……。

場当たりは恙なく進行した。キャストたちはミスもなく、まさしくプロの仕事ぶり。音暖も正しかった。出ハケのタイミング、立ち位置、セリフ中の動きなど、すべて碧唯が伝えた通りで、おかしいところは何もない。

それなのに碧唯は引っかかる。

音暖が、とても美しい「異物」に思えてならない。

正常に回っているはずの歯車が、一瞬だけ不審な動きをするような違和感。音暖の演技を観ながら心のざわつきを抑えられなかった。

「狐珀さん、どう思いますか？」

碧唯は尋ねた。演出家としての所感を知りたくなった。

静かに狐珀は、

「ミザンスの、通り」

とだけ返してくる。

碧唯はシンデレラを目で追った。

稽古を思い出しながら、自分の演技に重ねながら。

「あっ……」

発見する。音暖のお芝居はミザンスの通り。それだけだった。それしかなかった。

「会話になってない……？」

碧唯が答えると、狐珀はわずかに顎を引く。見解は一致したらしい。

継母や姉たちにいじめられるときも、自室でネズミたちと会話するときも、ひとり窓の外を見ながら黄昏れるときも、すべて同じ、音暖は音暖のテンポで演技をした。相手役とのキャッチボールになっていなかった。言うなれば、周囲を無視してシンデレラがひとり芝居を続けている。

碧唯が稽古場で感じとった、セリフの掛け合いから生まれる空気感。

碧唯が稽古場で汲みとった、一瞬一瞬の細やかな芝居のニュアンス。

それらが抜け落ちている。ミザンス移しでは伝えきれない、大切なものが。

加えて――碧唯は音暖のセリフに耳を傾ける。

「……お母さま、わたしも舞踏会に参加したいです」

抑揚のある気持ちのこもった声だけど、何か変だ。

「……家事をそんなに、あんまりじゃないですか！」

わずかに遠慮が見え隠れする。

「どこか、よそよそしいですね」

碧唯は率直な感想を口にした。狐珀もまた小さく頷く。

音暖の演技には、共演者との距離があるように思えた。

虐げられているとはいえ、継母や義姉と一緒に暮らすシンデレラが、彼女らに対して初対面のように言葉が固いのは変だった。セリフの言い出しに遅れも目立つ。やり取りはもっとスムーズなほうが自然だろう。シンデレラは来る日も来る日も、きっと似たような会話をしているのだから。

おそらく音暖にあるのは、役ではなく、その役者に対する遠慮だ。

顔合わせ以来、会うのは一か月ぶり。つまり共演者たち自身に慣れていない。

「稽古とは、演技の研鑽の場に留まらない」

狐珀が続ける。

「芝居をともにする時間にも、意義がある」

いまの碧唯には理解できた。休憩中に雑談しなくとも、帰りにお酒を飲みに行かなくとも、一緒にスタジオで過ごし、日々稽古を重ねることで距離は縮まっていたのだ。ほかのキャストもまた、シンデレラ役が碧唯から音暖に変わったことで、チューニングがうまくいっていない。

違和感の正体を突きとめた。

それなのに碧唯は、ステージから離れて客席にいる。

やばい。と思ったときには遅かった。

「……っく、ぅう……う」

ぽろぽろと涙がこぼれ落ちる。

悔しい。悔しい、悔しい、悔しくてたまらない。

初見のお客さんは違和感に気づかないだろう。音暖の美しいシンデレラに魅了されるのは間違いない。だけど音暖が稽古に毎日参加できていたら、もっとお芝居のクオリティは上がったはず。これなら私が出演したほうが、あのシーンも、このシーンだって、上手く表現できるのに……そう思う。思ってしまったらダメだった。我慢できずに泣いていた。

——観客は、南波音暖のシンデレラを観にくるのです。

御瓶が言った。

——興行の売りがそうである以上、演技の上手さや、芝居の完成度など二の次になります。残念なことですが。

淡々と現実を突きつける御瓶。やめてください。なんで今、そんなこと言うんですか。

——だからこそ志佐くん。立ちましょう、ステージに。

え。

——次こそは、役者として舞台に上がるのです。そうすれば演技を評価してくれる人だって、必ずや現れる。悔しさはバネになります。目に怒りを溜めるのです。

何ですかそれ。目に怒りを溜める……？

——負の感情は心を掻き乱します。ですから、目に怒りを集中させるのです。そうすれば視野が狭くなる。

視野を狭くしろだなんて、初めて言われた。一般論なら逆だろう。

――広すぎる視野など時には不要です。目に怒りが溜まれば、余計なものを見ずに、ただ真っすぐ目標を見据えることができる。

言われた通りにイメージしてみる。目に怒りを、目に怒りを、なるほど頭のモヤが消えて視界は良好、落ち着きも取り戻した。……考えてみたら単純なことだ。現状にあれこれ思い悩んでも仕方ない。音暖が本番でシンデレラを演じることと、碧唯が稽古場代役を務めたことは、関連性があっても無関係のこと。それぞれ最初から決まった仕事にすぎない。だからこそ次はアンダースタディではなく、俳優として、出演の仕事を摑む必要がある。今回の経験と悔しさをバネに、次こそは必ずや……！

控えめに御瓶が微笑むのを、背中で感じとる。

ありがとうございます。心のなかで念じると、

「よき、マネージャーを持ったな」

正面を向いたまま狐珀が囁いた。

「狐珀さん」

もしかして御瓶の言葉が届いたのだろうか。想いが強いときは、周囲にも聞こえると言っていた。

「素敵なマネージャーさんだと、そう思います。だからこそ、もし生きていてくれたら……って、思っちゃいます」

本音がこぼれる。御瓶の言葉に救われるたび、死ぬ前に出会いたかったと考えてしまう。

「以前にも伝えたが」

狐珀の声に芯が通る。

「生きているか、死んでいるかなど、問題ではない」

「……はい」

そうだ。碧唯は浄演から学んだ。大切なのは命をこえた、ひとの想いそのもの――。

狐珀はそれきり口を閉ざした。わずかな白檀の香りが優しい。ステージの芝居に向けるその横顔を見ながら、碧唯は温かみをおぼえた。安易な慰めよりも、静かに想いを汲み取る狐珀の存在が、心強く感じられる。

碧唯もステージへ向き直った。

決意は新たに、この場当たりをアンダースタディとして見届けよう。

気持ちの整理はついたはずだった。

しかし、ちょうど舞踏会のシーンに差しかかったところ。

「嘘でしょ……」

あまりのことに、声が漏れる。

気づけば目を逸らしていた。動悸がひどい。自分のことなど、瞬時に頭のなかから吹き飛んだ。

恐る恐る、もう一度、碧唯はステージを確認する。

信じたくなかった。

だけど間違いない。

華やかなドレスを纏った人々が集う、王宮の大広間。

そこに登場した板上明輝子は……衣装を着ていない。

アンサンブルキャストの誰もが煌びやかに装うなか、彼女だけは上下ジャージのまま。

ステージに立つ姿は、悲惨なまでに浮いていた。

明輝子だけ衣装が用意されていない……？

「あり得ない！」

頭が瞬時に沸騰する。どういう仕打ちなんだ。これじゃあ明輝子は本番のステージに立つことすら許されない。

「ほんっとに、あり得ない！」

碧唯は立ち上がり、猛ダッシュで客席階段を駆け下りる。

ダン！

っと、ステージに飛び乗った。全員がこちらを向いて動きを止める。

異変に気づいてか、音暖がセリフを途切れさせた。音響のワルツもフェードアウト。

劇場は静寂に包まれる。

「……どうしたの、碧唯？」

音暖の揺れる瞳が、怯えを物語っていた。

「止めます」

という舞台監督の声を潰すように、

「何やってんの！」

大牟田が客席中央から叫んだ。

一斉にざわつくスタッフたち。場当たりは碧唯の乱入によって停止を余儀なくされる。

キャストの誰もが碧唯を見ていた。まるで頭のおかしい奴だと言わんばかりの、敵意と困惑の入り交じった視線が一身に突き刺さる。

構わない。そんなことは構わなかった。

「ひどくないですか!?」

臆さずに碧唯は声を張る。非難の視線を寄越す、すべての関係者に直談判する。

「碧唯……」

明輝子が手で制した。健気な顔つきの彼女は舞台用のメイクすら施していない。いつもの、ちょっと古臭い水色のアイシャドーが痛々しい。

「大丈夫。私が言うから」

碧唯は反対に制する。

「でも、私」

「いいから！」

背中で彼女を庇うようにして、碧唯はキャストと対峙した。

「もう我慢できません。皆さん、あんまりじゃないですか！」

一同の面持ちに、さらなる困惑の色が混じる。何人かが首を傾げた。とぼけるような態度に、はらわたが煮えくり返る。

「なんで、みんなして無視するんですか。メインの役じゃないけど、売れてなくても、一生懸命、稽古に参加したじゃないですか。一か月も見てたくせに、何がそんなに気に入らないのか知りませんけど、ひとりだけ衣装を用意しないなんて……スタッフさんもグルになって陰湿すぎる！」

誰もが口を閉ざしている。言葉を迷っている。

狭い世界の集団心理において、主犯はいない。だから黙るのだろう。

「いい歳して、恥ずかしくないんですか!?」

ヒートアップした碧唯は止まれない。

「くだらないイジメに加担して、そんなことで面白いお芝居が作れるんですか！」

プロの先輩俳優方を相手取り、必死で訴えかけた。

干されようが、立場を失おうが、知ったこっちゃない。こんなことを許してはいけないと、大きく息を吸って最後にこう叫んだ。

「彼女の、明輝子の頑張りを……認めてくださいよ！」

ぐわんぐわんと天井から音が返ってくる。

自分の息切れが、ひどく滑稽に聴こえた。

これだけ言ってもリアクションは得られなかった。由布川メイですら、おぞましいものを見るように、両手で口を覆って立ち尽くす。客席では、大牟田が舞台監督とともにステージを見回している。きょろきょろと何かを探すように、その視点は定まらない。

気持ちわるいほどの違和感。何なの、これ……。

「ねえ、碧唯」

口を開いたのは音暖だった。

一歩、また一歩と、碧唯の前に進む。

腫れ物にでも触るように、刺激しないように、ぎこちなく笑っている。

「謝るなら」

碧唯は面と向かって、「私じゃなくて明輝子にお願い」と突っぱねる。

「あのさ、碧唯」

だけど音暖が返したのは、予想もしない一言だった。

「それって誰のこと？」

時間がとまった。

ずんと、空気が重たくのしかかる。

「何⁉」

咄嗟に客席を見た。観客が押し寄せたのかと思ったが、そうではない。だけど気配は確かに増える。あちらこちらから沸き起こる、ざわめき！

両耳を塞ぐほどの騒音。人混みのなかに放り込まれたかのように、どっとステージの上が騒がしい。女でも男でもない無数の叫びが溶け合って反響する。ダメだ。両手を貫通して脳を揺さぶる喧噪に耐えられない。うるさい、うるさいうるさい、うるさいうるさいうるさい……！

視界の端を黒いものがかすめる。

客席で狐珀が立ち上がっていた。

「離れたまえ！」

ステージが強風で煽られる。その衝撃を、碧唯は肌で受ける。

狐珀が……大声で叫んだ……？

静まりかえる劇場内。まわりの様子もおかしい。キャストの顔色はすぐれず、屈みこむ者までいる。無自覚だろうけど何かを感じているのだ。間違いなく、何かが起こっている！

ふいに、碧唯は目が合った。

「明輝子……？」

彼女は腕をだらりと下げて、とても寂しそうな目をしている。

「わかってくれるのは」

口元が緩く開かれる。

「碧唯、だけだったね」

瞬(まばた)きとともに、明輝子の姿を見失う。

コマ送りのように、彼女が袖幕へと駆けるのを捉えた。

「待って、明輝子！」

碧唯は急いで走り出す。

一足飛びで追いついて、その後ろ手を掴んだ。

指先に突っ張るような痛み。するりと手が解(ほど)けてしまう。

明輝子は舞台袖に逃げ込んだ。気に留めるキャストはいない。

碧唯が呆然と立ち尽くす。明輝子の手は冷たかった。最初に声をかけたとき、求めた握手を返してくれなかったことを思い出す。

「くっ……!」

再び碧唯は動いた。舞台袖を通り、裏回りを抜け、階段を降りて楽屋を一つずつ覗く。誰もいない。廊下に据えられたテレビモニターから、場当たりの再開を告げる舞台監督の声が響いた。

エントランスロビーに続く廊下にも、人気はない。

明輝子は忽然と消えた。

どこに行ったんだろう。スマホを取り出すも、よく考えたら連絡先は交換していない。

まさか……。

思い立ってスマホで検索をかける。

板上明輝子

検索条件と十分に一致する結果が見つかりません。

見たこともない検索結果の文面に、手が震える。

いまの時代にこんなことあり得るだろうか。役者をやっていて、一件もヒットしないなんて……。

血の気が引いていく。明輝子の存在が証明されない。
——不覚でした。まさか、わたしが気づけないとは。
御瓶は言いながら、歯を軋ませる。
——あまりにも溶け込んでいました。生きている人間と、何ら変わりないほど。
待ってよ、御瓶さん、何言ってるの、意味わかんない、だって明輝子は、明輝子は！
——志佐くん、落ち着いて。
落ち着いてます。おかしなことを言わないで！
澄んだ靴音が床に響いた。
こつ、こつこつ。近づいてくる誰かに期待を寄せて、碧唯は顔を上げた。
明輝子ではない。
黒ずくめの男が、長髪とジャケットの裾をなびかせる。
「狐珀さん、あの……」
縋るように手を伸ばした。シルバーリングが蛍光灯を反射する。
「板上明輝子、と言ったか」
狐珀は碧唯の前で立ち止まる。
「——直ちに浄化する」

再開した場当たりは、そして再び中断された。

キャストが体調不良を訴えたからだ。

しかも複数人、それも同じ症状。演技をすると眩暈や立ち眩みに襲われるという。舞台袖にハケたり、ステージを降りたりすれば治る、奇妙な現象が起こっていた。一時しのぎで休憩が挟まれたものの、はじまりの見通しは立っていない。

碧唯はひとり、客席に座る。

貴重な時間が過ぎていった。場当たりのほかに、スタッフの修正作業、ゲネプロ、返し稽古と、本番に向けて工程は山ほどある。一分一秒を争うなかでの致命的なロス……下手をすれば、初日公演の開幕すらも危ぶまれる。

「キャストの皆さんは舞台面に集合お願いします」

スピーカーから舞台監督の声。

ステージにキャストが集まる。衣装は脱いでおり、不安げに、苛立たしげに、誰かの指示を待つ。

明輝子の姿はやはり見当たらない。

張り詰めた空気のなか、ロビーに通ずる上手の劇場扉が開かれる音。ざっと注目する役者たち。

漆黒に身を包んだ男、胡桃沢狐珀が現れた。後ろに続くのは大牟田と、制作スタッフが三名、そして最後に椙本プロデューサー。一行は迷わずステージに向かう。途中で舞台監督も合流した。

「話し合ったんだけどね」

椙本が先を急ぐように、

「この方にお祓いしてもらうから」

どよめきに混じって、狐珀が何か言った。きっと「お祓いではない」だろうけど、ここからでは聞き取れない。碧唯はキャストの目を気にしつつ、中腰で客席階段を降りてステージに近づく。

「猶予は、一刻もない」

狐珀は舞台監督からマイクを受け取り、

「幕を上げるため、早急に、清める必要がある」

息をのむ音が連鎖した。仰々しい事態に、キャストの戸惑いは増すばかり。

「わかるように説明してあげて」

椙本が狐珀の背中を思いきり叩いた。あんな怪しいひと、よくそんな風に扱えるものだ。

「想いを抱いた霊が、紛れ込んでいる」

狐珀はペースを崩さずに続ける。

「その者は先ほど、自らの死を自覚した」

碧唯は胸が痛む。私のせいだ。みんなに明輝子の存在を伝えてしまったことで、彼女を追いこんでしまった。

板上明輝子は死んでいた。

碧唯だけに、その姿は見えていた。

思い返せば気づけるチャンスはあった。いつも同じ臙脂色のジャージ姿。古臭いジェスチャー。細い眉毛に水色のアイシャドーといった、流行遅れのメイク。

もうずっと昔に、彼女の時間はとまっていたのだろう。命の終わりとともに……。

碧唯に対するキャストからの理不尽な扱いも、今なら腑に落ちる。

明輝子と話すときにまわりから白い目で見られたのは、私語を慎めという意味ではなかった。碧唯の独り言に聞こえたからだ。さっき由布川に叱責されたのも同様の理由だろう。

それに、明輝子が稽古スタジオから外に出るのを見たことがない。どんなに早い時間でも彼女は稽古場にいて、碧唯と一緒に帰ることもなかった。出入りどころか、トイレに立つのも目撃したおぼえがない。

彼女はずっと稽古場にいたのだ。

だけどキャストの誰にも認識されなかった。椅子に座らず体育座りをする姿も、アンサンブルメンバーに混じって懸命に演技する姿も、碧唯を除いて知る者はいない。演出家だって無視していたわけではなかった。彼女のことが見えなかっただけ。

明輝子は四六時中、朝から晩まで、あの場所に留まり続けていた。死んだまま――。

「死を自覚し、想いの箍は外れた」

狐珀はステージを指して、

「いまや板の上は、夥しい端霊に満ちた。瘴気に当てられ、気分のすぐれない者も、いるだろう」

端霊の説明はされなかったが、皆は何となく把握したらしい顔つき。ステージに渦巻く禍々しさは、霊感のあるなしを問わず、感じとれるようだ。

碧唯も理解している。

――わかってくれるのは。碧唯、だけだったね。

あの時だ。急に空気が重くなり、何百人もの声が一斉に響いた。意味を成さない数多の雄叫び。明輝子の想いが端霊を呼び寄せたのだろう。

「浄化を図らねば、誰も彼も、舞台に立つことは叶わない」

狐珀は告げる。思った以上に深刻な事態だ。このままでは『シンデレラ』の公演中止どころか、シビックシアター・トーキョーが廃劇場になってもおかしくない。

「よって、浄演を執り行う」

心なしか、狐珀のトーンがいつもより低い。

「諸君らには即興劇に、出演していただこう」

有無を言わさぬ圧すらも感じる。先ほどの大声といい、桁違いの危うさに碧唯は身が竦んだ。

それから狐珀は説明をはじめる。

暗闇のなかで生者と死者が演じ合う、不可思議な即興劇——浄演について。

「以上、何か質問はあるか？」

誰も答えない。理解が及んだのか、そうでないのか、碧唯には判断がつかない。元々が口数の少ない座組のことだ。こんなときでも率先して口火を切る者は現れない。

「ん〜と、よくわかんないけど」

発したのは音暖だった。

「みんなでエチュードをやるってことね？」

「そういうこと、です……！」

思わず碧唯が答える。

「私は大丈夫。エチュードくらいなら、音暖にもできそう」

よかった。座長が乗り気なら、話はスムーズにまとまりそうだ。タイムスケジュール的にも時間がない。迷っているより、早く浄演を行うべきだ。

「NGです」

前列ブロックの座席から立ち上がったのはスーツの男。見覚えがある。

「うちの南波を、変なことに巻き込まないでいただきたい」

音暖のマネージャー、安井だった。

「役者抜きで、お祓いでも何でも済ませたらよろしい」

と、露骨に不服そうな面持ちで狐珀に歩み寄る。

「浄めるために、ともに演じる。即ち『浄演』と称する」

「は？」

「演者の協力は、不可欠だ」

「しかしねえ」安井は眉間に皺を寄せて、「変なものに加担して南波のイメージに傷が付こうものなら……」

「やったらいいじゃないさ」

その声の主に、全員が注目する。

由布川メイだった。

「やっぱりねえ……いると思ったよ……」

噛みしめるように呟いてから、

「久しぶりだね胡桃沢さん」

と、狐珀に声を飛ばす。

「ご無沙汰、しております」

狐珀は静かに一礼する。

「由布川さん、お知り合いなんですか？」

碧唯が尋ねると、「前にね」と笑みを返される。もう敵意は感じられない。不気味なまでの豹変ぶりに、かえって碧唯は身体を強張らせた。

「いつだったか、本番中にトラブルが立て続けに起こってさ」

全員に聞かせるように由布川は続けた。

「胡桃沢さんが呼ばれて、あたしも即興劇に参加したよ。理由はわかんないけど彼の力はホンモノだ」

「……力って、なんですか？」

王子役の俳優が問い質す。音暖を除いたメインキャストたちが押し黙るなか、勇気を振り絞ったのが、震える指先からも明らかだ。

「除霊だよ」

由布川は同じ調子のまま答えた。

「胡桃沢さんは、即興劇を使ってお祓いができる」

バチン！

炸裂音に碧唯は身を竦める。たくさんの黒い球が由布川のまわりで弾んでいる。

手に巻いた数珠の一本が切れたのだ。

近くにいたキャストが青褪める。碧唯も鼓動が速まる。端霊の及ぼす影響なのか、明輝子が呼応したのか、怪異を目の当たりにしてしまう。

「こんなものより、浄演のほうが効くだろうよ」

由布川の呼吸が荒い。しかし、よほど狐珀に信頼を寄せているらしい。

「おっ、脅かさないでくださいー」

音暖が明るいトーンで、「怖い話は得意じゃないかも？」と困り顔をつくる。

「板の上で生きるなら覚えておきな」

凄みのある低い声で由布川は戒める。

「劇場には、いろんな奴らが集まってくる。生きた人間とは限らない。だから時には、折り合いをつける儀式が必要になる」

説得力があった。役者の道を何十年と歩んだベテランの言葉は重たい。

由布川が挙動不審だった理由もこれで判明した。稽古スタジオにいる明輝子を感じとり、数珠に盛り塩、お清めスプレーなどで祓おうとしたのだ。碧唯が目をつけられたのは、御瓶の気配まで察して、明輝子のそれと混同したのだろう。二か所から霊のシグナルを受けるなんて、苦しかったに違いない。

　そして狐珀もまた、感づいた。

　碧唯から聞いた由布川の態度から、稽古スタジオに霊がいると。

　だからシビックシアター・トーキョーにやってきた。想いを掬うために。明輝子を浄化するために。

　由布川について、狐珀は「共感の、才か」「実に厄介なものだ」と評した。死者の想いに、姿は見えずとも共感してしまう……精神的に相当な負担であったことは、本人のやつれ具合からも想像できる。勝手に嫌な先輩女優だと誤解して申し訳なかった。

　やはり明輝子と向き合うべきだ。このままでいいわけがない。

「志佐碧唯も浄演に参加します！」

　手を挙げて、名乗りを上げた。

「私には明輝子が見えていました。おしゃべりもしました。あの子の、一番近くにいけると思います」

　異論を唱える者はいなかった。

　晴れて碧唯はステージに上がる。音暖と視線が交わる。まさか浄演をともにするなんて、つくづく数奇な巡り合わせ。

「諸君らに、約束事を伝える」

浄演における三つの規則を、狐珀は説いた。

①相手の役を否定しない。

②物語を破綻させる発言はしない。

③勝手に舞台から降りない。

キャストは真剣に聞いた。誰かと相談するでもなく、思い思いにルールを受け止めているようだ。

「出演の意思がある者は、これを」

最前列の通路からステージに伸ばされる、狐珀の長い腕。その掌からキャストがひとり、またひとりと、指輪を受け取っていく。この人数で足りるのかと、狐珀の手元を覗き見ると、指にはリングが嵌められたまま。どうやらストックを大量に持ち歩いているらしい。

総勢三十名をこえる、最大規模の即興劇がはじまろうとしていた。

「場面設定だが」

狐珀は一同を視野におさめて、

「シンデレラのいない、シンデレラの世界としよう」

「え〜」不満げな顔つきの音暖。「私いないの〜?」

「シンデレラ役を除き、何を演じても構わない」

狐珀は彼女にそう付け加える。

「そんなこと言われたって……」

珍しく音暖が口ごもる。どうやら本当に困っているらしい。

奇妙な設定だった。主人公を取り除いて、物語が成立するものだろうか。

「見学は、最低限で頼みたい。気が散るので」

狐珀の要望で、スタッフの多くがロビーに追い出される。

客席に残ったのは、大牟田と椙本プロデューサー、そして安井マネージャー。有事の際に対応できるよう、袖裏に舞台監督も待機する。

準備は整った。

狐珀の両手が高らかに掲げられる。

「想いを掬い、ともに物語ろう──浄演を開幕する」

きぃぃぃぃん。澄んだ金属の擦れる音が、この大きな劇場に余すことなく、伸びやかに広がって音色を奏でる。

すべての照明が落とされた。

残光の余韻に浸る間もなく、ステージは暗転する。とっぷりと沈んだ黒に包まれる。

碧唯はゆっくり目を閉じる。

明輝子のことを想った。頭のなかに彼女のイメージを思い描く。

想像はできる。だけど目を開けば、そこに広がるのは真っ暗闇。

まだ板上明輝子は現れない。

このままサヨナラなんていやだ。最期に話したい。言葉を交わしたい。

だから碧唯は決意する。もう一度、あの子を呼んでみせると。

それにしても……シンデレラのいないシンデレラの世界か。どうすればいいのか見当もつかない。主人公のシンデレラが不在だと、ストーリーは変わってしまうじゃないか。

「ガーベラ！　ローズや！」

ぐわんと響いた継母の第一声。ステージの上手側から、ふたりの娘を呼びつける。

「おはようございます、お母さま」

「今日もご機嫌うるわしゅう」

ふたりの義姉が、継母の声を頼りに近づくのがわかった。三人とも実際にその役を演じる役者たちだ。

「ガーベラはお洗濯をして頂戴」

「わかりましたわ」

「ローズは部屋のお掃除をお願い」

「ええ。お母さまはどうなさるの？」

「美味しい朝食を作りましょうかね」

母親と娘ふたり、とりとめのない朝の様子が浮かび上がる。ごく普通の暮らしだ。この家にシンデレラは住んでいない。

「チュー、チュー」

「チュチュー」

「いやだ、ネズミだわ。あっちへおいき！」

「「チュー！」」

下手側から現れた二匹のネズミは、継母に追い立てられて、人語を話すことなく上手側に通り過ぎる。一度でも出演すれば責務が果たされると思ったのか、もう出てこない。

どのみち、シンデレラがいなければネズミの話し相手もいないけど……。

「門を開けよーっ！」

男性の重々しい声が続く。「城の使いとして参ったぞーっ！」

こちらも本来の配役通り。みんな、自分の役が演じやすいと判断したようだ。

「あら、何かしら」

応対した継母に、臣下の男は「王子の花嫁を探すため舞踏会が開かれる」と告げる。

「王子様の花嫁だなんて！」

「舞踏会が楽しみですわ！」

ふたりの姉が色めき立つ。

碧唯が出演する隙もなく、即興劇は驚くほどにテンポよく進んだ。

「ただ今より、舞踏会を開催する！」

王様役の俳優が高らかに宣言した。あっという間にハイライトのシーンに達する。

意外だった。シンデレラがいなくても、物語の大筋は変わらない。

「きゃー、王子様！」

「かっこいいーっ！」

待ち構えたかのように嬌声が上がる。

幾人もの女性は、アンサンブルキャストたち。王子の登場に期待を膨らませている。

同じくアンサンブルの男性陣も、招かれた客人として隅のほうで雑談に興じはじめた。

よし、ここだ！

「王子様〜っ！」

碧唯は即断する。

「ぜひ私と踊ってくださーい！」

一緒になって声を出した。碧唯は本番での役を持っていない。ストーリーの進行を考えると、舞踏会のシーンを逃せば登場しづらい。

「いいえ、私とご一緒しましょう！」

「私が先に拝謁させていただくの！」

碧唯を押しのけるように、近くで黄色い声が叫ばれる。みんなが躍起になっている。

そうか。シンデレラがこの世界のストーリーを作っているわけではない。主人公がいなくても物語は紡がれ、シンデレラではない、ほかの誰かが王子に選ばれるだけなのだ。

「皆の者ぉ、静粛にぃ！」

臣下が厳かに制した。「王子の御前である！」

その言葉に応じるように、

「やあ、皆さん」

と、頭上から投げかけられる挨拶。

「お集まりいただき、どうもありがとう」

王子役の俳優は、舞台セットの二階にスタンバイしたらしい。

「私めとダンスを！」

「私ですよね王子！」

再び盛り上がる女たち。王宮の大広間には、多くの花嫁候補が詰めかけていた。

碧唯は身構える。物語は岐路(きろ)にあった。王子の選択次第で、本来の舞台『シンデレラ』とは大きく展開が異なってくる。一瞬たりとも油断できない。

さあ、王子はどう答える!?

「ぼ、ぼくは」

王子は言った。

「選べないよ……！」

たじろぐように語尾が揺らいだ。

「そんな、決めてくださいよっ！」

「呼んでおいて、あんまりです！」

彼の優柔不断なアンサーは、花嫁候補たちを焚きつけた。

「そ、そう言われたって……」

スムーズだった即興劇が、初めて停滞の陰りをみせる。

彼が決断できないのも頷ける。暗闇のなか、シンデレラ以外の者を選ぶなんて、根拠が見つけられないのだろう。

女性たちと王子の間で、しばらく押し問答が続いた。

こうなっては我ぞ、我ぞと、王子に言い寄っても埒が明かない。

碧唯は頭を働かせる。現状を打開できる展開は何があるだろうか。

わかりやすいのは新たな人物の登場。だけど、すでに多くの参加者が出演済みだ。

おそらく残っているのは二名。

南波音暖。それから由布川メイ。どちらもまだ声を発していない。

由布川が演じる魔法使いはシンデレラがいなければ出られないが、経験豊富なベテラン女優のことだ。ほかの役を演じるためにタイミングを見計らっているのだろう。

心配なのは音暖だった。自分の役を封じられ、為す術がないという恐れもある。

何の役でも構わない。入ってきて！

碧唯が望んだ、その時だった。

「光に――」

消え入りそうな一言が、みんなを黙らせる。

「光に、もっと、光に――」

行き場を失ったように言葉が彷徨う。

馴染みのあるハスキーで低い声。

聞き間違えるわけがない。

「王子、様――どこ？」

板上明輝子がやってきた。

誰もが息を殺したような、不穏なまでの静寂に響くその呼び声。

暗闇でも碧唯は感じとる。みんなが明輝子の登場に慄いている。

「私を――」

「ひいっ！」

上空から漏れる、王子の悲鳴。

「私――を選ん――でくだ――さい」

明輝子の姿を見ることはできない。

「王子さ――ま――一緒に私――と」

だけど彼女のセリフは、その想いは、ステージで産声を上げ続ける。

「……っ！」

耳に刺激が走った。碧唯は頭痛に悶える。両耳から針金を通されたような痛みに膝をつく。まわりからも続々と吼えるような呻き。まただ。空気がズシンと重くなる。たくさんの人間の気配と、喧噪の渦。

「光に――光のなかに――今度こそ――私が！」

うるさくて息苦しい。満員電車に押し込まれるような圧迫感。

碧唯は身動きがとれない。まさかそんな、あまりにもあり得ない。肌を伝うのは、感情をもたない数多の胎動。この広いステージの上に満ちた数百人という「何か」が、身を寄せ合って聞くに堪えない雄叫びを上げる。

端霊だ。

明輝子の強い想いが、無差別に、無作為に、呼び寄せている。

異常な事態だった。ステージは、幽霊たちによる芋洗い状態。

どさり、ばたり。

ひとの倒れる音が相次いだ。どさ、どさり、ばたん。声にならない叫びの隙間をぬうように、床が震える。端霊の群衆はアンサンブルキャストを押しのけて増え続けた。ばた、ばたん、どさっ。耐え難いほどの痛みと騒音、そして窒息感が、次々と即興劇から脱落者を出していく。

「くっ、うう……ううう……！」

今にも飛びそうな意識を、碧唯は懸命に繋ぎとめる。

まだ舞台を降りるわけにはいかない。

明輝子と言葉を交わさないまま、終わってたまるか！

「王子さ――ま、私――を選ん――で」

ぎっ、ぎっ。階段を上がる足音。ぎっ。

明輝子は物語の主人公に、シンデレラになろうとしている。

ぎっ、ぎっ、ぎっ、ぎっ。頭上をのぼって遠ざかる足音。

「やめろ……近づくな……！」

二階部分から、身悶えるような王子の狼狽え。

「ちょっと明かり、客席の電気つけて！」

そうして口走った。この物語の世界には、ないはずの文言を。

だめっ！

が、碧唯は言葉にできない。王子には届かない。

「はやく止めて、止めてくださいよスタッフ！　ねえスタッ……」

どさりと床に伏せる音。舞台セットを揺らす振動。

王子は倒れた。王子役の俳優が気絶した。

「おい、どうした!?」

今度は王様役の俳優が声を荒げる。

「舞台監督、安全面はどうなってるんだ！　こんな状態では……」

王様役も次いで、セリフが途絶える。

ゆっくりと身を沈ませる音がわずかに響いた。

「暗い――」

二階から明輝子が言う。「光に――光のなかに、私が――」

客席のほうに向かって言葉は放たれる。彼女は誰とも共演しない。まるで完全にひとり芝居だ。

はやく明輝子のもとへ！

そう思っても碧唯は動けない。暗闇のなかで、肉体を持たない端霊に押し潰されるばかり。

想定外のアクシデント。いったん浄演を中断しなければ参加者が全滅する。

首を捻って狐珀の姿を探したけれど、闇に埋もれて見つからない。

浄演を取り仕切る演出家は、続行の意思を貫いているということか。

だけどこんな状況では、とてもじゃないけど即興劇なんて……！

しゅーーーー。

控えめに響いたのは、場違いなほどに間抜けな噴霧音。

照明のスモークマシンが作動したのかと思ったけど、違うらしい。広がりのない細い音が、あらゆる方向に放たれる。

「失礼しまーす！」

誰かが、上手のほうから噴霧音とともに近づいてくる。

「パーティー中に、失礼いたしまーす！」

——あのひと、やりましたね！

御瓶が畏れるように言った。

——由布川さんですよ！

碧唯も思い当たる。そうか、お清めスプレー！

塩を含んだ霧の効果は絶大らしく、端霊の叫びは次第にボリュームを下げていく。ひとりずつ除霊されているようだ。

「失礼します、消臭を行っております、大変失礼しまーす！」

由布川の機転が功を奏した。お城の清掃係の役どころだろう、彼女はお清めスプレーを消臭スプレーの体で吹いている。時代考証が気になるも、この『シンデレラ』がいつ頃の話なのかは言及されていない。浄演のルールにも抵触しなかったようだ。

——あとは頑張って。志佐くんの健闘を祈ります！

巻き添えを食らう前に失礼しますと言い残し、するりと御瓶は背中を抜けた。風に流されるみたいに客席方面へと漂っていく。お祓いを怖れて避難したようだ。

またしてもマネージャーの助けは借りられない、か。自力で演じきるほかない。

スプレー音は碧唯を横切り、下手の舞台袖で潰えた。

「どうも失礼、いたしましたー！」

由布川は出番を終えて退場する。

おかげで人口密度は激減した。息もしやすい。真っ暗なステージが一層広く感じられる。

しかし、端霊が一掃されたとはいえキャスト側の被害も甚大だ。王子のほか、主要キャストたちが気絶した。継母やふたりの姉をはじめ、アンサンブルの花嫁候補たちも沈黙を貫いたまま。浄演の世界から排除されてしまった。

碧唯は神経を研ぎ澄ませ、ひとの気配を探る。ここから誰と演じ合えるのか。相手は、共演者はどこにいる？

ぎっ。ぎっ、ぎっ、ぎっ。

降りてくる、足音の響き。

ぎっ、ぎっ、ぎっ。とん。

いた。わずかに——ひとり。

確かめるように彼女が呼んだ。

「碧唯」

「……明輝子」

震えを抑えながら、碧唯も答える。

呼応するように光が差し込んだ。一灯の丸い明かりは天井から彼女を照らす。その姿を露(あらわ)にする。

微笑みを向ける板上明輝子を、碧唯は目にする。

光に——光のなかに——。

明輝子が望んだのは、きっとこのステージ照明。

舞台の上で自分を輝かせる、光を求めていた。

「わっ」

ふいに白く塗られる視界。

思わず閉じた目を、恐る恐る開いていく。

碧唯もまた照明のなかにいた。もう一灯、明輝子と同じく、天井からの丸い明かりに照らされる。

ステージの上。

センターを二分するように、碧唯と明輝子は向かい合っている。

一緒に共演しようだなんて――。

なんて残酷な約束を交わしてしまったのだろう。

ふたりの共演は早々に現実のものとなる。

ただし浄演の世界で。生者と死者として。

「王子様も――王様も――」

明輝子が口を開いた。静寂に、掠れた声がざらついて響く。

「みんな――いなくなったね」

役者たちは次々とリタイアした。この世界にはシンデレラどころか、登場人物が残っていない。

キャストは、大挙した端霊の放つ瘴気にあてられた。

その根源はただひとつ。板上明輝子の抱える、想い。

「碧唯――？」

首を摑むような彼女の呼び声。

それだけで足が竦んだ。まともに立っていられない。

「ふたりになったね」

セリフの一言が弾丸のごとく、碧唯を穿つ。

遠のいていく意識を、必死に手繰り寄せ、それでも目を逸らさない。

「碧唯――あなたさえ、消えたら」

ゆっくりと明輝子が右手を胸元に構えた。

ライトを照り返して輝いたのは、ナイフ。

「ステージには私ひとり。私だけが光のなか」

先導するかのように照明が動き出す。彼女も揃って歩き出す。

ナイフを握ったまま、碧唯に向けたまま、一歩、また一歩と距離を詰める。

殺す気だ。

「光のなかは――私だけ」

観客を焦らすように、視線を惹きつけるように、にじり寄る明輝子。それはまさに即興劇における「見せ場」であり、スポットライトを浴びる主演女優に相応しい。

かつて明輝子はアンサンブルキャストとして、様々な舞台に出演してきたのだろう。

だからこそ主演に憧れた。いつかステージの真ん中で、ただひとり照明を浴びることを夢見ていた。この物語のなかでも同じだ。明輝子の演じる登場人物にとって、自分よりも目立つ恐れのある人間はすべて邪魔な存在。等しく照明を浴びている碧唯もまた、排除の対象だった。

お芝居のなかに芽生えた、本物の殺意。

演技をこえて生まれた、生の感情。

どうしよう。このままだと本当にやられる。殺される。

彼女に抗う言葉が見つからない。

「……大丈夫だよ、明輝子」

だから碧唯は言った。

「そんなこと、しなくたって……」

光のそとに足を向ける。明かりは追ってくることなく、ふっと消えて、碧唯は再び暗闇に包まれた。いまは明輝子だけが、煌々とライトを浴びている。

これでいい。

碧唯は勘で歩いてみる。明輝子から逸れて直進すれば舞台ツラに辿り着くはず。ステージを降りることができるはず。

私は明輝子の夢を知った。このまま私がいなくなれば彼女の未練は晴らされる。そう考えたら楽になれた。

踏み出した片足が、空を切る。

間違いない。真っ暗で見えないけれど、ステージはここまで。

さようなら。ひと思いに降りてしまおう……。

ぽう、と。仄かに揺らめくその姿を、客席に捉えた。

胡桃沢狐珀が立っている。真剣な眼差しを向けている。

目が合った刹那、碧唯は理解した。

狐珀は見入っている。浄演を。即興劇を。

碧唯と明輝子が織り成す、次なるドラマを。

――勝手に舞台から降りないこと。

浄演のルールを思い起こす。

目が覚めた。何をやっているんだ。言葉を紡げば、新たな言葉は返ってくる。その往復が物語を生む。だから対話を諦めるな。

もう幕は上がった。

志佐碧唯は役者だ。最後の最後まで、即興劇を演じ切る責任がある！

「明輝子！」

勢いよく振り返る。彼女を見据え、「ダメだよ」と発した。

「お城のなかで、そんなこと……許されるわけがないよ」

目線でナイフを指して、

「そんな物騒なものは、はやく仕舞って」

「誰もいない！」

明輝子の目つきが鋭さを帯びる。

「ここで碧唯を始末しても、咎める者なんて！」

じりじりと、彼女は再び接近をはじめる。

一歩進むごとに暗闇で煌めく刃先が、着実に、碧唯の胸へと迫りくる。

「私を殺したら明輝子が捕まっちゃう。だからやめて」

冷静さを意識し、思い留まらせる言葉を探した。

「言ったでしょ」だけど明輝子は躊躇わない。「こんなところで見つかるわけが」

「お城には」

碧唯は重ねる。「警備のひとがいっぱいだよ」

「どうかな。警備は外に重点が置かれるもの」

「お城のなかにだって、見回り役はいる」

「だとしても、現にいまは」

明輝子は周囲を見渡して、

「ほら、誰もやってこない」

と、勝ち誇ったように発する。

明輝子の言う通りだった。警備の人間など現れるわけがない。どれだけ想像を膨らませようと、実際に起こらなければ、セリフはセリフのまま流れてしまう。

碧唯は新たな展開について考えた。

堂々巡りを打開するにはどうすれば……そうだ、今こそ新たな登場人物！

「ううん、いたよ」

碧唯は断言する。わずかに明輝子が怯んだ隙をついて、

「私は見た。さっきそこで、メイドさんを見かけたわ！」

明輝子を通り過ぎ、遠くまで飛ばすイメージで畳みかける。

「嘘つかないで」

明輝子はため息をついて、「出まかせで誤魔化して、助かろうなんて……」

「出まかせじゃない！」

碧唯はさらに大きく響きわたるように、

「背の高い、とても美しいメイドさんだった！　絶対、この近くにいる！」

思わせぶりなセリフで、精いっぱい合図を送った。

もちろん相手は南波音暖だ。彼女なら唯一、新しいキャラクターとして登場できる。

碧唯の「前振り」に乗ってくれるか、わからない。むしろ成功確率は低いだろう。

だけど、一つだけ望みがあるとすれば——彼女のプライドに賭けてみる！

「あ、あ……」

明輝子の背後、蚊の鳴くような。

「あっ、あの……！」

音暖が声を発すると、仄かに姿が浮かび上がる。

よかった！　応じてくれた！

碧唯の見立ては正しかった。音暖は浄演をボイコットしていなかった。シンデレラを演じないで、どのように出演するべきか迷っていたんだ。目の前で即興劇が繰り広げられるなか、いつまでも蚊帳の外で黙っているのは耐えがたい時間だっただろう。

だからこそ碧唯のセリフを絶好の機会と捉えて、役を受け取った。

「おまえ、何？」

明輝子が音暖にナイフを向けた。「邪魔しないで！」

「ああ、ええと……」

音暖は戸惑うばかりで、会話には至らなかった。自信なさげに落ち着かない様相。こんな彼女は初めて見る。

即興劇に慣れていないんだ。台本のセリフしか言ったことがないのかも……。

「邪魔するなら、おまえも――」

ぶわりと明輝子の髪が乱れる。

音暖は本番でのシンデレラ役、まさに主演女優そのものだ。矛先が向くのは避けないとまずい！

「待って、落ち着いて！」

碧唯は慌てて両者に割って入る。

「このひとは関係ない、ただのメイドさん！」

「ただの……？」

「えっ？」

音暖の眉に苛立ちが滲んだ。言い方がわるかったか。

だけど音暖はそれ以上、何も返さない。

三人の芝居はぎこちなかった。話が進展するかに思えて、収拾のつく目途は立たない。共演者を排除する以外のやり方で、明輝子の未練を解きほぐす方法はないのだろうか。

「いったい、どうしたんだい？」

突然、迫るような低い声が響く。

「これは何の騒ぎかしら？」

現れたのは、由布川メイだ。

「あなたは……？」

碧唯が尋ねると、「名乗るほどの身分じゃあございません」と手を振ってから、

「こちらで、メイド長を任されております」

しめやかに一礼した。

魔法使いの役ではない。先ほど消臭スプレーを吹いたのと同一人物だろう。

「ごめんなさいね。この子、入ったばかりで慣れていなくて」

そう言って由布川は、音暖を優しく抱き寄せた。

音暖は不自然な足運びで「あっ、あ」と応じる。身体も声も強張っている。

「ところで何か、お困りごと？」

由布川が碧唯と明輝子に尋ねた。

「ええと。私たち、舞踏会にお呼ばれしたんです」

碧唯は話しながら状況を整理する。「王子様の花嫁になりたい子が、お城の大広間にたくさん集まりました。ですが突然、王子様がいなくなってしまって」

「まあ、それは大変……」

由布川が合いの手を入れつつ、続きを促してくる。

「ほかの皆さんも、どこにいったのか……私たち、取り残されて困っていたんです。ねえ、明輝子？」

不意打ちで同意を求めると、

「そう、だね」

彼女は頷く。

手元を見ると、ナイフが消えていた。

うまくいった。由布川を交えた会話に持ち込んだことで、明輝子にもコミュニケーションの余地が生まれたらしい。物語の整合性も取れた。まだ即興劇は建て直せる！

「せっかく王子様とお近づきになれるチャンスだったのに……」

碧唯が愚痴めいた言い回しで振ると、

「ほんとだよ。優柔不断だし、誰かと結婚する気があるのかよ」

と、明輝子も不満を吐き出した。

「あなたたち。王子様、王子様って」

由布川は苦笑まじりに、「随分とまあ、王子様にご執心ですね」と窘める。

「当たり前じゃない！」

明輝子が語気を強めた。

「王子様と結婚できなきゃ、何もはじまらないんだから！」

それには碧唯も同意だ。シンデレラは不遇な境遇のなかで王子に見初められ、幸せを掴んだ。その王子が不在では、たとえシンデレラというライバルがいなくても、ほかの誰かが選ばれることもまたない。

「何もはじまらないなんて、そんなことはありませんでしょう？」

しかし由布川は、含みを持たせるように笑っている。

碧唯たちに何かを気づかせたい、そんなサインに思えた。

「何度も言わせないで！」

明輝子は怒りを露に、まくし立てる。

「ずっと夢見ていた。陽の当たらない生活から抜け出して、素敵なドレスを身に纏い、ガラスの靴を履いて、王子様に見初められる。結婚して幸せな人生をおくる。それが私の望み、私がここにいる理由なの！」

明輝子はシンデレラになることを諦めていない。

シンデレラ不在の世界で、この物語の主人公を演じようとしている。

――何もはじまらないなんて、そんなことはありませんでしょう？

「違うよ、明輝子！　メイド長さんの言う通りだよ！」

由布川の言葉が閃きを与えた。今まさに、碧唯の頭にセリフが降りてくる。

「私たちは、王子と結婚するために生まれてきたわけじゃない！」

「……何言ってんの、碧唯？」

眉を寄せる明輝子に、碧唯は続けた。

「だって、おかしいじゃん。王子と結婚しなければ幸せになれないなんて。私も、明輝子も、その辺にいる普通の女の子かもしれない。だけど、王子と結婚できなくたって幸せになれるし、有意義な人生を送れるはず。何だってできるはず！」

由布川の問いかけが気づかせてくれた。

今まで碧唯が想像もしなかった『シンデレラ』の新たな解釈。ハッピーエンドはあくまでも一つの結果にすぎない。シンデレラにとっての幸福が、王子を前提とするならば、彼女は自らの力で人生を切り開けないことになる。複数の選択肢こそ、人生における希望のはずだ。

「普通の女の子だって……？」

明輝子が青筋を立てる。

「馬鹿にしないで！　この世界は、シンデレラだけが幸せになれるんだ！」

びりびりと、空気を切り裂くような叫びだった。

まずい。逆鱗（げきりん）に触れてしまった。即興劇は言葉の選択を間違えると命取り……！

「し、シンデレラなんていないよ！」

かろうじて反論する。そんな登場人物はいない。ここは譲ってはいけない。

「うん。だから私が選ばれてみせる」

明輝子は目を真っ赤にして、「光り輝く、陽の当たる人生を歩んでみせる！」と凄んだ。

「ひっ……！」

音暖がたじろぐ。

無理もない。明輝子は血の涙を流しそうなほど、鬼気迫っている。

「いつだってそう。この世界は、誰かひとりが主演に選ばれる！」

ぐにゃりと、明輝子の背後が歪(ゆが)んだ。

「照らしてもらえるのは、ひとりだけ。だから私は目指した。暗闇に追いやられる『その他大勢』ではなく、光り輝くその場所に立つことを！」

それはシンデレラか、明輝子の志した女優のことか。

彼女は即興劇で演じる役と、自分自身を、混同しはじめていた。主演という言葉も危険だ。このままでは世界観を壊す発言をしかねない。

なんとかして話を成立させなければ！

「あの。実は、この子」

碧唯は明輝子の両肩に手を回し、由布川たちに紹介する。

「女優をやっているんです」

この物語世界にも、役者を生業にする者がいたって不自然ではない。設定を加えて整合性を取ればルールを犯したことにはならないはず。

「おやまあ、素敵ねえ」

ぱっと由布川が笑顔を咲かせて、「女優さんに会えるだなんて、ツイてますこと」と興奮を滲ませる。

「べつに女優を名乗れるほどじゃない」

明輝子は自嘲気味に、「ちょい役ばかりの、売れない日陰者だから」と吐き捨てた。

「ステージ全体の明かりが消され、主演にだけライトが当たるとき、私は惨めだった」

溢れ出すように、彼女は言葉を連ねる。

「お客さんが見るのは、センターに立つその子だけ。ひとりを照らすために明かりの絞られた薄暗いステージに立ちながら、まるで私は存在しないみたいに、その場で生きていないみたいに扱われて……あの暗転した世界が心底、嫌だった。シンデレラはステージにいる限り、ずっと光を当ててもらえる。ずっと暖かい照明のなかで煌めいている。私はそうなりたかった！　そうなるために、これまでやってきた！」

息つく間もなかった。

明輝子は自らの抱えた想いを、言葉に、セリフに変えて、伝えてくれた。

「ねえ、明輝子」

だから今度は自分の番だ。

「一つ、教えてほしい」

碧唯は呼吸を整えて言った。

「あなたの今まで演じた役は、生きていなかったの？」

「……どういう意味？」

警戒するように身を引いて、明輝子が尋ねる。

「主演じゃなくたって」

明輝子と目を合わせながら、「まわりの一人ひとりに人生がある。その人生を背負って舞台上で生きるのは、同じく生身の役者だよね？」

言葉を選びながら碧唯は考える。

自分の目指した女優とは何なのか。

役者として、どう生きていきたいのか。

「ひとたびステージに立てば、主演だろうと、アンサンブルだろうと変わらない。等しく同じ命をもった人間のひとり。私にはわかる。今まで明輝子は、どんな役だろうと全力で演じたはず。それは生き生きとして、絶対に輝いていたと思う。輝けるのが世界にひとりだなんてあり得ない。誰だって、自分の力で輝ける！」

明輝子は黙って聞いている。

「この世界には、シンデレラも魔法使いもいない。だからみんなが自分の人生を生きて、自分の力で未来を切り開ける。魔法はかけてもらえないけど、輝くことはできるって信じてる。たくさんのひとたちの人生を全力で演じてきた明輝子だって、役者としてきっと、すごく、すごく……煌めいていたんだと思う！」

向けられた眼差しから、憎しみが消えていた。

碧唯の知る明輝子だった。稽古場で笑い合った、彼女がいた。

そうだ。主演じゃなくても輝ける。ひとりの人間を全力で演じることで、役者は輝ける。ステージとはそういう場所なのだ、それが板の上に立つということだと、碧唯は思い至った。

「……私は」

明輝子が、自分自身に投げかけるように言う。

「いつだって私は、本気でステージに立っていた」

一言一句、丁寧に発声をする。

それからは沈黙が続いた。明輝子は目を閉じて、思いを巡らせている様子。これまでに立った舞台のことを振り返っているのだろうか。

長い、長い、彼女の時間が、なぜだか碧唯にも、心地よく染み込んだ。

「思い出した」

澄んだ声が、波紋のように劇場に響く。

「あの日だ――」

それから明輝子は語った。

「オーディションの、最終審査。その帰り道だった。うまく実力を発揮できなくて、絶対に落ちたと思って、ぼんやりしていた。いつもそう。本番では緊張しちゃって何一つ、うまくいかない。もっとできたはずなのに。あそこはあんな風に演じられたのに。ぐるぐる同じことばかり。だけど頭から全部吹き飛んだのは――私が、階段で足を滑らせたから」

遠くまで伸びる糸を手繰り寄せ、記憶を胸に仕舞い直すことで、明輝子のなかから言葉が紡がれる。そんな風に彼女は続けた。

「ホーム階段を落ちていた、って気づいたのはその瞬間だった。頭にひどい衝撃があって、火花が散るみたいに目の前が真っ暗になって……どうなったのか、細かいことも詳しいことも、何にもわからないけど、打ちどころがわるかったんだって」

碧唯の胸が軋む。その先を聞くのは堪えられない。

「私は死んだ」

それでも言葉に耳を塞がない。

共演者の、友だちの、自ら語る命の終わりを、碧唯は受け止める。

「お通夜も葬儀も終わっても、私は実家のなかをウロウロしていた。家族は気づいてくれなかった。ああ全部、終わったんだ。そう思ったら気が楽になった。もう悩まなくていい。傷つかなくていい。将来に怯えることも、不安に苛(さいな)まれることもない。死んじゃったなら仕方ない。はやく天国でも地獄でも、行き先を案内してくれればそれでいいやって、死んでよかったとすら思った」

「そんなこと……」

思わず口走り、碧唯は口を噤む。言葉で覆すことなどできない。だって語られるのは過去の話。どうすることもできない、かつて彼女が抱いた想い。

しかし明輝子は、碧唯を見てふっと息を漏らした。

「うん。最初はそう思ったの。だけどね……」

そうして語りを続ける。

「初七日が終わったころ、私の携帯が鳴った。代わりにお母さんが出た。あのオーディションに合格したお知らせだった。主演を演じてほしいのだと、受話器からくぐもった声が聞こえた。携帯を握りしめてお母さんは泣いていた。

合格した舞台は、このシビックシアター・トーキョーでの公演だった。私は自分が主演を務めるはずの公演を、客席最後列の通路に立って観た。同い年くらいの知らない女の子が演じていた。評判になって連日の満員御礼。無事に千秋楽を迎えたその演目は、舞台セットが片付けられ、広い劇場に私だけが取り残された。

一晩中、客席に座ってステージを見つめていた。朝になって何かが聞こえてくる。下の階から賑やかな声。行ってみると稽古スタジオに、別の団体が顔合わせで集まっていた。『みんなで面白い演劇を作りましょう！』って、活気に満ちたその様子を見て、私も参加したくなった。どんな役でもいい。力になりたい。そう思って稽古に混ざった。座組にくっついて、やがて稽古場から上の劇場へ移動する。終わってもまた別のひとたちが下で稽古をはじめる。そのたびに私は参加する。そんなことを繰り返していることも、いつの間にか忘れていた。私が死んだことだって、さっきまで、私は……」

恥じるように、明輝子は顔を伏せた。

「きっと」

碧唯は返す。「いつも新鮮な気持ちで挑もうって、心がけていたんだよ」

彼女は演じ続けた。

何年も、何年も、途方もない時間。共演者に気づかれることなく、物語のなかで、全力で役を演じた。全力で生きようとした。

碧唯はそんな彼女を知った。語られた想いを受けとった。

「碧唯」

明輝子が呼ぶ。

その声には、寂しさが滲んでいる。

「教えてくれてありがとう。ちゃんと私は、ステージの上で輝けていたんだね」

碧唯はゆっくりと、強く、頷きを返した。

「安心した——でもさ」

明輝子はきっぱりと告げる。「未練はあるよ」

「……っ」

わかりやすく言葉に詰まった。そんな反応を面白がるように、

「当たり前だよ。もっと舞台に立ちたかったよ」

と、明輝子は笑ってみせる。

ごめん。そう言いかけて碧唯は思い留まる。

必要なのは、最期まで彼女の想いを聞き、ともに感じることだから。

「だけど、もう休もうかな」

ふうと彼女は息をつく。

「さすがに疲れちゃった。二十年くらい、オフなしで稽古と本番だったから」

歯を見せて、晴れやかに微笑む。

彼女はようやく辿り着いたのだ。今日という、最期のステージへ。

「明輝子」

涙を堪えながら、碧唯は言った。

「千秋楽、おめでとう」

「ありがとう」

明輝子の身体が光のように透き通る。

碧唯は唇を強く結んだ。何も言わない、あとは明輝子の言葉で幕を下ろしてほしい。

左手の指輪を、右手で握りながら祈った。

「碧唯。私の夢の続きは、あなたに——」


きれいな拍手が、一度だけ鳴らされる。

ぼやけた景色に色がついていく。彼女の輪郭は溶けてなくなる。

ゆっくりと碧唯は膝をついた。全身で余韻を確かめる。ステージの上は静かなのに、心臓の音は、即興劇の熱狂を残したまま。

ようやく視界のピントが合ってくる。床に、段差に、階段に、二階部分に、倒れたキャストたちが身を起こしていく。

浄演が終わった——。

「場当たりを再開します」

マイクは狐珀から舞台監督に戻っている。まだ動きは緩慢ながら、それぞれキャストが舞台ツラの一か所に指輪を置いて、スタンバイ位置へと向かう。

まるで何事もなかったかのように。彼女のことは忘れたみたいに。

「あんな感じでよかったかーい？」

舞台ツラから客席側に身を乗り出して、由布川が声を飛ばした。

「ええ」

狐珀は隣に立つ舞台監督のマイクに顔を寄せて、

「由布川氏ならば、そう生きると信じた」

と、答える。

「光栄だね！　芝居打つときは呼んでおくれ！」

軽く手を挙げて、由布川は下手袖に去っていった。

たったそれだけのやり取りに、胸が熱くなる。由布川のアシストがあったから、碧唯は、明輝子に届くセリフを思いつけた。シンデレラのいないシンデレラの世界――あの物語設定を告げたとき、狐珀は由布川の担う役割も、碧唯のとる行動も、そして明輝子の未練についても、すべて見透していたのだろう。

そんな狐珀に由布川は演技で応えた。ベテラン女優からも信任厚い、狐珀の才能……ますます不可解だ。それほどの力を持ちながら、どうして演出家として活動しないのだろう。

指輪を回収する狐珀を見つめながら、そんな疑問が膨れ上がる。

気がつけば碧唯のそばに、ひとが立っていた。

シンデレラの衣装に着替え直した、南波音暖。

「あっ、邪魔だよね」

場当たりに碧唯は必要ない。はやく降りようと、舞台前階段に足を向けたところ、

「待って」

音暖が呼び止めて、

「ごめん」

「えっ、何が？」

碧唯には見当がつかない。

「……何もできなかった。シンデレラの役じゃないと、どうしていいかわからなくて」

表情を崩すまいと、不器用にキープしているのが伝わってくる。確かに浄演において彼女は際立った活躍をみせていない。

「『シンデレラ』の話ってさ」音暖はまるで残酷な真実を告げるように声を低めて、「シンデレラ以外にも、ひとがいたんだね」

「そんなの当然でしょ！」

思わず大声で返してしまう。あまりにもな発言だった。

「うん。当然だよね。はじめてわかった」

だけど変わらぬトーンで音暖は続ける。

「今まで意識しないでステージに上がってた」

わずかに震える唇を見ながら、碧唯は懐かしい感覚に陥る。

バレー部の苦手な先輩のことで悩んでいたとき、寝坊による遅刻が多いと担任に問題視されたとき、父親との不仲でメンタルが落ちていたとき、音暖はこんな顔だった。かつて時おり碧唯に見せた、等身大の南波音暖……。

「舞台って、ひとりじゃ作れないんだと思う」

碧唯は言う。無名の新人が偉そうだろうか。関係ない。

「シンデレラも、舞踏会に集まっただけの女のひとも、違う人生を歩んだけど、みんなその世界で生きてる。演劇はステージの上で生きるみんなで、作り上げるものなんだと思う」

おそらく音暖は今まで、映像も舞台も、主演ばかり担ってきた。自分を中心とした世界のなかで、周囲に目を配らなくなったのだろう。

だけど私は教わった。想いを抱えた幾人もの死者たちに、ステージで役を生きることの意味を教わった。

「碧唯……」

音暖が真っすぐ見ている。久しぶりに、ちゃんと目が合った気がする。

不思議だった。向かい合っても、心が掻き乱されない。

音暖が先にスターになろうと、大劇場でシンデレラを演じようと、羨むことはなかったんだ。ステージの上は平等だ。本番がはじまれば、そこに立つすべての人間が役を演じられる。新人だろうとベテランだろうと、無名だろうと売れっ子だろうと、俳優として、ひとりの人生を生きられる。

「音暖」

だから、もう臆さない。志佐碧唯も南波音暖も、同じ役者同士なのだから。

「本番、頑張ってね！」

碧唯は言った。偽りのない本心で、彼女の活躍と、公演の成功を願った。

「うん。ありがとう、碧唯」

音暖の頬に明るみが差す。

碧唯は別れて、颯爽と、客席側へと降りる。

狐珀の姿は見当たらない。碧唯は客席後方、てきとうに腰を下ろす。

――お疲れさまでした。

背中にのしかかる、わずかな重み。しれっとマネージャーが戻ってきた。

「御瓶さん。この業界でどう生きたいのか、って前に聞かれましたよね？」

――答えが、見つかったようですね。

さすがは背後霊。会話がスムーズだ。

「目指すべき、理想はわかりました」

思うだけではなく、声に出して宣言する。

「私は、どんな役でも生きられる女優になりたい」

照明を当てられて輝くのなんて、そんなの当たり前。たとえ暗闇のなかでも自分のエネルギーで輝けたら本物だ。主役だろうと端役だろうと関係ない。そんなことはどうでもいい。役者はステージに立っている以上、生きている。絶対に存在している。どんな役だって自分の力で輝ける。演技を通して生きられる。

だから碧唯は誓った。

「そんな女優を目指して、これからも頑張ります！」

いまの声が、明輝子にまで届くことを願った。

舞台上では、スムーズに場当たりが進行する。王子が数多の女性を差し置いて、シンデレラに目を奪われる。優雅な音楽にのせてダンスを踊るふたり。間もなく十二時の鐘が鳴る。帰ろうとするシンデレラを引き留める王子の芝居は、稽古より熱がこもっている。音暖の演技も心なしか、よそよそしさが薄れていた。浄演は共演者との距離を縮める、よい機会になったのかもしれない。

「……出たかったなあ」

ぼんやり眺めながら、碧唯はひとりごちた。

気持ちの整理がついたとしても、出演したいという思いは変わらない。むしろ強まるばかり。家に帰ったら、またオーディション情報をコツコツ集めなきゃ……。

「さっきのエチュード」

急に声をかけられて、碧唯の身体が跳ねる。

相本プロデューサーだった。碧唯の座席の背もたれに腕をかけながら、

「よかったよ。熱演だった」

「あ、あ、ほんとですか！」

突然のことで、どう受け止めていいかわからない。

「あなた、年末あたりって空いてる？」

「え、はい。今のところバイトくらいです」

何だろう。忘年会のお誘いだろうか。

「よし。あと事務所、何てところだっけ？　ビッグなんちゃら」

「いえ、そこはもう辞めちゃいまして」

うろ覚えでも記憶にとどまっていたことに驚く。

「何？　辞めた？　てことはフリー？」

「はい……」

「フリーかあ」

その呆れるような口調に、たまらず萎んでしまう。事務所にも入っていない奴なんて、

やっぱり相手にされないだろう。

「まあいいや、これ」

しかし相本は何かを差し出す。

「え、これって」

「名刺。連絡ちょうだい」

押しつけるように碧唯に渡すと、

「出演をお願いしたい舞台がある」

耳を疑う、お誘いが飛び出した。

「…………？」

「…………？」

謎の沈黙が生まれた。

相本は構わず、ふいと劇場扉へと向かう。

「あああ、あっ、ありがとうございます！」

慌てて腹から声を出した。相本が振り返って、「しぃー」と人差し指を立てる。碧唯の声は劇場全体に響いていた。碧唯は場当たり中のステージ方面に頭を下げてから、相本を追ってロビーに出る。

「あの、相本さん……！」

はやる気持ちが抑えられない。

「志佐碧唯って言います。よろしくお願いします！」

「知ってるよ。今回のアンダースタディでしょ？」

「あ、はい」

「世話になったね、代役お疲れさま。ていうか前に一度、挨拶しなかった？」

「はい、はい、しました！」

冷たくあしらわれたと思っていたが、やはり記憶にあるらしい。

「あのそれで、さっきの件なんですけど……」

「心配しないで。詳しい話は、改めて企画書を送るから」

「はいっ、よろしくお願いします！」

制作スタッフが「相本さん」と話しかけてきたため、碧唯は一礼してロビーの端まで退去した。

——やりましたね。おめでとうございます。

御瓶も祝ってくれた。ありがとうございます。

喜びは遅れてやってきた。心臓が熱を出したかのように火照りだす。

こめかみがドクンドクンと脈打つ。騒がしいものが猛烈に込み上げてくる。

「やった……やった……やった……！」

ついにチャンスが巡ってきた。正真正銘、役者として仕事の依頼。年末のスケジュールならば三か月後だ、すぐにステージに立てる。稽古場代役は無駄でも徒労でもなく次のステップに繋がっていた。

居ても立ってても居られなかった。

スマホを取り出してコールする。

真っ先に伝えたいと思った。はやく知ってほしいと思った。

呼び出し音が途切れる。

「……もしもし？」

母親の美登里が応答する。仕事中だろうけど、出てくれた。

「何、どうしたの碧唯？」

強い疑問形で尋ねられる。普段めったに電話することはない。碧唯は慌てて、

「あのね、お母さん……」

と、続けるも喉が詰まった。感情が言葉を追い越し、何と言えばいいのかわからない。

「どうしたの、何かあったの？」

母の声が深刻さを帯びた。まるで碧唯が交通事故を起こしたか、逆に特殊詐欺でも疑うような声色。

「違うの、あのね」

碧唯は気持ちを落ち着かせながら言う。

「大きな仕事かも。舞台出演、決まった」

「………………」

返ってこない。うまく伝わっていないのか。必死に次の言葉を探していると、

「おめでとう、碧唯」

噛みしめるように、母が答えた。

「あんたが頑張ったからだね」

「そんな……ううん。ありがとうお母さん」

受話器の奥で、鼻をすする音が鳴った。

「本番は観にきてね」

いちばん伝えたかったことを、ようやく碧唯は口にできた。

「もちろん」

それから碧唯は「仕事中にごめんね」と断って、通話を終えた。

よかった。

喜んでくれる親がいる。舞台上じゃなくたって、ひとりではないと思い知る。これからはちゃんと家族とも向き合おう。朱寧とだって、逃げずに話せば――。

影が落ちる。

顔を上げると狐珀が立っていた。

「もしかして今の、聞かれてました？」

こくりと、狐珀は頷いた。

「なんか恥ずかしいですね。でもやっと親孝行というか、女優としての姿を親に見せられるって思うと、めちゃくちゃ嬉しくなって。あっ、もちろん狐珀さんもゼッタイ観に来てくださいね。浄演じゃなくたって、いい芝居、してみせますから。頑張りますから！」

するすると言葉が溢れ出た。浮足立っているのが自分でも丸わかり。

だけど。

あれ？

狐珀の瞳が揺れている。

碧唯は息をのんだ。いつも顔色の変わらない彼の目に、迷いを感じたから。

「役者は――」

狐珀が静かに告げる。

「辞めたほうがいい」

「……何ですか、突然」

かろうじて言葉を吐き出した。

血の気が引いていく。乱れた息のまま、「よくわかんない冗談は」と言ったきり、その後が続けられない。

冗談なんて言うひとじゃない。それくらいは知っていた。

狐珀は背を向けて、去っていく。

「待ってください」

追いかけようとして足が動かない。

恐れている自分に気づいた。それ以上を聞いてしまえば、本当に終わってしまう。

しな垂れた草木のような背中が遠ざかる。

劇場エントランスの、扉の向こうに消える狐珀を眺めながら碧唯は思う。

もう彼に会うことはないのかもしれない。

本書は、集英社文庫のために書き下ろされた作品です。

本文デザイン／坂野公一＋吉田友美
（welle design）
本文イラスト／丹地陽子

松澤くれはの本

りさ子のガチ恋♡俳優沼

イケメン俳優を追いかけるOLのりさ子。時間とお金を全てつぎ込んで応援していたが、ネットで彼との恋人関係を匂わせる女の出現で暴走しはじめ……。演劇業界の闇に切り込む愛憎劇。

集英社文庫

松澤くれはの本

鷗外パイセン非リア文豪記

作家を志して十年超。未だ一作も書き上げられずバイト生活を続ける「余」。文豪になりきって自虐的な投稿をする「鷗外パイセン」のアカウントが人気を博し、書籍化の話が進むが……。

集英社文庫

松澤くれはの本

想いが幕を下ろすまで
胡桃沢狐珀の浄演

期待を胸に、初の舞台仕事へ向かった新人女優の碧唯は、次々と怪事件に見舞われる。さらに、怪異を引き起こしている霊を浄める即興劇に、出演を求められ——。異色のあやかし演劇小説。

集英社文庫

集英社文庫　目録（日本文学）

集英社文庫　目録（日本文学）

集英社文庫

暗転(あんてん)するから煌(きら)めいて　胡桃沢狐珀(くるみざわこはく)の浄演(じょうえん)

2023年8月30日　第1刷　　定価はカバーに表示してあります。

著　者　松澤(まつざわ)くれは
発行者　樋口尚也
発行所　株式会社　集英社
東京都千代田区一ツ橋2-5-10　〒101-8050
電話　【編集部】03-3230-6095
【読者係】03-3230-6080
【販売部】03-3230-6393(書店専用)

印　刷　株式会社広済堂ネクスト

製　本　株式会社広済堂ネクスト

フォーマットデザイン　アリヤマデザインストア　　マークデザイン　居山浩二

ISBN978-4-08-744564-0 C0193